米袋福妻

2

浮碧 著

文創風 1017

目錄

第三十六章

將軍府距離京城最近的莊子，也有三十里路，再加上顧及沈無咎的傷，馬車行得慢，到莊子時，已經中午了。

一下官道，楚攸寧看到兩邊種滿農作物的田地，心情更加美麗，看向一望無際的農田，地裡的每一棵作物都載滿了希望。

莊子有管事打理，早在出發前，沈無咎就派人前來交代一聲，所以楚攸寧到的時候，已經有人在門外等著了。

只是，怎麼只有一個女子打馬而來？

管事還以為楚攸寧是先一步來傳話的女護衛，可瞧她衣著與面相頗為貴氣，莫不是走錯路的？

他猶豫著，上前拱手。「我是這裡的管事，姑娘是？」

「哦，大家習慣叫我公主。其他人還在後面，等會兒就到了。」

楚攸寧翻身下馬，拍拍馬頭，看看眼前這座清幽雅致的別院，抬步往裡面走，完全不知她把身後的管事嚇得跪也不是，不跪也不是，不明白為何尊貴的公主會獨自騎馬先到？

楚攸寧習慣到哪裡都先用精神力掃一遍，確認是否安全。

別院很大，分好幾個院子，也很別致，種了許多沒用的花花草草。

忽然，她看到一間屋子裡，有個男人盤腿坐在地上，面前擺著一只葫蘆狀的鍋，鍋底下正燒著火，好似在煮什麼，旁邊擺放著幾碟像食材的東西。

楚攸寧腳步一頓，往別院最後頭的院子走去。

等管家吩咐人跟去伺候時，已經找不到楚攸寧，聽修剪花木的婢女說，她往東邊後頭那座小院去了，便止住步伐。那是主子跟前的程佑交代過，不准任何人靠近的地方。

楚攸寧有精神力帶路，很快來到那間屋子。

男子似乎沒有白日關門的習慣，走近了，可以聞到屋裡飄散出一股難聞的味道。

她的腳剛踏入，想起要敲門，又退回來。正想抬手，見男子閉著眼睛，就放棄了，直接進屋。

她上前看清了那只葫蘆鍋，是銅製的，底下燒著炭火，一個個小碟子擺在地上。

她想起在末世曾經看過的火鍋圖樣，裡面隔成兩邊，一邊紅豔豔，一邊奶白色，桌上擺滿各種各樣的食材，往鍋裡一涮，蘸上醬汁，不但好吃，還能吃飽。

可惜末世食材稀缺，都被逼得造出僅能維持飽腹狀態的營養液，哪可能吃得上火鍋。就算拚命接兩個月的任務，都未必夠隊伍吃一頓火鍋，何況連賦予火鍋靈魂的火鍋料都沒有，只能望圖止渴了。

男子穿著一件破舊道袍，大概二十多歲，臉頰瘦削，因為沈迷煉丹，有些不修邊幅。看似盤腿坐得筆直，實際上卻是眉頭緊鎖，盯著葫蘆鍋，嘴裡還嘟嘟囔囔。

「怎麼會不行呢？應當是這般啊，為何沒成功？」

男子正是姜塵，是某座破落道觀的最後一個道士。這些年來大興佛法，道教沒落，道觀裡的道士早還俗下山，娶妻生子，只有他無處可去，死守著掌教想煉出丹藥的遺願。

那日意外煉得炸爐，亦是頭一次，被沈無咎看到，正好他也不想當道士了，就跟著沈無咎來京城。若能為國盡一分力，也不枉此生。

今日材料一配齊，他便試著重複那日的步驟煉丹，增減各種材料，幾次嘗試下來，都沒成功，只得一遍遍回想那日做的每一步。

姜塵沈浸於思索，完全沒注意到有人進了屋。

楚攸寧看著地上所謂的食材，碟子裡的「蔬菜」有些是乾的，有些是剛摘回來的，上面還貼了紙條，寫著茯苓、天南星、朱草、五倍子、雞血藤等等。再看旁邊的碟子，裝的是粉末，紅色的叫丹砂，淡黃色的叫硫磺，還有鉛粉、金砂、硝石等。

看到這裡，楚攸寧再沒見過世面，也知道這根本不是火鍋，至少不是她以為的那種。

不過，硫磺、硝石是好熟悉的字眼，還有這混合在一起的味道中，有一絲絲像她昨晚聞過的火藥味。

一硝二磺三木炭……她腦海裡蹦出這句唸起來很溜的話，被扔在最角落的記憶浮現，讓她想起霸王花媽媽說過的配方。就因為很簡單，所以才記得沒那麼深刻。

硝是硝石，磺指硫磺，只要將這三樣磨成粉，按比例混合，塞進密封容器，點燃引線，會產生劇烈反應，最後爆炸。

楚攸寧看看那筐木炭，上前拿起一根，掂了掂，接著一捏，木炭在白嫩手裡變成粉末。

她弄出來的聲響，終於引起姜壓的注意，發現屋裡突然多了個靈秀俏麗的少女，嚇了一大跳。

「妳是何人？如何進來的？」

楚攸寧回身看向他。「走進來的。」

姜道長見她神情坦蕩，又是個小姑娘，倒不好意思喝斥了。「妳進來做什麼？這裡並不是妳該來的地方。」

楚攸寧沒管他，取出銅製碟子中的乾草，把捏碎的木炭粉放進去，又去捏了一根木炭。

姜壓看她徒手將木炭捏成粉末，以為她在威脅他，瞬間懷疑她是歹人。

楚攸寧可不知道姜壓正偷偷摸摸想著去喊人，捏好木炭，剔除碎塊，再按量抓一把硝石、一把硫磺。

「妳做什麼?!」姜壓看她將他煉丹的材料胡亂混在一起，瞬間忘了出去喊人的事。

楚攸寧沒管他，按比例抓好三樣東西，混合在一起後，走過去，指指那葫蘆鍋問：「能開蓋子嗎？」

葫蘆她見過，金系異能可以弄出金葫蘆，裝水掛在腰間，在末世前便是土豪的象徵。

姜塵還沒說答不答應，楚攸寧已經伸手打開蓋子，原本放進去的材料，全燒乾了。

「住手！」姜塵撲上去阻止，可惜楚攸寧已經將那碟粉末連碟子一同放進煉丹爐，還丟了塊燒紅的炭火進去。

她飛快蓋上蓋子，扛起姜塵往外跑。

「妳妳妳……快把我放下來！」被扛在肩上的姜塵臉色脹紅，不只是因為氣的，還因為這倒頭的姿勢，讓他感覺血液全往頭上衝。

楚攸寧也是第一次配這種炸藥，不管對不對，先跑了再說。

結果，她扛著姜塵剛跑出屋子，身後就響起一聲巨響。

姜塵剛要出口的話，被嚇得嚥回去，瞪大了雙目。

別院外，剛下馬車的沈無咎也怔住了，望著別院東邊上空升起的煙霧。

這是……成了?!

管事臉色大變。「四爺，公主在那邊。」

沈無咎還沒來得及被巨大的驚喜淹沒，就被這消息砸回冰窟裡，這一刻，他忘了楚攸寧有多厲害，壓著腰部的傷口，快步往別院東邊走。

「主子！」程安放下歸哥兒，和程佑趕緊提著輪椅追上去。

歸哥兒聽說楚攸寧出事了，也想追上，被沈思洛及時攔住。這時候過去只是添亂，她雖然也擔心，但是得安撫好幾個小的。

張嬤嬤抱著四皇子下車，聽到這消息，趕緊將四皇子塞給他的奶娘，快步跟上去。覺得遲早有一日會被公主嚇死，怎麼就沒有停歇的時候呢？

而磕磕絆絆趕著馬車、跟在後面到達的陳子善，聽到這動靜，整個人都不好了。

他好不容易傍上的大腿呢，只要公主罩著他，陳府那些看不慣他的人也只得憋著。不過，他是發自內心的擔心，畢竟楚攸寧真的跟傳說中的公主很不一樣，這個公主很親民、很仗義，如果她不是公主，他都樂意把她當妹妹看待。

小院這邊，楚攸寧感受著腳下爆炸帶來的地面震動，看著被炸出一個洞的屋頂，屋子也被炸壞了，到處都是碎片。

這個……應該不用她賠吧？

「姑娘，是否該放我下來了？」被倒掛在肩上的姜塵激動出聲。

「哦。」楚攸寧把人放下來，見他站不穩，還扶了一把，指著屋子，一臉無辜地說：「你的葫蘆鍋把屋子炸壞了。」

姜塵甩甩暈眩的腦袋，聽楚攸寧這麼說，氣得大聲駁斥。「那是煉丹爐！」

楚攸寧從善如流。「你的煉丹爐把人家的屋子炸了，你得賠。」

姜塵氣結，看著被炸得破爛不堪的屋子，以及飛出來掉落在地面上的煉丹爐碎片，一時不知該高興終於做出沈無咎要的東西，還是傷心失去了道觀傳下來的最後一個煉丹爐。

楚攸寧看姜塵一臉複雜的表情，又看看他破舊的衣服，有些心虛地說：「你別難過，大不了我讓沈無咎不要你賠。」

姜塵聽楚攸寧直呼沈無咎的名字，知道她與他關係匪淺，難怪能隨便進入這裡。

「屋子明明是妳炸的，就算別院的主人要收錢，也是找妳要。」

楚攸寧瞪眼。「我只是路過，跟我有什麼關係？我還救了你一命呢。」

姜塵想到楚攸寧把他扛出來的畫面，雖然姿勢有些羞恥，但的確是救了他一命，不然他不死也得炸成重傷，這可比他之前在道觀意外炸爐厲害多了。這姑娘也不知是怎麼長的力氣，扛起他一個大男人，臉不紅、氣不喘。

沈無咎趕過來，剛到院門，就聽到楚攸寧的聲音，中氣十足，高高提著的心才放下。

「公主。」他走進去，瞧見渾身上下沒有受一點傷的楚攸寧，揪著的心徹底放鬆。

姜塵聽到這稱呼，訝然望向楚攸寧。沒看出來，她居然是個尊貴的公主，難怪敢直呼鎮國將軍的名諱。

楚攸寧回頭，看到沈無咎臉色有些白，手壓著傷口，趕緊上前扶住他，又用精神力探了下他的傷。

「你走來的？嫌傷好得太快啊？我告訴你，也就是我這……」

乾燥的大手蓋住楚攸寧的嘴，沈無咎低下頭，在她耳邊說：「公主，妳的異能是秘密武器，不宜聲張。」

楚攸寧被他呼出的熱氣熏得耳朵有點癢，微微移開腦袋，揉揉發癢發燙的耳朵。「好吧，聽你的，但你也得聽我的。」

沈無咎看她揉耳朵，笑了。「好。」

「公主，主子一聽說您在這邊，連輪椅都顧不上坐了。」程安和程佑把輪椅放到沈無咎跟前，扶他坐下。

楚攸寧聽了，對沈無咎說：「我那麼厲害，你還擔心我保護不了自己啊？」

「再厲害也終究是肉體凡胎。公主要好好保護自己，妳現在可是有夫君的人了。」沈無咎已經知道怎樣能勸得動她。

果然，楚攸寧點頭。「你說得對，我現在也是有家室的人了，得對你負責。」

張嬤嬤剛到院門口，就聽到這宣言，不用進去看也知道，她家公主好得不得了。

雖說楚攸寧貴為公主，成了親，駙馬也當以公主為尊，但當著駙馬的面，說駙馬是她的家室，是不是不太好？駙馬可是統領三十萬沈家軍的大將軍，他能樂意？

罷了罷了，看駙馬方才擔心公主，連傷都不顧了，應是問題不大，她就不進去討嫌了。

院子裡，程安和程佑也在懷疑人生。公主這話，怎麼感覺他們主子才是被娶的那方？

好吧，正常來說，哪怕是主子，娶了公主，也要以公主為尊。只是他們將軍府好命，碰上這麼個好說話、不愛擺架子的公主。
雖然和自己想的南轅北轍，沈無咎卻半點也不惱，甚至已經做好楚攸寧一輩子都不開竅的準備了。
他吩咐程安與程佑。「交代下去，屋子爆炸的事，不准宣揚出去，也別讓任何人來。」
幸好這裡離官道遠些，距京城也有三十里路，動靜應該還傳不到京城。就算傳出去，自大的越國人也只會以為是昨夜收的火藥罈子爆炸。
程安和程佑知輕重，立即神色肅穆地走了。

院裡只剩下三個人，沈無咎問姜塵。「姜道長，此次可是知道用何物能引起爆炸？」
姜塵看向楚攸寧。「將軍不如問問公主，此次炸爐，皆因公主而起。」
「哦？」沈無咎望著楚攸寧，似乎什麼事發生在她身上，都不是很意外了。
楚攸寧驕傲地挺起小胸脯，隨即想到被炸壞的房子，又有點心虛。「就是有點費錢。」
沈無咎笑了。「公主，我的就是妳的。」
「那更心疼了，早知道是我自己的，我一定會換個地方試。」
沈無咎見她這般，心裡一轉。「公主，妳做出火藥配方，肯定有賞，到時找陛下要。」
楚攸寧瞬間不心疼了。「對！到時候你幫我要，修這屋子的銀錢，還有損失的材料，都別忘了算一算。」

不愧是軍師，這麼快就想到對策，她的眼光果然不錯。要是沈無咎管後勤，肯定也是一把好手。

沈無咎寵溺地點頭，既然他改變計劃，為了慶國好，火藥配方必然要交上去，倘若景徽帝最後還會因美色誤國，到時再反也不遲。就算到時他不反，公主大概也會氣得要反。

或許，也可以提前將那個危險扼殺在搖籃裡，就像這次他提前派人去買下奚音一樣，先將夢裡那個讓景徽帝為之與越國開戰的女人找出來……

第三十七章

幾人說完，進了屋，裡面的東西早因為爆炸撒了一地。

楚攸寧說出能做炸藥的三種材料，沈無咎和姜塵都懷疑自己聽錯了，竟是這麼簡單?!硝石和硫磺還好說，畢竟是方士用來煉丹之物，但平常得不能再平常的木炭，也成了其中不可缺少的材料?!任誰也想不到，威力那麼大，讓其他三國聞風喪膽的強大武器，居然是用燒過的木炭做出來的。

姜塵的震驚更不用說，立時恍然大悟，上次在道觀炸爐，是因為他不小心把僅剩的木炭粉末倒進放有硝石與硫磺的爐子，想著只是炭末，應該無妨，就一塊兒煉，結果爆炸了。

歷來方士煉丹都奔著華麗成丹而去，怎麼可能會覺得用來燒火煉丹的木炭是重要材料。他沒想過，最不起眼的東西，竟是引起炸爐的罪魁禍首。

姜塵感嘆。「公主此舉，讓我茅塞頓開。世間萬物，哪怕一粒塵埃，也有它存在的價值。」他雖身在道觀，卻有一顆嚮往朝野的心。在道觀僅剩他一個人時，沒少去淘書，也是靠偶爾教教道觀附近村裡的小孩識字，來養活自己。

沈無咎說，只要他造出火藥，便能載入史冊，若將來舉事，必定是開國功臣。於是，他打包道觀裡的書籍和最後一只煉丹爐，跟著來京城。

「道長功不可沒。」沈無咎說。

從看到姜塵的第一眼，他就看出此人與別的道士不一樣，姜塵愛看書多過唸經煉丹，看的還盡是專寫朝堂之事的書，可見有鴻鵠之志。本打算讓姜塵居於謀士的位置，如今……

沈無咎望向楚攸寧，公主口口聲聲說他是軍師，軍師這個身分倒是更合適姜塵。不過，他怕公主往後想做什麼事都找姜塵出主意，到時想管可管不住。

「此事全是公主的功勞，我不敢居功。」姜塵擺手，蹲下身撿起炸開的煉丹爐碎片。「道觀的最後一個煉丹爐也炸了，證明是我該還俗的時候，往後將軍喊我俗名便好。」

楚攸寧看看他手裡的碎片。「確定不是你想換下家找的藉口嗎？」

姜塵沈默了，攸寧公主似乎不知道什麼叫看破不說破。

「那我讓人替姜公子重新安排院子。」沈無咎趕緊說。

「也好。將軍賞口飯吃就行，我不拘什麼。」姜塵拱手謝過。

聽到還要給飯吃，楚攸寧打了個激靈，挑剔地上下打量姜塵，問沈無咎。「你要收他入隊？他看起來比你這個重傷的人還瘦弱，陳子善好歹能讓人覺得咱們隊伍不缺肉。」

沈無咎克制著沒笑。他們缺不缺肉，哪裡需要看陳子善了。

「公主，陛下讓四皇子在將軍府養到五歲，一般孩子三歲就可開蒙，就由姜先生來當四皇子的開蒙老師如何？」

對於三歲就能掄著錘子跑的楚攸寧來說，聽聞這個世界的小孩三歲開始讀書，並不感到詫異。可能是因為身具精神系異能的關係，三歲她都能認全數字了。

楚攸寧果斷點頭。「這個可以有，算知識人才。」

沈無咎聽她嘴裡又冒出他聽不懂的話，知識大概是學識？再次意識到，她可能真的在組建一支隊伍，而且似乎很拿手，知道哪些人該放在哪個位置上。

「承蒙將軍和公主看得起，姜某還當不起先生二字，以姜某淺薄的學識，更教不起四皇子。」姜塵連忙推辭。皇子啊，哪怕再小也輪不到他這個出身貧寒、毫無功名的人去教。

楚攸寧擺手。「不喜歡被叫先生，那讓小四喊你老師吧。也不用太有才，實際上，你就是個帶孩子的。」現在的四皇子連話都還不會說，可不就只能帶著玩，或者用嬰兒語對話。

姜塵體會到何為胸口插箭，楚攸寧這話傷害不大，但侮辱性極強。不當道士，他就只配帶孩子了嗎？

「公主說著玩的，姜先生別往心裡去。」沈無咎笑道。

姜塵看看楚攸寧，一臉堅定地拱手。「公主放心，我這就回去鑽研學識，日後定能教好四皇子。」

「嗯，教育從娃娃開始。」在末世，也只有小孩受教育，再長大些，覺醒異能，便跟著出去學打喪屍了。

沈無咎深思她這話，還挺有道理的。

等姜塵告辭，沈無咎才問起楚攸寧往這裡跑的原因。「公主怎麼突然來這邊？」

當時下了官道，看到莊稼，她果然興高采烈，問他住的院子在哪裡後，就騎著馬先走了，程安追都追不上。

楚攸寧想起她趕來的初衷，想到那只出現在夢裡的火鍋，更饞了，直接說：「我想吃火鍋了，這裡有火鍋嗎？」

沈無咎感到好笑，讓慶國屈辱多年的武器，居然因為她想吃火鍋被造出來了。

「火鍋是何物？妳同我說，我讓人去做。」天底下有哪種東西吃法跟煉丹一樣的？他想了一遍，發現還真沒有。

「就是準備一個鍋，裡面隔開兩半，一邊放辣的紅湯底、一邊是清淡湯底。鍋下燒火，準備好各種食材放在桌上，想吃哪種，就往咕嚕咕嚕冒泡的湯裡涮一涮，撈起來蘸上醬吃。還是你們這裡不叫火鍋？」楚攸寧比劃得眉飛色舞，腳下畫圓，再從中間畫了道微彎的線。

聽起來是邊煮邊吃，沈無咎想起，行軍打仗為了方便，會將大鍋放在火上，把肉切薄，連同野菜下進鍋裡，將士們圍一塊兒燙著吃，還頗有味道。公主說的火鍋，差不多是這樣。

他當沒聽到她說的那個「你們這裡」，道：「好，我讓人去做這樣的鍋。公主想吃什麼，我也吩咐人準備，咱們可以試試看。」

楚攸寧疑惑，還沒有火鍋嗎？越國那個得仙人託夢的福王，好像只記得引進海外物產，並沒有豐富飲食？那好多她在末世就垂涎的吃食，這裡豈不是也沒有？

算了算了，有吃有喝的世界，該知足了。

「只要能丟進鍋裡煮的，我都可以，我不挑的，挑食遭雷劈。」說起火鍋，她也只是按著記憶紙上談兵，要問底料怎麼做，她是不懂的。

沈無咎看著神情無比認真的楚攸寧，嘴角控制不住上揚。這世上怎有如此可愛的姑娘，把一口吃的說得比天大。

「好，我讓管事看著辦。午膳是來不及了，晚膳可好？」

楚攸寧點頭。「都行。」

說完火鍋的事，程佑很快將沈無咎交代的三樣東西送來。

硝石和硫磺是煉丹必備，為了能盡快研製出火藥，回京後他讓程佑把能買到的硝石與硫磺全帶給姜塵，不用特地再買；木炭是生火用物，也不缺，程佑送上來的是磨好的細粉。

沈無咎把火鍋的事交給程佑，要他去傳話，讓張嬤嬤跟管事商議。張嬤嬤跟著皇后待在後宮多年，想必更懂得怎麼做。

程佑走了，程安盡責地守在院門外，以防有人靠近。

楚攸寧按照比例，又抓著調合一次，混合後的粉末，正和越國火雷的一樣。沈無咎明白了，越國火藥裡有多種顏色的粉末，是特意加進去迷惑人的，這招的確高明，讓慶國人以為配方很複雜。

火藥的配方關鍵，在於三種材料的多寡。姜塵在道觀煉丹炸爐，是巧合中的巧合。如此一來，只要材料充足，慶國就無懼於越國了。

那日知道綏國早聽從於越國後，沈無咎還擔心，萬一哪日越國答應將火藥武器賣給綏國，多年前的慘劇將會再次重演。此時知道火藥的配方，他心裡壓著的石頭總算放下來。

楚攸寧做完，讓沈無咎也試試。

沈無咎一一記下步驟，要程安打水進來，親自幫楚攸寧洗手。

銅盆的清水裡，骨節分明的大手握著白嫩的小手，溫柔地搓洗。平日裡拿慣刀槍棍棒的手，此時握著這雙小手，視如珍寶，仔細洗過每個指縫，連手背上的肉窩都不放過。

楚攸寧低頭看認真幫她洗手的沈無咎，她喜歡這種感覺，形容不上來，卻捨不得那麼快就洗好。於是，等沈無咎洗完，要抓起她的手時，刻意加重力氣，讓他怎麼抓都抓不起來。

「還沒好，指甲縫沒洗。」楚攸寧動了動手指。

沈無咎一怔，笑著抬頭。「那妳放鬆力氣。」

被看穿了。楚攸寧倏地從水裡抽離雙手。「我發現其實挺乾淨了。」

沈無咎沒戳穿她，拿出手帕替她擦手，特地細細擦了她的指甲縫。修剪得分外整齊的指甲粉嫩嫩的，再加上圓潤指尖，和她的人一樣可愛，他也捨不得放開呢。

楚攸寧發現，她不但喜歡讓他洗手，也喜歡讓他擦，雖然有點癢，但她貪戀這種感覺。旁邊端著水的程安屏氣，佯裝自己不存在，覺得這畫面他連呼吸都是錯。

主子居然有這麼溫柔細膩的時候，真該叫沈家軍來看看，別總說主子不解風情了。

「好了。」沈無咎放開柔軟的小手，就著手帕擦了擦手，放回盆子裡。「公主先回去用午膳吧，我還有點事要交代程安他們。」

一說到吃飯，什麼感覺都被楚攸寧拋到腦後，點點頭，轉身就走，頭也不回。

程安無言，總覺得主子方才付出的柔情柔了個寂寞。

沈無咎收回目光，肅起臉。「接下來，你和程佑先做出幾個火藥。這次越國勢必會帶走很多厚禮，到時你帶人還有火藥埋伏在鬼山，等他們到，就炸了車上的東西。寧可炸光，也別便宜他們。」

鬼山是出了名的邪門，越國人也想不到慶國人已經做出火藥，到時候只會懷疑自己人當中出了內鬼，拿火藥炸自家東西，或者以為中了邪，正好嚇嚇他們，坐實祖宗顯靈的事。

哪怕這群人回到越國後，不顧和親盟約，想馬上攻打慶國，也得掂量一下，慶國也好爭取時日做出更多的火藥武器。

程安和程佑神情激動，被越國欺壓這麼多年，憋屈這麼多年，終於可以揚眉吐氣了！

公主果然是福星！

楚攸寧剛回到正院，就被圍住了。

「公主嬸嬸，妳有受傷嗎？」歸哥兒直接抱腿。

「公主嬸嬸……」姊妹花姪女昂起頭，擔心地看著楚攸寧，也學歸哥兒喊公主嬸嬸了。

「四嫂，您沒事吧？」沈思洛擔憂地問。

「這也是我要問的。」陳子善不知打哪兒冒出來，表示關心。

楚攸寧面對這些高矮胖瘦、年紀不一的隊員們的關心，彷彿回到末世出任務回來時，被在家養傷的其他隊員迎接的時候。

她小手一揮，道：「都沒事，今晚我請大家吃火鍋！」

「什麼是火鍋？」大家異口同聲。

「今晚就知道了。」楚攸寧說完，轉頭對上張嬤嬤嚴肅的臉色，突然有種小孩面對家長的感覺，上前抱走她懷裡的小奶娃，捏捏肥嘟嘟的小短腿。「嬤嬤，小四好像又長胖了。」

張嬤嬤的臉色繃不住了。「公主，您今早剛見過四殿下。」也就在路上的時候沒見著，能胖到哪裡去。

「聽說小孩見風長，小四見風了。」楚攸寧把書裡看過的話拿來說。

噗哧！沈思洛忍不住笑出聲，公主太好玩了。

張嬤嬤哪怕努力繃住臉，也看得出來，她在忍著笑意。「公主，那是說小孩長得快的意思，不是真的見風就長。」

楚攸寧鼓鼓腮幫子，她當然知道啊。

得，被楚攸寧這麼一通扯，張嬤嬤忘了要說她以身犯險的事，想起方才程佑來傳的話。

「公主，您說的火鍋，奴婢已經知道大概怎麼做了，但您說的辣味是什麼？」

「啊？辣味就是辣椒啊，院子裡不是有種嗎？」她之前用精神力掃過院子的時候，瞧見一顆顆紅通通的果子，正是火鍋必不可少的辣椒。

「在哪裡？」張嬤嬤打量四周花草，難不成是莊子的下人擅自在院子裡的角落種菜？

「跟我來。」

眾人跟著楚攸寧來到種辣椒的地方，那是擺在路邊的花盆，其中有幾盆像花又像果子的，結了一叢叢果實，小小一顆，圓錐狀，直立朝天，紅豔似火，看起來就像綻放的花。

「公主，這些是越國從海外帶回來的觀賞物，也是慶國每年去越國進貢給的回禮之一，不值錢，隨便種都能長，怎麼會是入口的東西？」張嬤嬤生怕楚攸寧不知道，亂吃一通。

楚攸寧疑惑，福王是怎麼回事？讓人把東西弄回來，卻忘了教人怎麼吃？還是壓根兒不知道這是吃的？

她也怕自己認錯，把小奶娃塞回去給張嬤嬤，上前揪下一顆辣椒，在大家的驚呼中放進嘴裡，咬了一小口，一股從未體驗過的辣頓時麻痺口內，全身血液往頭上湧，還冒出淚花。

「公……公主，您的臉怎麼了？」陳子善指著楚攸寧瞬間通紅的臉。

「公主嬸嬸，妳哭了！是不是中毒了？」歸哥兒跑過去，小包子臉滿是擔心。

「還不快去叫大夫！」張嬤嬤忙喊風兒。

「嘶！太辣了！」楚攸寧辣得直哈氣，一邊用手幫舌頭搧風、一邊對幾個小的說：「你們誰也不准碰這東西。」

負責院裡花草的婢女看到楚攸寧把番椒往嘴裡放，嚇得魂都沒了，上來撲通一跪。

「公主，奴婢該死！奴婢沒同您說這番椒有毒，一不小心碰到，會刺痛難耐，尤其摸了番椒的手，萬不可再去摸眼睛。」

「是我自己要嚐的，不怪妳。」楚攸寧從荷包裡扯出一根肉乾塞進嘴裡，才解了辣味。

張嬤嬤見狀，語重心長道：「公主，您要時刻記著自己的身分尊貴，試吃這種事，可以讓下人做。」

楚攸寧知道這時最好點頭，很乖巧地點了。至於試吃，有吃的，為什麼要先便宜別人？

「嬤嬤，辣火鍋的湯底有了，讓人摘了這些番椒去做吧。」

楚攸寧說完，所有人都不敢置信地看著她。

「公主，您不是被辣哭了嗎，還能吃？」陳子善嚥嚥口水。公主那麼強悍的人，才咬了一小口，就被辣得眼淚汪汪，居然還要吃？

「我覺得還是可以試試。」沒有辣味的火鍋是沒有靈魂的。

大家見她那麼執著，不好再勸，對火鍋少了好些期待。加入這麼可怕的食材，能吃嗎？

張嬤嬤知道楚攸寧打上番椒的主意，生怕她哪日又跑來吃，趕緊叫人將別院裡的番椒都移到她平時不會經過的地方。

第三十八章

沈無咎回來用午膳的時候，聽說了這事，只嘆公主無時無刻都會發生新鮮事。

他倒不懷疑楚攸寧胡亂吃，卻是奇怪，海外傳回來的番椒對她來說，居然不是觀賞物，而是用來吃的，難道這才是番椒真正的價值？

之後，沈無咎讓人摘了番椒來嚐，辣得懷疑人生，交代下去，做火鍋時得斟酌著放。

用過午膳，大家回到各自分配好的院子小歇後，楚攸寧就帶著小輩們，外加陳子善，往果林裡鑽。

沈無咎則是坐在陰涼的迴廊下，和腿上的小奶娃瞪眼。

楚攸寧說是怕他一個人太孤單，把四皇子拎過來，往他腿上一放就走了，於是就有了這般像靜止一樣的情景。

沈無咎伸出手臂，小心圈住四皇子。四皇子雖然胖嘟嘟，看著敦實，但依然是個小奶娃，坐在他腿上，小身子微微晃動，嚇得人精神緊繃。

「噠！」小奶娃忽然興奮起來，揮舞雙手。

沈無咎趕緊抓住他的兩隻小胳膊，不讓他亂動。

張嬤嬤見狀，卻沒上前。不僅公主要跟駙馬培養感情，四皇子也要。

依她看，如今成年的三個皇子，沒一個好的。四皇子是嫡出，如果將來那三個皇子的其中一個登上皇位，四皇子的存在，怕會是一根刺。若登基的是四皇子，就不同了，如今景徽帝正值壯年，再撐個十年、八年不成問題。

倘若得到擁有沈家軍支持的駙馬相助，還有那麼厲害的公主，這事未嘗不行。

「呀？」小奶娃用手去抓困住他的手臂，但手太短抓不到，疑惑地看自己的小手。

沈無咎見他這麼可愛，漸漸放鬆身子，但這樣下去不行。哄公主可以，小孩，他沒轍。

忽然，他想到一個法子。「程安，去叫姜先生過來。」

姜塵很快就過來了，換下破舊道袍的他，穿了件青色交領長袍，手裡還拿著書，沒了道士氣質，卻多了幾分儒雅的味道。

姜塵看到坐在沈無咎腿上的小奶娃，再看四周候著的人，立即明白，這大約是他那個素未謀面的學生了，不滿一歲的學生，滴溜溜的眼睛轉來轉去，瞧著很是機靈。

「不知將軍找我何事？」

「我覺得，既然你是四皇子的先生，應該打小培養師生情誼，不如從這一刻開始。」沈無咎雙手夾住小奶娃腋下，將他抱起來，遞給姜塵。

四皇子以為沈無咎在跟他玩，格格笑著拍手。

姜塵看看四周不動的人，趕緊把四皇子抱進懷中。他去村裡教小孩讀書時，也抱過孩子，就是沒抱過這麼小、這麼尊貴的，但經常跟孩子打交道的他比起沈無咎，還是更熟練。

小奶娃發現突然換了個人抱，還是沒見過的人，看看這個，又看看那個，小小的腦袋裡冒出大大的問號。

姜塵見他沒哭，滿意地點點頭，瞧著是個沈穩的，決定抱他坐到一邊去，唸書給他聽。

「人之初，性本善……」

沈無咎有些料想不到事情會如此發展，姜塵居然真帶四皇子讀書了，四皇子聽得懂？

程安嘴角抽搐。「姜先生，你覺得四皇子聽得懂嗎？」

姜塵看了眼乖乖坐在他懷裡、一動不動的四皇子，點點頭。「你看，四皇子一聽我唸書就乖乖不動了，眼睛還睜得大大的，一看便是天生聰慧。」

張嬤嬤一聽就知道不妙，快步上前，卻是來不及了。

小奶娃身子顫抖了下，姜塵身上的衣裳立時被塗了顏色。

姜塵僵住，尿完舒服了的小奶娃拍手笑起來。

「哈哈……」程安忍不住大笑出聲。「四皇子的確很聰慧。」

沈無咎覺得小奶娃會認人，沒尿在姊夫身上，不錯。

於是，這對師生初次見面，學生給老師送了份大禮——一泡童子尿。

莊子的果林種的是桃子和杏子，此時正是兩種果子成熟的時候。

綠裡發青、黃裡帶紅等顏色各異的杏子，一串串藏在茂密的枝葉間，像是正在跟誰玩捉迷藏。有青有紅的桃子也掩映在翠綠的葉子裡，尤其是成熟的，鮮紅碩大，掛在枝上沈甸甸的，看起來豐滿多汁。

對於在末世時沒見過果樹的楚攸寧來說，簡直是天堂。

在她的帶領下，小輩們個個撒了歡地尋找成熟的果子摘，連原本有些拘謹的姊妹花也徹底放開了。

陳子善是九歲時才來京城的，之前一直待在鄉下老家，老家也有人種果樹，就算沒有，山上亦有野果樹，倒沒有那麼稀奇。但楚攸寧在，連他也被帶得像個小孩似的，提著袍子，跟著找又大又甜的果子。

最後，大家還比賽看誰摘的果子最大。要真想找最大最甜的，楚攸寧用精神力一掃，肯定能馬上找到，可她偏喜歡一顆顆去找，這樣才有趣。

果林裡的笑聲傳出老遠，沈無咎在別院裡都能聽見。

暮靄四合時，楚攸寧一心期待的火鍋登場了。

下午剛打好的鍋子放在火爐上，鍋裡分兩邊，倒入大廚調了半天的湯底。按照要求，一紅一白，紅湯上面飄著紅通通的辣椒段，白湯不知用什麼食材熬製的，真的呈奶白色。

桌子上也擺滿一碟碟食材，葷菜能有的種類幾乎都有了，不用楚攸寧特地說，有經驗的大廚一聽往湯裡燙一燙就能吃，便知道肉得切薄。各種素菜也是在莊子新鮮採摘的。

莊子管事知道主子要來時，特地去京城請了大酒樓的廚子過來掌廚，知道火鍋如何做後，隨即明白精髓在湯底。一鍋濃湯，一鍋清湯，從午膳後開始燉，做各種調味，務必要做出最好的湯底。怕天氣熱，屋裡四周還擺放了盛冰的冰鑑。

其餘人看到後，都覺得這種吃法實在太新奇了，桌上的菜都是生的，鍋裡的湯在咕嚕咕嚕冒泡，這是要邊煮邊吃嗎？身為隊裡一員，也被邀請來的陳子善和姜塵大開眼界。

陳子善兒時在鄉下沒吃過這個，進京後去了各大酒樓，也沒見有這樣的吃法，難不成這是皇宮裡出來的新吃食？而往年冬日，姜塵沒少對著梅花煮茶溫酒，但真沒想過煮菜。

楚攸寧和沈無咎坐下後，大家才紛紛入座，一雙雙眼睛等著楚攸寧示範怎麼吃，尤其懷疑那鍋紅通通的湯，真的能吃嗎？

楚攸寧也是大姑娘上花轎頭一遭，但只要是吃的，她就有膽子試，將一筷子蔬菜放進紅湯，默數時間差不多，就撈出來，放進專屬的醬碟裡。

至於醬，楚攸寧也是紙上談兵，並不知道吃火鍋的蘸醬可以根據口味自己調，所以擺放在大家面前的醬碟，是廚子們根據掌廚多年的經驗，調出覺得合適的口味。

「公主，不如奴婢先嚐嚐？」在旁邊照看四皇子的張嬤嬤忽然出聲。她還是擔心這番椒有毒，公主白日試吃的那一點都辣哭了，何況湯裡都是。

「嬤嬤，妳也想吃啊？那妳坐下一起吃。」楚攸寧說著，把蘸了醬的蔬菜送進嘴裡，但是還沒入口，就被人虎口奪食了。

在末世奪人口糧，如同殺人父母，楚攸寧剛要瞪眼，抬頭見是沈無咎就著她的手吃了涮好的菜，火氣頓時熄滅。

按照這個世界的規則來說，這是她老公，給他吃一口是應該的。

沈無咎嚐完，原本還擔心會像白日生吃番椒那樣辣，卻沒想到加入其他調料一起煮過後，吃起來的味道還不錯，麻麻辣辣，刺激食慾。

張嬤嬤見狀，放心退回去守著只能孤零零在一旁吃雞蛋羹的四皇子。

駙馬是何其聰明的人，知道她的顧慮，二話不說就試吃，可見心裡是有公主的。

楚攸寧盯著沈無咎吃，他吃得那麼優雅斯文，細嚼慢嚥，看得她都想幫他吃。

她正想趕在他吃完之前自己先涮一筷吃，省得他吃完又搶她的，忽然想起他身上還有傷，心裡一喜，認真嚴肅地說：「你有傷，不能吃辣。」

「嗯，我聽公主的，只吃這鍋清淡的。」嚐過確定沒問題，沈無咎就放心讓她吃了。

楚攸寧滿意地點點頭，說聽她的就聽她的，不錯。知道不會再有人來跟她搶了，捲起袖子，一副要開始大吃的樣子，把肉片放進鍋裡。

因為是做給公主吃的，廚子特地試過，記下哪種菜涮多久能熟，所以哪怕楚攸寧沒吃過火鍋，也知道先放肉，等肉熟的時候放蔬菜，忙得開心，吃得快樂。

其餘人也知道該怎麼吃了，紛紛拿起桌上的筷子，把面前的食材放進鍋裡涮，嘗試這種新奇的吃法。

起初辣湯沒人敢碰，因為白日見楚攸寧只吃一點點，就辣得掉淚的樣子。但這湯底實在太香了，便忍不住嘗試。

大家都是第一次吃辣，一個個齜牙咧嘴，辣得直哈氣，痛並快樂著。也有受不了的改吃清湯，但吃過清湯後，發現還是辣湯更有勁。連最小的歸哥兒也試了好幾口。

楚攸寧不知道末世前的火鍋是怎樣的美味，這頓火鍋是她頭一次吃，也不知道正不正宗，卻足以讓她記憶深刻了。

第三十九章

屋裡熱氣蒸騰，有冰鑒散發冷氣，使室內涼爽，倒也熱不到哪裡去。

吃完火鍋，再來一碗冰鎮酸梅湯，酸酸甜甜，清爽解膩。

酸梅湯是冰鎮在冰鑒裡的，陳子善主動攬下倒酸梅湯的活。楚攸寧接連喝了兩碗，等沈無咎發現不對勁的時候，她已經喝得雙頰通紅。

沈無咎看著臉上一片暈紅的楚攸寧，見她還要喝，忙伸手去拿她的碗，卻是拿不動。

「我的！」楚攸寧把碗抓得牢牢的，抬起迷離的杏眼瞪他。

這濕漉漉的眼神，又帶著護食的凶悍，像極了許多年前沈無咎在巷子裡餵食過的貓。

他有些好笑，徐聲誘哄。「我就看看，不喝。」

「真的就看看？」楚攸寧將信將疑。

沈無咎點頭。「對，我身上有傷，喝不了。」

楚攸寧立即鬆開手。「你看吧，不能喝哦。」

沈無咎成功拿走她那碗剩沒兩口的「酸梅湯」，都不用喝，就能聞到碗裡的酒香。

這是琥珀酒，每日只賣五罈，晶瑩剔透的黃湯盛在碗裡，看起來和酸梅湯相似。方才滿屋子的火鍋香氣蓋住了碗裡散發出的酒味，他才沒能在一開始察覺到。

沈無咎冷冷瞪向陳子善，要不是念在他夢裡幫著給沈家收屍，以他經常出入花樓的荒唐行徑，能有機會跟在公主身邊？

陳子善縮縮脖子。「這是放在冰鑒裡的，公主不准我說。」他是公主的人，自然是聽公主的。實際上，這是公主喝的第三碗。第一碗公主喝的是酸梅湯，第二碗就示意他倒酒，他不知道該不該慶幸被發現，否則不敢繼續倒了。

沈無咎再看伸手想拿回碗的楚攸寧，把碗挪到她拿不到的地方。「公主，酒哪兒來的？」

「我要管事放進去的……我喝的時候，沒讓你看見哦。」楚攸寧的目光已經有些迷離，露出得意的、憨憨的笑。「這樣你就不饞了。」

倒是記得不讓他看見，看來是昨夜在宮裡沒喝上酒，一直惦記著。一個公主親自向管事要酒，管事自然不敢不給，給的還得是好酒，可不就被她順利拿到了，還知道事先藏在冰鑒裡。早知道她為一口酒如此費心思，他就該跟她好好說的。

張嬤嬤心裡那個氣啊，一不留神，公主又鬧出事來。堂堂公主當著這麼多人的面喝醉了，像什麼樣，還是偷偷摸摸喝，太不像話了。生怕公主說出什麼不該說的醉話，趕緊讓風兒和冰兒上前，把人扶回屋。

楚攸寧卻一把揮開兩個婢女，跨坐到沈無咎腿上。

眾人大驚，張嬤嬤的腦門突突直跳。「公主，駙馬身上有傷，咱們不鬧他可好？」

楚攸寧歪頭看張嬤嬤一眼，此時腦子暈乎乎的她，把張嬤嬤看成了末世的霸王花媽媽。
她忽然摟著沈無咎的脖子，高舉左手。「報告！我有男人啦！」
醉了的楚攸寧，大腦裡是拚殺了二十年的末世記憶，她有男人了，得當眾宣布，好讓隊友們知道。
眾人再次瞠目，不用說，大家也都知道公主有男人了啊。
張嬤嬤只覺得心臟驟停，很想上前把公主從駙馬身上扯下來。
沈無咎擔心楚攸寧坐不穩栽倒，抬手摟上她的腰。「公主，我帶妳回屋。」
楚攸寧振臂一呼。「對！回屋證明給大家看！」
沈無咎聽了，心頭一蕩，是他以為的那個「證明」吧？頓時哭笑不得。
「嗯，妳乖，咱們這就回屋證明給大家看。」
「走！」楚攸寧打了個酒嗝，摟著沈無咎的脖子，軟綿綿地趴在他肩上。
沈無咎就這樣帶著她，讓程安推他離開。
張嬤嬤擔心楚攸寧醉糊塗了，會說出什麼不該說的話，皺著眉頭，緊跟在後。
歸哥兒望著兩人一起坐輪椅離開，滿臉驚奇。「公主嬸嬸喝酸梅湯會醉。」
如姐兒說：「可是我們也喝了，沒醉。」
雲姐兒疑惑。「是因為喝得不夠多嗎？」
沈思洛被三個小輩的話逗樂了。「我們喝的是酸梅湯，你們公主嬸嬸喝的是酒。」

幾個小的看向陳子善，一臉「你完了」的表情。

陳子善欲哭無淚，不聽公主的不行，聽公主的也不行，他太難了！

因為知道主子受傷不良於行，管事早讓人把門檻卸了，好方便輪椅行走。

把人推進屋後，程安就退下了。

張嬤嬤跟進去。「駙馬，您身上有傷，公主醉酒不知分寸，怕傷到您，還是讓奴婢來伺候吧。」

「媽媽不用擔心，這個我會！」楚攸寧從沈無咎身上下來，把張嬤嬤推出去，關上門，動作一氣呵成。

張嬤嬤無言了，公主這麼急著圓房？

楚攸寧背靠著門，對沈無咎露出壞壞的笑。迷離的眼神，紅撲撲的臉蛋，看起來十分清純無害。

她走過去，再次跨坐到沈無咎腿上，摟住他的脖子，拍拍胸脯。「你放心，我有看書學過的。」

沈無咎哭笑不得，這話是不是應該他來說才對？

「公主，我有點口渴，妳幫我倒杯茶可好？」他帶她回來，是不想讓她在外頭說胡話，可不是真的想「證明」。

「是不是口乾舌燥？那就對了，書上也是這麼寫的，咱們來吧！」楚攸寧雙手捧住沈無咎的臉，嘟起嘴湊上去。

沈無咎微微往後仰，看著帶酒香的粉唇越來越近，喉結上下滾動了下，抬手去扳楚攸寧的手，奈何扳不動。

要是讓他知道誰給她看那種書，他非得抽那人一頓！

很快，楚攸寧半瞇著眼，貼上沈無咎的唇，溫溫軟軟，沒什麼感覺，輕輕吮了吮，皺起眉，又咬了下，便退開了，嫌棄道：「不好吃。」

沈無咎已經極力克制住沒回應，沒想到得了個「不好吃」的評語。

相反地，他覺得很好吃，姑娘家的唇軟軟嫩嫩的。

沈無咎的聲音帶著克制的沙啞。「因為吃的時機不對。下次我保證很好吃，好不好？」

楚攸寧眨眨眼。「沒熟嗎？」

沈無咎愣了下，果斷點頭。「對，沒熟。」

「難怪那麼難吃。」

這個沒法忍！

唯恐她日後覺得難吃就不吃了，沈無咎按住楚攸寧的後腦杓，覆上她的唇，務必要讓她覺得有滋有味。

沈無咎吻住軟嫩香甜的唇瓣，上下輕輕吮了吮。

楚攸寧懵了下，反應過來自己的唇被吃了，從來都是她吃別人的，怎麼能讓人吃她的？她氣勢洶洶反擊回去，也不知是誰先打開牙關，兩人你爭我奪，唇來舌往的對戰中，吻得越發嫻熟。

這時候，已經不是好不好吃的問題了，親著親著，楚攸寧發現身子有點熱，退開伸手去扯衣服。

沈無咎忙按住她的手，把她拉到懷裡，讓她伏在肩上，摸著她的小腦袋。

「熱……」楚攸寧不滿地咕噥。

「妳不動就不熱了。」沈無咎說。

楚攸寧真的不動了，沈無咎一下一下地順著她的秀髮。

過了一會兒，就在他以為楚攸寧已經睡著的時候，楚攸寧又突然直起身，歪著腦袋瓜左看看，右看看，然後出聲了——

「以後你就是霸王花隊隊長的男人啦，一定會是隊裡最受寵的！」

「霸王花隊……好別致的隊名，公主取的嗎？」沈無咎問。

楚攸寧搖頭。「媽媽們取的。」

媽媽……沈無咎還以為方才她推張嬤嬤出去時，他聽錯了，原來真的是說媽媽。

據他所知，天下四國中，媽媽這稱呼向來慣用在鴇母身上，之前見識過她的身手，他就往殺手猜過，難不成她以前是青樓背地裡培養的殺手？可是，若真如此，也不會有這般簡單直率的性子。
「你也不願意加入霸王花隊？」楚攸寧瞇起眼，帶出一絲殺氣，迷離的貓眼裡透著危險的光芒，大有一番他敢嫌棄就揍他的架勢。
沈無咎笑著握住她的手。「公主在哪兒，我就在哪兒。」
炸毛的貓被安撫了，楚攸寧身子一軟，又趴回沈無咎肩上。「那我們明天去搜集物資，囤好多好多糧食。」
「囤那麼多糧食做什麼？」沈無咎輕拍著她的背。
「有了糧食，大家就不用擔心餓死了。」楚攸寧完整詮釋了「酒後吐真言」這句話。
沈無咎看著靠在他懷裡的公主，聽清了她後面的嘟囔。他不知道她以前經歷過什麼，聽起來是沒飯吃，餓出陰影了。
到底餓成怎樣，才會對糧食有如此執念？他不敢細想。
門外，張嬤嬤來回踱步，想著駙馬如今帶著傷，公主若是硬來，他也反抗不了，好不容易有了起色的傷勢，可別又加重，到時得不償失，圓房什麼時候都可以的。
可是，她只是奴婢，太干涉主子反而不好。再說，駙馬沒反對，應該是有把握應付吧？
沒過多久，門吱呀一聲被拉開了。
張嬤嬤往房裡看去，看到駙馬坐在輪椅上，衣襟有被拉扯過的痕跡，俊臉上還有個小小的牙印，弧度優美的薄唇也比進房前紅腫了幾分，看得她老臉發熱，想也知道發生了什麼。不過，時辰太短，應該是沒成事吧？

「公主睡下了，嬤嬤讓人打水幫公主擦擦身。」沈無咎輕咳了聲，意圖清掉被撩撥起來的沙啞。

「哦，好，奴婢親自去打水伺候公主。」張嬤嬤轉了身，又轉回來，遲疑地問：「駙馬，公主沒說什麼胡話吧？若是說了，您別當真，公主在宮裡最愛看些亂七八糟的話本。」

沈無咎眼眸一閃，瞬間知道張嬤嬤猜出此公主非彼公主了。也對，張嬤嬤畢竟是皇后跟前的人，除了公主的奶娘外，也就張嬤嬤最了解原先的公主。

他不確定公主出嫁前臨時換掉所有宮人，是公主為掩蓋自身而考慮，還是張嬤嬤做的，這的確能掩蓋公主的異樣。若非他見識過夢裡那個公主，也不會輕易看出換了個人。

看樣子，張嬤嬤是個聰明人，知道是這個公主才能讓四皇子活下來，且安然活著。

「我知道，以後我會讓她少看點。」他點頭，推動輪椅往外走。

張嬤嬤暗暗鬆了口氣，想來對公主了解不深的人，是不會輕易起疑的。

半夜，楚攸寧掀開薄被起身，如同幽魂般往外走，在沒有驚動任何人之下，走出別院，控制了馬廄裡的一匹馬。

她直接翻身上馬，讓馬馱著她，慢悠悠離開莊子。

別院裡依然靜悄悄的，所有人對楚攸寧的離開毫無察覺。

沈無咎寫好密信交給程佑，讓程佑暗暗派人飛快送往邊關。他原本打算就寢前先去看看楚攸寧睡得是否安穩，但好像有個聲音堅定地告訴他，公主睡得正香，無須再去打擾。

他隱約覺得哪裡怪怪的，但是又想不起來，只得在程安的催促下，上床歇了。

天快要亮的時候，冰兒和風兒換班守夜，照例進去看公主歇得可安穩，結果發現床上沒人，再一摸，被褥是涼的，證明公主不在已久。

兩個婢女頓時慌了，趕緊去叫醒張嬤嬤。

張嬤嬤一聽，嚇得趕緊從床上起來，迅速披上衣服往外走。「公主何時出去的，風兒守夜，居然不知道？」

風兒惶恐。「很奇怪，在發現之前，我腦子裡一直記得公主在屋裡睡得好好的。」

「我也是這樣以為的。」冰兒說。

「不管因為什麼，公主出去了，守夜的人卻毫無所覺，這是失職。我看，就是公主近來太好說話，讓妳們的皮都鬆了。最好祈禱公主沒事，否則公主不罰，陛下也饒不了妳們。」

「是，奴婢趕緊叫人去找。」風兒和冰兒連忙喊人幫忙。

別院的主院和明暉院差不多，沒有東跨院，卻也設有書房。

張嬤嬤直接進了沈無咎住的院子，看到程安靠在門邊打盹，快步上前。「快去稟告駙馬，公主不見了。」

程安猛地一激靈，差點摔倒。

公主怎麼可能會不見？別說原本姜塵住進來研製火藥，莊子已加強防衛，這次因公主要過來，也加派了人手。火藥做出來後，更是只差把別院盯得一隻蚊子都進不來。這種情況下，公主怎麼可能不見？就算有人進來擄走公主，也不可能不驚動守夜的護衛。

程安正要敲門，房門已從裡面打開，沈無咎只穿著裡衣，連輪椅都沒坐，直接走出來。

「怎麼回事？」沈無咎黑沈沈的眼裡閃著焦急之色。

「方才冰兒來換班，兩人進去看公主是否睡得好，結果發現床上沒人，被褥也早已涼透了。」張嬤嬤心急如焚。

「嬤嬤別急，我這就讓程安去叫醒所有人尋公主，說不定公主因為醉酒，跑到院裡哪個角落去了。」沈無咎安慰張嬤嬤，也安慰自己。

這時，程安拿衣服來了，沈無咎接過，就讓他去把人叫醒，一起找公主。

張嬤嬤也趕緊回去，聚集公主這邊的人去找。

第四十章

很快，整座別院燈火通明，沈無咎叫來昨夜守夜的家兵，都說沒見公主出去，也沒見有人闖進來。

就在大家搜遍整個別院都找不到人的時候，管事過來說：「四爺，公主昨日騎來的馬不見了。」

沈無咎瞬間有七、八分肯定，楚攸寧自己出去了，想起楚攸寧可以探測火藥的位置，那是不是也意味著，她能光明正大出去，又不會叫人發現？

「昨夜丑時左右，張嬤嬤有沒有想過去看公主？」

張嬤嬤皺眉。「當時公主在屋裡睡得好好的。」

「風兒，妳呢？」

風兒不假思索。「公主好好地睡在屋裡。」

沈無咎又問昨夜守夜的家兵，可想過公主會離開別院？家兵憨憨撓頭。「公主不在屋裡睡，離開別院幹麼？」

是了，所有人都堅定認為楚攸寧在屋裡睡得正香，好比昨夜他入睡之前想去看她，結果卻有個聲音告訴他，公主睡得正香，不用去看一樣。

他願意相信，這是她的異能所致，而不願去想她出了意外。

「派人沿著方圓十里尋找。程安，你立即回將軍府看看公主有沒有回去，問城門士兵有無見著公主。」

沈無咎有些擔心，楚攸寧會不會因為醉酒思鄉，半夜偷跑回以前待的地方。早知如此，昨夜就該乘機問出她的來處。

果然，他在宮宴上的直覺沒有錯，楚攸寧喝酒會出事，出的還是大事。

「我也去找找。」陳子善跟著往外走。他很清楚，他能待在這裡，是托公主的福。若是公主不見，是因為昨夜喝酒，殺了他都難辭其咎。

沈無咎摸上已經好些的傷口，楚攸寧留了些異能在他體內，倘若他的傷勢有變，她會感應到的吧？

東邊第一縷陽光灑向大地，也灑向躺在糧車上睡著的人。

楚攸寧感覺到有陣陣腳步聲靠近，沒睜眼，就習慣地去摸她的刀——

刀呢？楚攸寧猛地睜開眼，拂曉時分，天空還是白色的，空氣中瀰漫著露水的清新，瞬間清醒了。

這不是在末世，來的也不是喪屍。

楚攸寧低頭拍拍身下的一袋袋糧食，有點懵。她為什麼會在這裡？誰那麼有本事，把她扔過來？

楚攸寧坐起身，看看四周，這裡是一條山路，停了好幾輛載滿糧食的糧車，旁邊還捆著一堆哎喲哎喲呻吟的男人，個個鼻青臉腫。這把人扔成一堆的手法，一看就是出自她。

楚攸寧瞪圓了眼，她這是大半夜跑來劫糧了？為什麼她一點印象也沒有？

楚攸寧試著回想，可是最後的記憶只停在她吃完麻辣鮮香的火鍋，然後趁沈無咎不注意，偷偷要陳子善倒酒給她喝。

她還記得喝第一口酒時，苦味中帶著一股酸甜，還有些澀，多種口感混合在一起，簡直比末世的營養液還難喝。但她想知道大家吹噓的那種微醺、微醉的感覺，也就忍著喝了。再喝第二口，覺得還可以接受，再加上冰鎮過，涼絲絲的，中和了這些味道。

後來，她越喝越有味道，喝完一碗又一碗，微醺的感覺，大概是喝完第一碗，臉蛋有些發燙、腦子開始有些暈乎時出現的。然後……然後再醒來，她就在這個地方了。

聽說，喝醉了的人千奇百怪，有完全不記得喝醉後發生什麼事的，有又哭又鬧、醜態百出的。她是喝醉了跑來搶糧，要不然怎麼解釋她在這裡？她騎來的馬還乖乖在一邊吃草呢。

「就是她！就是這個女賊跑來劫我們的糧，還把我們的人都打傷了！」

有個男人帶著一群士兵呼啦啦圍過來，臉也是腫的，看得出來，是那些人裡唯一一個好不容易逃出去搬救兵的人。

楚攸寧盤腿坐在糧車上，望向一個個別著大刀的士兵，滿臉無辜。「我說我是路過的，你們信嗎？」

帶頭的小將看了眼那堆受傷的人，又看看她，搖搖頭，沒辦法信。

楚攸寧的腦子有點疼，突然想她的軍師了。要是沈無咎在，這種事都不用她煩惱。

她忽然想到，自己不可能無緣無故跑來搶糧，就算喝醉了腦子不清醒，做人的道德還是在的。

她抬頭，挺起小胸脯道：「誰叫他們半夜運糧，我以為他們是小偷，才出手的。」說完，暗暗佩服自己的機智。

士兵們聽了，覺得有理，看向找他們來的男人。

他們是京西大營的兵，景徽帝動用虎符調度，全駐紮在城外三十里，怕嚇著過路百姓，才每兩個時辰派小隊巡邏。這不，男人剛跑到官道，就遇上了他們。

男人眼神閃爍，思慮片刻，抬起頭，理直氣壯地說：「我們這是奉忠順伯府之命替攸寧公主送糧。聽聞公主最近缺糧，正好去年種下的冬小麥能收了，就讓我們連夜送去。」

楚攸寧眨眨眼，這是什麼情況？她打劫打到自個兒頭上了？

這條山路離沈家莊不遠，剛好還在她的精神力能施展的範圍內。

楚攸寧托腮回想，她大概是昨天半夜醉得迷迷糊糊，施展精神力，發現這些人偷偷摸摸運糧，剛好又念著末世，就跑來劫糧。

沒想到結局如此美好，她劫的居然是自己的糧食，簡直沒有比這更美的事了！

「軍爺，快把她抓起來吧，省得她逃了，小的無法向攸寧公主交差。」男人一臉倨傲。男人找上來的時候，已經自報身分，說是水秀莊的莊頭。小將是京城人，當然知道水秀莊是誰的。如今皇后去了，可不就交到攸寧公主手上了。

小將實在看不出，一個嬌嬌軟軟的姑娘怎麼能把十來個壯漢打趴，要不是那些人還在旁邊叫疼，他連懷疑都不會懷疑。

謹慎起見，他還是拔出別在腰間的刀。如果是真的，一個姑娘敢大半夜跑出來打倒這些人，還能在糧車上這麼睡去，可不是膽大說得過去的。這裡是山路，隨時可能有野獸下山。

「妳再厲害，也不能打軍爺。」男人暗自得意，這女土匪再厲害，還敢打軍爺不成？

他們之所以連夜運糧，是有原因的。水秀莊是皇后當年陪嫁的莊子，一直由娘家代為管著，如今皇后歿了，皇后的莊子就成了攸寧公主的嫁妝，照樣讓忠順伯府幫忙管著。

莊子名義上是皇后的，實際上早已是忠順伯府的了，每年有多少糧食，都由忠順伯府說了算。就算皇后發現，總不可能為了那麼點東西跟娘家撕破臉。

但是，換成變得剽悍無比的攸寧公主就不一樣了。這不，忠順伯府聽說攸寧公主去了沈家莊，而沈家莊和水秀莊相鄰，生怕攸寧公主哪日不小心逛到莊子，發現這裡面的貓膩，便交代連夜清空糧倉。

莊子裡還留有去年收成的糧食，連同今年的冬小麥，打算過一陣子就找時機送出去。如今攸寧公主一來，忠順伯府那邊便讓人去找糧商，趕緊連夜賣了，唯恐遲則生變。

原本事情應該是很順利的，誰知道半夜殺出個女土匪，騎馬而來，一上來便要他們把糧袋放下。一開始，誰都不把這小姑娘放在眼裡，孰料沒一會兒，大家都被扔成一堆了。

女土匪用綁糧的繩子將他們捆成一團，拍拍手，爬上糧車，麻袋一蓋便睡了。不知道她是怎麼綁的，繩子很難解開，而且人已經被打傷，就算解開繩索也運不動糧。早早趁亂滾到一邊躲起來的他，等人睡熟了才敢去搬救兵，一來一回，天就亮了。

既然非得有個解釋，那自然是推給攸寧公主最好。畢竟算起來，這些糧食真是攸寧公主的，到時把糧賣給糧商，給她多少銀錢，還不是忠順伯府說了算。

這女土匪再有本事，能比得上攸寧公主？

楚攸寧沒說話，將身上的麻袋捲起放好，從糧車上跳下來。

小將聽莊頭描述過，她一拳能打飛一個人，單手便能把人拎起來扔出去，雖然覺得誇大其詞，但還是命手下小心應付。

楚攸寧雙腳一落地，這些人就刷刷刷抽出刀，嚴陣以待。

沒了麻袋遮擋，小將才發現，這姑娘衣著非凡。能入京西大營當駐兵的人，在京裡多少有些關係，何況還是個小將。他一看便知道，這衣料像是宮廷才有的雲錦啊。

楚攸寧身上穿的還是昨天的衣裳，在末世出任務，警惕心必不可少，哪怕睡著，有人靠近時也具攻擊本能。所以，哪怕昨晚喝得腦子當機，也會自動進入防護狀態，以至於張嬤嬤沒能替她擦身換衣服。

「你們別擋著我看糧食。」楚攸寧逕自從小將身邊走過，背起小手，腳步輕快地一車車巡視過去。

小麥是她認得的，用來做軟綿綿的肉包子。不只小麥，還有稻穀、大豆這些，一共七車，每車都堆得高高的。

這是她的糧食，是指名給她的，可以囤起來天天看了！

莊頭皺眉。「軍爺，你們還不快把她抓起來嗎？當心她跑了。」

小將收起刀，看了楚攸寧的穿著，還有完全不怕被抓的樣子，覺得她的身分有待商榷。他走上前。「姑娘可能解釋出現在這裡的原因？」

這下，楚攸寧理也直，氣也壯了。「我是來收糧的。」

「呵！軍爺，您聽聽，搶糧搶得這般猖狂。」莊頭嗤笑。

楚攸寧拍拍車上的糧食。「你剛不是說，這糧食是送給攸寧公主的嗎？」

「怎麼？難不成妳還想說妳就是攸寧公主？」

楚攸寧背著手。「不像嗎？」

這話問得連將士們也想搖頭了，非常不像。試問有哪個公主會半夜跑來打劫，還露宿荒野？別說公主，普通人家的姑娘都不可能。

莊頭大笑。「妳要是公主，我都能是公主她爹了。」

楚攸寧抱胸戳戳自己的臉。「那你得問問當今陛下答不答應。」

就在這時，有一匹馬朝這裡跑來，還沒到跟前，就聽到馬上的人揮手喊：「公主！」

眾人瞠目結舌，居然真的是公主？攸寧公主這般平易近人的嗎？連收糧的事都自己幹。

剛剛揚言要當公主她爹的莊頭臉色大駭，雙腿發抖，抱著最後一絲希望，希望是聽錯了。誰家公主會半夜出來搶糧啊，為什麼這攸寧公主要如此與眾不同！

還是……公主早已得到消息，所以趕來阻止他們的？

陳子善很快來到所有人面前，翻身下馬，因為胖，又著急，動作有些笨重，下馬一站穩，立即提著衣袍，跑向楚攸寧。

「公主，您真的在這裡，可讓我們好找！您怎麼跑出來了？沈將軍快急瘋，要親自來找您呢。」

陳子善擦擦額頭上的汗，他和別人來過這邊打獵，知道這裡有條小路，大家都往大路走，他就抱著試試看的心來這邊找找，沒想到真被他找到了。剛才遠遠看到後，他便趕緊打發和他一塊兒找過來的人回去稟報。

得了，不需要別的證明，天底下沒人敢冒充公主，尤其是京城腳下，何況這人口中還提到了沈將軍。

「我是來收糧的。」楚攸寧的語氣很自豪。

陳子善看了眼七輛滿滿的糧車，心裡有些無語，就為這七車糧，犯得著半夜偷跑出來搶……收嗎？

他看向那些拔刀對著楚攸寧的將士，喝道：「你們好大的膽子，敢拿刀對著公主！」

將士們這才想起，因為過於吃驚而忘了收刀，趕緊收起來，跪地抱拳。「請公主恕罪！」

「那個怎麼說來著？不知者無罪。」楚攸寧讓他們都起來。

她看向莊頭，還沒開口，莊頭就撲通跪地，自打嘴巴。「小的該死！小的有眼無珠，求公主饒命！」

楚攸寧的目光掃過那些被她打得鼻青臉腫的人，有些心虛。「你們要是早點說這糧食是給我的，也不會造成這麼大的誤會，這傷我可不賠的。」

「不敢。是小的有眼無珠，不怪公主。」誰知道堂堂一個公主居然半夜跑來搶糧。

「你回去告訴忠順伯，他這份賠禮，我收下了。」楚攸寧覺得這是忠順伯府就之前的事賠禮道歉的意思，不是也得是。

陳子善也知道水秀莊是誰的，略一思索，道：「公主，這應該不是忠順伯府要送您的禮。水秀莊原本是皇后娘娘的，皇后娘娘應是將它給了您當嫁妝。所以，這糧食本來就是您的。」

楚攸寧搜尋了原主記憶，還真有這回事。皇后將原來的田產嫁妝全給原主當嫁妝後，忠順伯夫人以交接的名義進宮，最後又哄得原主答應把田產繼續交給忠順伯府打理。原主不當家，不知道柴米貴，對田產這些看不上眼，只要想花錢時有錢花就行。

她可不一樣，既然是她的糧食，就沒有掌握在別人手裡的道理。

楚攸寧施展精神力，莊頭就如竹筒倒豆子一樣，全都招了，包括以往蒙蔽皇后的事。在場所有人都被這詭異的一幕驚住，突然覺得清晨的風有點陰涼。

好好一個人，居然跟中了邪似的，把實話全說出來了！

莊頭說完後，整個人癱軟在地，嚇得直哆嗦。

楚攸寧聽完便笑了，眼裡迸發出興奮的光。「貪什麼不好？居然敢貪我的糧食！」

陳子善覺得忠順伯府要完，他還記得上次公主說要去戶部時，就是這樣的表情。

「公主，沈將軍還在家著急呢，您是不是要先回去看看？」陳子善趕緊道。

「嗯，你說得對，先回去吃飯。」楚攸寧點頭。

小將趕緊將功折罪，說要護送楚攸寧回去。

楚攸寧覺得有免錢的人幫忙運糧，不用白不用，欣然同意。至於水秀莊的人，讓他們先回去告訴忠順伯，把欠的帳準備好，等她上門取。

第四十一章

沈無咎剛得到楚攸寧的消息，正要趕過去，人已經回來了。

一群人浩浩蕩蕩進入沈家莊，還是士兵，可把莊戶們嚇壞了，加上之前別院裡湧出大批奴僕到處找人，還以為出了什麼事。

聽聞公主回來了，除了被瞞著的幾個小的，眾人跑到別院門口等著，瞧見讓大家心急如焚的人坐在糧車上晃著腳，真是好氣又好笑。

沈無咎在別院外就看到坐在糧車上的楚攸寧，想起昨夜她說醉話要去搜集糧食的事。所以，對糧食有非一般執著的她，半夜跑出去搶糧了？

這樣的結果，讓他有些啼笑皆非，虧他還擔心她醉酒思鄉，一聲不響跑掉了。

「沈無咎，你看，這些都是我的糧食！」

糧車還沒停穩，楚攸寧就跳下來跑到沈無咎跟前，跟他分享她的喜悅。

見她這般歡喜，沈無咎原本氣惱的心情瞬間消散。跟她置氣，最後被氣的，大概是他。不氣歸不氣，他還是肅著臉問：「公主是何時出去的？」

因為坐著，沈無咎昂起頭，晨光落在他臉上，這姿勢正好讓楚攸寧看到他右臉的牙印。

楚攸寧臉上笑意一收，抬手把他的右臉轉過來，氣勢洶洶地問：「誰咬的！」

沈無咎笑了。「公主不記得昨夜發生什麼事了？」

楚攸寧聽他這麼說，眨眨眼，大概知道是誰咬的。

她鬆開手，堅定且肯定地說：「一定是小四咬的。別以為仗著還喝奶就能欺負人，你放心，等會兒我幫你咬回去。」

張嬤嬤無言了，她可憐的四殿下哦。

沈無咎覺得老天派這麼個姑娘給他，大概是想把他這些年缺的笑容補上吧？跟個小奶娃計較，還要咬回去，聽起來她也沒比小奶娃大多少，尤其這還不是小奶娃咬的。

他提醒道：「公主，四殿下才長了四顆乳牙，咬不出這麼整齊的牙印來。」

「那我不記得了。」楚攸寧很無賴地說。

沈無咎有些遺憾，虧他惦記著她醒來後會不會還覺得他的唇不好吃，以後再不吃了。結果她一覺醒來，丁點也不記得了。

明明占便宜的是他，此刻卻覺得是他被占了便宜，對方還不負責。

不過現在不是糾纏這個的時候，他又看糧車一眼。「公主還未說，昨夜何時出去的？」

「我也不知道啊，醒來就有好多糧了。」楚攸寧把她醒來被人帶兵包圍，結果搶糧搶到自己身上的事說給他聽，末了點點頭。「大概是祖宗叫我去收糧。」

這祖宗大概有點忙。沈無咎很給面子地接受這個說詞，望向一小隊人馬。

他的目光一掃過去，那些人都站得筆直了些，個個眼裡流露出崇拜。

這就是鎮守雁回關，與綏軍交戰從無敗仗的鎮國將軍！
沈無咎沒上戰場以前，就是京中的名人；上了戰場後，是天下的名人。
他十六歲前名響京城，十六歲後橫掃敵軍，在戰場上用兵如神，常常出奇制勝，並且知人善任，要不是這一仗出了奸佞小人，也不會有丟了崇關的敗績。這些年，綏國不停進攻，是沈無咎帶領著沈家軍奮力抵抗，才沒讓慶國淪落到再受一國壓迫的局面。
這世上誰都可以做紈袴，但不是哪個紈袴都能上戰場揚名立萬的。
只是，明明是激動人心的時刻，對方臉上居然頂著個小牙印，那牙印也不深，印在堂堂將軍臉上，讓本來沈肅的臉透出幾分滑稽，看起來沒那麼凌厲。
「有勞各位護送公主回來。」沈無咎抱拳。
「這是我等應該做的。既已送回公主，這就告辭。」小將拱手，帶著手下離開。
可惜了，馳騁疆場的猛將因傷再無法上戰場，如同被折了翅膀的鷹，是所有人的遺憾。
沈無咎又轉頭看向楚攸寧，神情嚴肅。「公主可否答應我一件事？」
楚攸寧被他深邃的目光看得心發慌。「你說。」
「往後不許再喝酒了。」經過這事，沈無咎絕不敢再讓她沾半滴酒。
楚攸寧乖巧點頭。「不喝了，一點也不好喝。什麼微醺、微醉，頭疼是真的。」
知道酒的威力那麼大，她不敢碰了。難怪愛酒的人還說喝酒誤事，要是在末世，以她這種醒來就在另一個地方的狀況，立刻玩完啊。要是喝醉了半夜跑出去捅喪屍窩，那還得了。

沈無咎見她這麼乖，招手讓她過來，揉按她的額角。「酒不是好東西，喝了遭罪，多划不來，公主覺得呢？」

「你還說你有酒癮，見人喝就饞。」楚攸寧趴在他腿上，歪頭問。

「因人而異。公主喝了會頭疼，會糊裡糊塗跑出去，我不會。」

「哦。酒不是好東西，能喝酒的人也不是好東西。」

沈無咎的臉瞬間黑了。

接下來，楚攸寧看著大家把糧食搬進莊子裡的糧倉。這只是暫時的，她打算日後弄個獨屬於她的糧倉，作為她的糧食基地。

回到屋裡，張嬤嬤也不好再訓她家公主了，讓人送上煮好的解酒茶。

「公主記著了，往後不可再碰酒。實在想喝，只能喝點果酒解解饞。您知道您昨晚做了何事？說了哪些話嗎？」

楚攸寧一口喝完解酒茶，豪邁地用手抹嘴。「我做了什麼事？」

「您啊，差點跟駙馬圓房了。」

楚攸寧腦子裡自動浮現出原主記憶裡對圓房的理解，哦，原來是兩個人滾床單。

她低頭掂掂自己的胸，是不是小了點？

「為什麼是差點？是我不行，還是他不行？」那牙印該不會是她不滿之下咬的吧？

張嬤嬤想去捂她的嘴，正常姑娘聽了「圓房」二字都會臉紅，她家公主倒好，先量胸，再是問誰不行。

見張嬤嬤不回答，楚攸寧道：「沈無咎也太急，他的傷還沒好，大夫讓他悠著點的。」

張嬤嬤想捂臉。「公主，是您要拉駙馬回屋圓房的。」

楚攸寧想說不可能，但想到關於醉酒後最常發生的「酒後亂性」，就沈默了。

張嬤嬤以為她終於知道不好意思了。「您說要證明給大家看，讓大家相信您有男人。」

楚攸寧鬆口氣，這就正常了。她肯定是想跟霸王花們宣布，霸王花隊有個習慣，誰有了男人，就帶回來晃一圈，給大家瞧瞧。

張嬤嬤又斟酌著道：「您還說了胡話，奴婢不確定您有沒有跟駙馬說什麼不該說的。」

「既然是胡話，那就不怕。」楚攸寧不在意地擺擺手。現在沈無咎可是她的軍師，要是背叛，一律按背叛罪處理。

在楚攸寧這裡，軍師的身分可是比她男人的身分重要得多。在末世，兩個人在一起多是為了紓壓，分分合合再正常不過。男人分了也就分了，軍師不是想不幹就可以不幹的。

洗了澡，吃完早膳，楚攸寧找路過的家兵借了刀，就往外走。

「公主要去哪兒？」沈無咎推著輪椅，出現在迴廊裡。

楚攸寧扛著刀回頭。「我母后說了，讓我去把忠順伯府欠她的糧要回來。」

跟忠順伯說這些話，忠順伯會氣死吧？

「這個交給其他人去辦就好，公主無須事事親為。」

「事關糧食，必須自己來。」

知道勸不住她了，沈無咎無奈。「那妳帶上程安，再多帶幾個人。」

楚攸寧眼珠子轉了轉，點點頭。「聽你的。」

沈無咎覺得楚攸寧就這點好，再如何厲害，他說的話，她都會聽。

看著媳婦瀟灑離去的背影，他心想，得快點把傷養好，才能跟上這麼精力旺盛的媳婦。

等程安帶家兵出來，瞧見馬車裡探出來的一個個小腦袋，頓時懵了。

敢情公主說聽主子的，是這麼個聽法？

也對，主子只交代公主多帶幾個人，並沒說帶哪些人，似乎沒毛病？

歸哥兒趕緊縮回腦袋，還把兩個姊姊按回去。「快躲好，要是程安去告訴四叔，咱們就去不了了。」

雲姐兒和如姐兒趕緊坐好，姊妹倆妳看我、我看妳，相互做了個噤聲的手勢，從兩邊車窗偷偷摸摸往外看。

程安猶豫了下，還是出聲勸阻。「公主，此行帶他們去不妥。人多混亂，容易碰傷。」

楚攸寧道：「男孩就是要在摔摔打打中長大，多見見世面。」她六歲就能跟著大人出去劈喪屍腦袋取晶核了。何況，她只是去討債，完全可以順路讓幾個孩子回去看看他們的娘，她還是很貼心的。

「那雲姐兒跟如姐兒呢？」

楚攸寧瞥向試圖藏到沈思洛身後的姊妹花，見她們眼巴巴的表情，心就軟了。

「一樣去見世面，姑娘家就該多看看，免得以後受欺負。」這個世界的女孩子很可憐，都不能隨便出去玩。

程安又看沈思洛。「那麼二姑娘是……」

「我身為姑姑，看顧小輩是我應盡的責任。」沈思洛義正詞嚴。

連二姑娘都跟著胡鬧，程安有預感，將軍府將要被攸寧公主帶上一條風格迥異的路了。

兩輛馬車，一輛坐了楚攸寧和四個小的，沈思洛也算在內。後面坐張嬤嬤和金兒、木兒。風兒和冰兒因昨夜守夜失職，暫時讓金兒及木兒頂替她們，免得她們以為公主寬容大度，就可以隨意犯錯。

陳子善自告奮勇當楚攸寧的車伕。

「公主嬸嬸，要不要換個人來趕車啊？」歸哥兒看著坐在車轅外充當車伕的陳子善，小小包子臉滿是擔憂。他昨日可是瞧見，陳子善趕車不是差點趕到溝裡，就是差點撞到樹上。

「要信任自己的隊友，知道嗎？」楚攸寧捏捏歸哥兒的小髮髻，有她的精神力護著，陳子善想把馬車趕到溝裡去都難。

歸哥兒精神一振。「隊友？我們是一支小軍隊嗎？公主嬸嬸是將軍？」

「也可以這樣說。」

「那四叔呢？」

「你四叔比較聰明，是軍師。」

歸哥兒疑惑。「可是四叔是將軍呀，很大、很厲害的將軍。」

楚攸寧看到歸哥兒眼裡的崇拜，想了想，道：「在我們隊裡，他是軍師。」

「我知道了，在我們隊裡，公主嬸嬸最厲害，所以四叔只能當軍師了。」

「沒錯！」

「我覺得以沈將軍現在的身子，確實適合當軍師。公主真是知人善用，用心良苦。」車外的陳子善忍不住搭了句話。

陳子善覺得，公主肯定愛慘了她的駙馬，為了駙馬，上戶部討糧餉，還半夜跑出去搶糧，這會兒更是上外家討債，都是為了替沈家軍送去更多糧食，真是大義，他真有眼光。

第四十二章

馬車進城時，已是巳時三刻，各種吆喝聲此起彼伏，街上行人絡繹不絕。

他們剛入城，就有人認出坐著趕車的陳子善。

「陳子慕不是說陳子善被送回鄉下老家去，怎麼自個兒趕車回來了？」

「在京城過慣富足日子，誰也不願意回鄉下。」

「陳子善，你趕車的功夫不錯，改日給小爺當車伕啊。」樓上有人喊。

陳子善抬頭看去，是原本跟他玩得好，卻被陳子慕拉攏過去的人，也沒罵回去，還哼著小調，將馬車趕往忠順伯府。

鄉下出身又如何？無法傳宗接代又如何？他獨具慧眼，抱上公主大腿，從此改邪歸正。

那人見陳子善這般模樣，冷嗤一聲，一個京城笑柄有什麼好傲的？

有人發現，陳子善去的路不是陳府，便懷著好奇的心跟上去。

英國公爵位本是先帝時期靠從龍之功受封的，如今降為忠順伯，宅邸還是不變，其實算是逾制，可見景徽帝對先皇后的娘家依然寬容。

張嬷嬷帶著金兒與木兒，要過來攙扶楚攸寧，楚攸寧已經俐落跳下馬車。

至此，張嬤嬤已經徹底放棄改造了，有公主這個身分在，以及強大的力氣和氣勢，循規蹈矩反而顯得小家子氣，倒不如讓公主大大方方隨性發揮，只要景徽帝不說話，誰敢說公主半句不是。

不過，她還是帶人上前幫忙整整衣裳，正正頭飾。今日公主穿的是一件淡雅的月白色對襟齊腰襦裙，早知道要來忠順伯府，該換身更華貴的，這件顯得有點素了。

因為好奇而跟過來的人，看到一個嬌軟動人的小美人從馬車裡輕盈跳下，還帶了奴僕護衛，以為這是忠順伯府家的親戚，半路上救了被押回鄉下的陳子善，讓他跟著一塊兒回京，陳子善就當她的車伕作為酬勞。

然而，這麼個小美人，前一刻還身形曼妙，下一刻就把大刀扛上肩，還是陳子善畢恭畢敬遞給她的。

圍觀的群眾全嚇壞了。

楚攸寧看著忠順伯府緊閉的大門，不用她說，歸哥兒便跑上去，踮起腳尖，抓門環叩門。

「誰家小孩？去去去！」門房開門看了眼，見是個小孩，啪的關上門。

歸哥兒又繼續敲，雲姐兒也敲起另一邊的門環。「開門，我公主嬸嬸登門拜訪。」

一聽小姑娘說的是「公主嬸嬸」，之前在茶樓上喊陳子善當車伕的男人，臉色都變了。居然是攸寧公主！原來陳子善搭上了她，難怪敢那麼傲。

府裡的人聽見了，打開門，凶神惡煞地道：「公主會不知道登門拜訪需要提前遞拜帖這個禮數嗎？再亂敲，抓你們去見官。」

所以說，有些人是不需要給臉的。因為給了，他們也不要。

「那討債呢？還需要拜帖嗎？」楚攸寧上前，一腳將恐嚇小孩的男人踹飛出去。

圍觀的群眾驚掉下巴。

「哇！我何時才能像公主嬸嬸這麼厲害呀！」歸哥兒跟在後面，也學著踢了一腳，差點沒站穩摔倒，還是楚攸寧及時扶了他一把。

「努力長大，還是有可能的。」

歸哥兒小小的臉上滿是憧憬，握拳道：「嗯！我要像公主嬸嬸一樣。」

程安看歸哥兒，暗暗心想，這輩子是不可能了。

這邊的動靜很快引來府裡的主人，忠順伯帶著忠順伯夫人及其他幾房一同迎出來，看到肩扛大刀的楚攸寧，頓時一怔。再看她身後帶著的一群人，除了身邊幾個小的，身後還跟了兩個婢女、一個嬤嬤，加上幾個身強力壯的家兵，倒也算是公主出門的正常排場。

「見過公主。」所有人對楚攸寧拱手的拱手，福身的福身。

「公主，您要來，怎麼不派人來說一聲，是伯府怠慢您了。」忠順伯夫人上前，就想握楚攸寧的手，表示親近。

楚攸寧看看這堆了一臉假笑的女人，避開她的手，打量忠順伯府。「我母后說，讓我來要回忠順伯府欠的債。」

場面忽地一靜，忠順伯府的人立時覺得連空氣都陰冷了許多。

忠順伯想起莊頭說中邪說真話的事。當日在大殿上，他兒子也是突然說了真話。

這到底是攸寧公主中邪，還是皇后顯靈？

「公主莫要胡說。皇后娘娘早已含笑九泉，您若總是借娘娘的名號，怕要擾得她在地底下不得安寧。」

楚攸寧點點頭。「她也是這麼說的，讓我來要債，她才好安寧。」

忠順伯語塞，只得道：「請公主先進來吧。」側身讓開路。

楚攸寧牽著歸哥兒，扛著刀，昂首闊步往府裡走去。

到了堂上，楚攸寧坐下，把歸哥兒攬在身前，姊妹花主動站在她兩邊。沈思洛這麼大個姑娘，倒是有位置。只是，她剛坐下，就被上茶的婢女不小心潑了茶水。

忠順伯夫人皺眉。「這婢女笨手笨腳的，真是對不住。不如，沈二姑娘先跟婢女下去更衣吧。」

張嬤嬤是宮鬥老手了，見婢女潑茶便警覺起來，讓金兒跟著一塊兒去。

張嬤嬤貼耳跟楚攸寧說了她的猜測，楚攸寧沒想到，這世界對女性這麼苛刻，什麼碰見外男或者落水被救，就得嫁了。

她把刀往桌上一放。「我想，應該沒人敢動我的人。」

在座的人都聽出了她話裡的威脅，幾個女人互相交換眼神，得知不是彼此示意的，純粹是意外，便放心了。

言歸正傳，忠順伯放下茶盞，道：「知道公主缺糧，昨日我便派莊頭趕著把糧食送去，誰知讓公主遇上了。」

「那他應該也告訴你，我母……他良心上過不去，已經如實坦白。」楚攸寧想想，忠順伯說得對，皇后在下面待得好好的，說不定已經有了第二春，她還是別總打擾她老人家了。

這是哪門子的良心過不去！忠順伯更加懷疑，是楚攸寧搞出來的鬼。

幸好，他們提前聽聞莊頭稟報，早有對策。

「公主，這事是我們對不住皇后娘娘和您，居然沒發現家裡養了個狼心狗肺的東西！當年他能娶妻，還是皇后娘娘惦記著，怎可做出如此忘恩負義之事！」忠順伯命人把縮在一邊的裴三爺押上來，跪在楚攸寧面前。

裴三爺跪在地上，縮著腦袋不發一語，看起來像是默認了這罪名。

張嬤嬤沒料到，這麼多年過去，裴三爺依然如此爛泥扶不上牆。當年皇后還是姑娘時，她跟在身邊，可沒少見他這副彎腰駝背的樣子。

張嬤嬤上前，對楚攸寧小聲說，忠順伯府似乎打定主意，要叫裴家三房揹黑鍋。

楚攸寧用手遮住嘴巴，和張嬤嬤說悄悄話。「上次他犧牲了兒子，這次犧牲弟弟，下次是不是要犧牲老娘了？」

她遮是遮了，但聲音可一點也沒變小。忠順伯負在身後的手一點點攥緊，再如何克制，臉色也逐漸轉青。

他運了運氣，強忍怒火道：「是忠順伯府所托非人，讓公主損失慘重。三房隨公主處置，至於欠缺的虧空，伯府傾家蕩產，也得幫公主填上。」

「那你拿來吧。」楚攸寧伸出手。

忠順伯氣結，這時候不是應該跟他客氣幾句嗎？然後他再順水推舟，往後推。

他發現，事先想得再好，算計得再妥帖，在攸寧公主面前，根本派不上用場。

「公主，是三房欠的帳，您要找，也該找三房啊。」忠順伯夫人想把帳推到三房頭上。

「父債子還，子沒有當然是父還，還是你更願意我去找老伯爺要？老伯爺沒有，最後還是得找你要。老伯爺的債，也是你這個兒子的債嘛。」

忠順伯都要被她繞暈了。

另一邊，沈思洛跟著婢女走，越走越覺得不對勁，想逃卻來不及了，前頭已經有一群人，正追著一個男子衝過來。

很快，那個男子被抓住，按在地上，露出被髮絲掩蓋的臉，她心頭一震，那不是四哥的至交好友裴六公子嗎？

將軍府還未出事的時候，裴延初經常隨四哥回將軍府玩，四哥去了邊關後，便跟將軍府沒了來往，直到去年四哥回來述職，裴延初才出現。

裴延初看到沈思洛，無疑是在黑暗裡看到亮光，朝她大喊：「沈姑娘，煩勞妳幫我去跟公主說一聲，事情與三房無關！」

「沈姑娘，求求妳幫幫六公子。」帶沈思洛過來的婢女抓著沈思洛的手求救。

「住手！」沈思洛看到裴延初狼狽地被按在地上，衝上前，憑著練過的幾招，赤手空拳打開幾個家丁，扶住站都站不穩的裴延初。

「你沒事吧？」

裴延初抓住沈思洛纖細的手臂站起來，家丁似乎知道這姑娘傷不得，只圍著他們，不敢再上前。

「多謝沈姑娘相救，無甚大事。」裴延初趕緊鬆開抓著的手腕，讓婢女扶著他。

「你流鼻血了。」沈思洛想也不想，拿出手帕幫他按住鼻子。

「多謝沈姑娘。」裴延初接手按過，帕子上的蘭花香氣隨著血腥味鑽進鼻子裡，讓他似乎沒那麼難受了。

沈思洛被碰到手，才發現到自己的行為有多不妥，不過，總不能眼睜睜看著四哥的至交挨打不管。

「公主就在前頭，你要親自去跟她說，還是我代為傳話？」沈思洛問。

裴延初看了眼還想圍上來的家丁，嗤笑一聲，推開攙扶他的婢女，語氣裡帶著一股狠絕。「我親自去。」

沈思洛看他一邊按著鼻子、一邊踉踉蹌蹌往前廳走，也趕緊跟上，見他走不穩了，就伸手去扶。

她再次清楚地感受到，身為庶女，生在鎮國將軍府有多幸運。若是換別家，被退親的她，大概會被家裡隨便物色一戶人家嫁出去吧？她親哥也會如同裴延初一樣，一直被打壓，不會有上戰場立功的機會。

這邊，楚攸寧又吃完兩塊點心了，忠順伯府還沒考慮好。

她拍拍小手，拿起刀起身。「看來，是更希望我去找老伯爺了。」

幾個小的眼睛發光。

「公主，就算您仗著身分尊貴，不喊我舅舅，家父可是您外祖父，喊一聲不為過吧？」

「別跟我攀關係，傷糧。」楚攸寧鐵面無私。想賴帳，沒門！

忠順伯氣死。罵也罵不得，吵也吵不贏，這就是他夫人說的攸寧公主好說話，好忽悠？

忠順伯夫人無語，誰知道公主突然長腦子了。

「不敢煩勞公主，老夫已經來了。」

兩鬢斑白的老伯爺在管家的攙扶下走進來，在主位坐下，目光落在張嬤嬤身上。

「當年夫人選得好，妳對皇后忠心耿耿。」

張嬤嬤一聽就知道是要她幫著勸公主呢，還當她是府裡的人不成。

「老伯爺過獎了，奴婢這輩子只忠於皇后娘娘一人。」

老伯爺的老眼閃過不悅之色。「既然忠於皇后娘娘，就不該慫恿公主來外家鬧。」

啪！楚攸寧把刀拍回桌上，上下掃了老伯爺一眼。張嬤嬤可是她的人，哪怕這老頭倚老賣老，也不能罵。

「老伯爺，我是來要債的，別東扯西扯。有錢還錢，沒錢還什麼都可以，能抵就行。」

「公主，老夫可是妳的親外祖父，就算妳身分尊貴，當不起妳一聲『外祖父』，也不至於到讓公主親自逼上門要債的地步。」老伯爺沈著臉。

楚攸寧笑了。「你拿我母后的錢，卻幫昭貴妃對付她時，怎沒想起你是我外祖父呢？」

「信口胡言！」老伯爺怒而拍案。

楚攸寧也跟著拍案。「敢做不敢認，你胯下那幾兩肉是多餘的?!」

這是罵他不是男人了，還罵得這般難聽。活了這麼大歲數，老伯爺還沒被這般辱罵過。

「放肆！我是妳外祖父，豈容妳如此不敬。」

楚攸寧放出精神力壓過去。「我現在六親不認！」跟她比氣勢？別以為他年紀大，她就得忍讓。

「父親！」忠順伯趕緊上前，扶住身子發抖、快被氣昏過去的老伯爺，瞪向楚攸寧。

「公主，難道您想擔上氣死外祖父的罪名嗎？」

張嬤嬤可不願讓這髒水往自家公主頭上潑，上前一步，冷厲道：「老伯爺，娘娘生前什麼也沒計較，是看在伯府生養她的那一點情分。否則，焉有忠順伯府在。」

楚攸寧眼眸一閃，果然皇后血崩跟她親娘有關吧？對老伯爺道：「別裝昏，否則我不介意讓你真的昏。」

老伯爺倒寧願自己真昏過去，方才那壓過來的氣勢，他許久沒感受過了。

「去！哪怕搬空伯府，也要把錢還給公主。就算是三房造的孽，只要沒分家，都是伯府的責任。」

第四十三章

「祖父言重了，三房可沒那麼大的能耐。」裴延初帶著傷走進來，眼裡、臉上是毫不掩飾的嘲諷。

程安知道忠順伯府把三房推出來頂罪，而裴延初卻沒出現，便知道情況不好，沒想到會不好到這種地步。他原本還想著，等公主這邊完事了，就去探探。

「延初。」一直縮著腦袋的裴三爺終於有了反應。他焦急又愧疚地看著裴延初，瞧見兒子望過來的目光所透出的失望，痛苦地抱頭。

「咦？你居然是這家的。」

楚攸寧認出裴延初正是那日在戶部被她臨時抓來當壯丁的男人，此時的他完全沒了上次在街上搖著扇子跟陳子善搶女人的風度翩翩，嘴角掛彩，頭髮衣衫都有些凌亂，挺狼狽的。

「公主，上次我就想自報家門了。」裴延初露出一抹笑，對楚攸寧拱手。「在下裴延初，出自忠順伯府三房。不過，我倒寧願不是生在忠順伯府。」

楚攸寧看了眼地上被推出來揹黑鍋的裴三爺。「我也覺得，明眼人都看得出來，你爹不是幹壞事的料。」

裴延初大笑，笑裡有悲。「公主慧眼，家父不但沒那個膽，還自以為對自己兒子好。」

裴三爺張了張嘴，什麼也沒說，又低下頭。

楚攸寧點點頭。「那你這個爹還是能要的。」

裴延初發現楚攸寧雖然說話直接，但是句句入心，跟著點頭。「公主說得沒錯，比起說捨棄自己的兒子就可以捨棄的人來，家父算是頂好的了。」

忠順伯被這暗喻氣得臉色陰沈，不得不捨了他兒子保忠順伯府，是他心中的痛，戳一次、痛一次。三房享著伯府的榮華，還敢嘲笑他。

「夠了！三房做出蒙蔽先皇后的事，令伯府蒙羞，今日我便做主將你們逐出伯府，往後好自為之！」老伯爺果斷棄車保帥，貪墨皇后錢財這罪名，是不能落在忠順伯府頭上的。

裴延初上去扶起他爹。「三房是要走，不過不是因罪被逐，而是分家。貪了皇后娘娘錢財的事，我們不認！」

「延初。」裴三爺抓住裴延初的手，要他忍。

「父親，您認這個罪，是可以讓三房如願脫離伯府，讓我能施展抱負。可您想過沒有，往後要我如何面對鎮國將軍？揹著莫須有的罪名，談何施展抱負？」

莊頭回來稟報後，忠順伯府幾房商議，決定將罪名推到他爹這個沒用的庶子頭上，條件是他認下罪名，伯府幫他還債，三房也可以被分出去自立門戶。為能成功把罪名安給他爹，伯府怕他壞事，竟然關了他，真是什麼無恥的事都做得出來。

裴三爺低下頭。「是為父錯了。」

「想走直接走就行了，又不是世界末日。大男人的，還怕養不活自己和家人？」楚攸寧不解，這樣的家還待著幹麼？

裴延初搖頭。「公主不了解這些。哪怕搬出去了，若是伯府有意施壓，寸步難行。」

「這個簡單，我罩著你。他們敢找你麻煩，你來找我。」楚攸寧對裴延初的印象還不錯，記得就是他給沈無咎小黃書的，能互相分享小黃書，關係不是一般好。

裴延初一怔，沒想到楚攸寧會主動幫忙，趕緊躬身道謝。「多謝公主。」

陳子善心裡唏噓，公主來一趟，還順手幫裴延初解脫了，往後裴延初也算是公主的人了吧？突然有了危機感。

皇宮裡，景徽帝正對著戶部呈上來的禮單發火，聽說好不容易打發出城的閨女又進城了，頓覺眼前一黑。就因為她鬧出來的事，他坐在龍椅上頭批多少奏摺、看多少奏章了。再一問，原來是拜訪外祖家去了。他就說嘛，閨女之前跟外祖家那麼親近，怎麼可能說翻臉就翻臉，還無情的那種。

劉正看了景徽帝一眼，低頭稟報。「陛下，公主是到忠順伯府要債去了。」

景徽帝大驚。「要什麼債？」他閨女討債還討上癮了不成？

「聽說是皇后娘娘託夢讓公主去要回忠順伯府欠的往年各鋪子、莊子所得之利，有孝心的公主，便提刀上門要債了。」

景徽帝忽然覺得背脊有點涼。「怎麼不是祖宗顯靈，就是皇后託夢，朕要不要找個大師替攸寧看看？」

劉正很是知道什麼時候該沈默，到時怕是公主幫大師看還差不多。

景徽帝也就是嘀咕一下，想到楚攸寧最近做的事，皺起眉，心裡不痛快。「將軍府很窮嗎？為何攸寧嫁過去，整日想方設法要糧要錢？」

劉正猶豫。「連年征戰，鎮國將軍府一直往軍中貼補糧草。」

景徽帝頓時有些心虛。「不知內閣是幹什麼吃的，糧餉這麼大的事，也能如此輕率。」

劉正不敢接話。景徽帝的目光又掃到要給越國人帶走的禮單，想到國庫都要掏空了，忠順伯府還敢昧下屬於皇后的錢財，於是火氣沒處發的他遷怒了。

「劉正，傳朕口諭，忠順伯府不敬先皇后，你親自帶人去把忠順伯府抄了！」

「陛下，只抄家嗎？」

景徽帝嘆息。「只抄家。爵位和官職還是留著吧，朕怕皇后夜裡來找朕。」

劉正要下去傳聖諭，景徽帝又叫住他。「趕緊讓攸寧回去陪駙馬，告訴她，以後這種事派人來找朕，朕為她做主就行。丟下駙馬一個人在莊子上養傷，像什麼樣。」

劉正看景徽帝這麼怕公主惹事的樣子，感到好笑又心酸。倘若慶國強大，何須擔心公主惹事收不了場，千方百計要自家公主避開。

忠順伯府被逼得不得不核算過往所欠的帳，交接田產、鋪子等物時，聖諭來了。

忠順伯府瞬間烏雲罩頂，一個個表情跟天塌了似的。

老伯爺直接眼睛一翻，昏了過去。

除了忠順伯留下來招呼劉正，還有三房的人不動，其他人心急火燎地抬著老伯爺回後院。

楚攸寧對劉正扠腰瞪眼。「都抄家了，那欠我的那份呢？」

這昏……皇帝是不是太會撿便宜了？她來要債名正言順，他這是趁火打劫啊。

劉正笑咪咪地說：「公主放心，陛下會讓人算清楚忠順伯府這些年虧空的帳，到時再一併給您。」

「能馬上拿到手，我為什麼還要再等？其他的我不管，得先算出欠我的那份。」能拿現成的幹麼不拿。

「成。」劉正看了眼跟在楚攸寧身邊的幾個小孩，有種是她帶小孩來玩扮家家酒的感覺，又微微躬身。「公主，陛下還說，您把駙馬獨自扔在莊子不妥，該早點回去陪他才是。」

楚攸寧擺手。「我讓小四陪著呢，沈無咎不會覺得無聊的。」

劉正啞然，原來四皇子在公主這裡還有這種用處？

楚攸寧看禁軍分成幾隊，井然有序進了伯府後院，打起小算盤。「既然已經抄家了，那是不是我要什麼都可以自己選？」

「公主可以選，到時估算出相應的價錢即可。」劉正以為楚攸寧看上忠順伯府的庫房。

「那忠順伯府應該還有糧食吧？走，向糧倉出發！」楚攸寧拿起大刀，率先往後院走。

劉正無言了，攸寧公主這是跟糧食槓上了嗎？在宮裡開口向陛下討的是糧食，去戶部也是要糧。聽說忠順伯府有今日，是因為公主半夜搶糧搶到自個兒頭上，現在居然還要糧食?!

「呀，早知道帶上我的小木劍了！」歸哥兒後悔的奶音響起。

「公主嬸嬸，我們也幫忙找。」雲姐兒和如姐兒手牽手，跟著往前衝，幾個小的好似比賽誰先找到。

沈思洛也顧不得身上的茶漬，興奮跟上，還掩飾道：「歸哥兒，雲姐兒，你們慢點！」

大大小小一群人，明明瞧起來沒什麼殺傷力，可氣勢像是狼入羊群般。

裴延初看了，嘴角微勾，想起手裡還拿著人家的帕子，捏了捏，小心摺好，打算改日洗好了，再還回去。

他倒不擔心，只是抄家，而三房今日鬧這一齣，伯府也不會分他們半個銅錢了。在他看來，抄得好！

劉正來得太快，完全沒給忠順伯府反應的機會，只能看著一隊隊整齊的禁軍直入府裡。

忠順伯倒是想阻止，可是不敢，那是違抗聖命。事情怎麼突然發展到這地步了？他整個腦子裡嗡嗡響。

他上前，遞了很大一個紅包給劉正，劉正也不瞞著他，道：「陛下是要讓公主陪駙馬去莊子靜養，誰知公主今日又入城了，萬一出了事，伯爺擔待得起嗎？」

忠順伯想說攸寧公主會出什麼事，出事的只會是別人。忽然想到她與越國人不合，頓時冷汗涔涔。

倘若攸寧公主再惹上越國人，就不是抄家那麼簡單，是亡國啊。所以，忠順伯府是被遷怒了。

方才藉著扶老伯爺回後院的人，全跑回自個兒院子，把能藏的東西藏起來，能藏一點是一點。他們唯一能慶幸的，是只有抄家。

張嬤嬤暗自冷笑，忠順伯府不是投靠昭貴妃嗎，這時候怎麼不找昭貴妃來救他們？不用楚攸寧施展精神力，張嬤嬤就能直接把人帶到伯府糧倉。哪怕過了這麼多年，伯府內裡修建，仍是沒有大動的。

禁軍們抄家都是先抄書房、庫房之類的，糧食倒是不急，反正一時半刻沒人搬得走，更沒人會選擇藏糧食。

所以，楚攸寧的隊伍暢通無阻地來到糧倉，看到伯府的糧倉跟庫房建在一塊兒，還讚賞地點點頭，和平世界難得有人把糧食看得和金錢一樣重要。

糧倉旁邊就是伯府庫房，已經有一隊禁軍準備往裡面衝。看到楚攸寧過來，以為她看上了這裡，趕忙行禮讓路。

誰知，楚攸寧只是看了他們一眼，就往旁邊的糧倉去了。

禁軍們一度懷疑她走錯路了，等了等，沒見她出來，這才相信她真是奔著糧食去的。

而假裝昏倒，實則回後院藏東西的老伯爺，一聽楚攸寧帶人去了糧倉，眼前一黑，真的昏了過去。

第四十四章

忠順伯府的糧倉貯存的都是給府裡主子吃的，殼都脫好了，全是上等的精糧，有大米、小米、麵粉、大豆、地瓜、馬鈴薯等，一缸缸擺著，上面貼了字條，標明哪缸裝了什麼。

整缸搬走是不可能的，得裝袋。除了糧食外，還有許許多多乾貨，都是供府裡主子吃的，品質沒得說。

既然搬不走，那就裝吧。

明明除了三個小的，不，哪怕是雲姐兒和如姐兒，也知道銀錢比糧食貴重，可這會兒卻好像全世界只剩下糧食，大家動手裝袋，臉上都帶著詭異的滿足，大概是將軍府一直以來都為糧食發愁的緣故。

人多，糧不多，沒多久便裝完了。

楚攸寧習慣地用精神力掃一眼，忽然咦了聲，上前單手將一口大缸拎起來，放到一邊。所有人目瞪口呆，見楚攸寧扔人太多次，也就沒那麼稀奇了，但是徒手拎起大缸，實在太刺激。

楚攸寧把缸穩穩放在一邊，上前踩了踩地面。地板裂開，她挪開青石板，露出下面的一層木板。

程安愕然，這也行？他有種預感，又有人要倒楣了。

楚攸寧敲敲木板，手掌貼上去，往後一推。木板被推開，露出一個黑漆漆的洞口，只容得下一個人進出。

「這糧倉還是兩層的，裡面肯定藏更多糧食。」楚攸寧摩拳擦掌，迫不及待想下去。

張嬤嬤也沒想到伯府還在糧倉裡挖了個密室，卻不認為這底下藏的是糧食。

誰會想到最寶貴的東西藏在糧倉，就算府裡來了宵小，也不可能是為偷糧而來。遇上今日這突如其來的抄家，糧倉是最被忽略的地方，多是最後才搬，哪能料到底下還藏有密室。

可能是被密封久了，裡面不通風，一打開木板，有股難聞的氣息往上湧。

等了一會兒，氣味散得差不多，楚攸寧正要往裡跳，卻被程安拉住。

「公主，先讓屬下進去看看究竟。」程安說完，縱身往下跳。

「公主，程安做得對，往後這種事，得先讓人探探，誰知道有無危險。」張嬤嬤勸道。

楚攸寧點頭，她習慣了帶頭衝，猛一被搶先，還有些不習慣。

沒一會兒，下面亮起火光，是程安用火摺子點燃了裡面的火把。

楚攸寧第二個跳下去，歸哥兒也想下去，朝她伸手。「公主嬸嬸，抱。」

張嬤嬤剛想阻止，楚攸寧已經在下面伸手。「跳下來。」

歸哥兒看看黑暗的洞口，有點怕，但相信厲害的公主嬸嬸能接住他，眼睛一閉，抱著自己往洞口跳，很快就落進公主嬸嬸香香軟軟的懷抱裡了。

楚攸寧放下歸哥兒，又看向上面兩個躍躍欲試的姊妹花。「妳們要下來嗎？不過下面不是很大。」

「下面沒什麼好玩的，雲姐兒和如姐兒就別下去了，等公主把東西帶上來，再看也不遲。」張嬤嬤勸阻，又不是下去玩的。

姊妹花年紀比較大，知道輕重，不一定非得下去。

陳子善倒是想，但看看自己的身板，還是算了。

歸哥兒被放下來後，面對昏暗狹窄的密室，有點害怕，小手悄悄抓住楚攸寧的衣裙。

密室裡並沒有藏著楚攸寧以為的糧食，而是放了一口口大箱子。箱子沒有上鎖，隨便就能打開。

楚攸寧上前，選了口箱子打開，差點被閃瞎眼。

歸哥兒驚得瞪圓眼睛。「哇！好多金子！」

上面的人聽到聲音，立即明白，他們怕是挖到忠順伯府真正的藏寶庫了。

楚攸寧打開全部箱子，都是金銀珠寶。中間那口箱子裡，還放了只木匣子。

密室裡的空氣不是很好，楚攸寧讓程安把歸哥兒舉上去，讓上面的人抱了。才抱起木匣子，順著木梯往上爬。

她上來後，讓人下去把東西全裝上來，又盯著帶上來的木匣子瞧。

「公主嬸嬸，這裡面是最值錢的寶物對不對？」歸哥兒跟著蹲在旁邊看。

姊妹花也挨著歸哥兒旁邊蹲下，接著是沈思洛，一個個全圍了上來，好奇地打量楚攸寧特地帶上來的木匣子。

「應該是。」不值錢都對不起這個裝它的木匣子。

匣子外面上了鎖，楚攸寧用手一掰，鎖就被她掰斷了。裡面沒有所謂的寶物，只有一本沒有書名的書。

「書？公主嬸嬸，書是什麼寶物啊？」歸哥兒有些失望，他最不喜歡唸書了。

「可能是藏寶圖。」如姐兒發揮想像。

楚攸寧聽說是藏寶圖，萎靡的心瞬間活過來，她最喜歡尋寶了。

她立即把書拿起來打開，又萎了。裡面是寫得密密麻麻的字，讓她連看都不想看，就往後一丟。

陳子善連忙接住，他不像公主，腦子裡除了糧食就沒別的。能藏在糧倉這地方，還藏得這麼隱秘，八成有問題。

果然，他剛翻開第一頁，就被「大皇子」三個字驚住了。

這是一本帳冊，上面記載忠順伯府給大皇子的每一筆錢，原來忠順伯府是大皇子的錢袋子啊。

「公主，這是忠順伯府和大皇子金錢往來的帳冊，上面也記載皇后田莊每年所得給昭貴妃和大皇子的數目。」陳子善聲音顫抖，今日這事怕是要記入史書。跟攸寧公主在一起果然很刺激，不是搶戶部，就是抄別人的家，剛發現真正的藏寶地，連帳冊這種罪證都出現了。

楚攸寧眼睛又亮了，把帳冊拿回來。「那當然得讓昭貴妃和大皇子賠。」

張嬤嬤更是激動，這下昭貴妃不死也得脫層皮！

最後，楚攸寧帶上帳冊，滿載而歸。

一群人出來的時候，正好和抄隔壁庫房的禁軍再次對上，雲姐兒和如姐兒抬著的小麻袋袋口忽然鬆了，一個個金元寶掉出來。

剛剛還在抱怨堂堂伯府庫房就那麼點東西的禁軍們看傻了，所以，攸寧公主早知道糧倉才是藏寶的地方，所以選擇糧倉嗎？

他們再望向鎮國將軍府的家兵肩上扛著的麻袋，袋子表面凹凸不平，還重得壓彎了腰，顯然裝的不是糧食。

袋子裡該不會都是金銀財寶吧？居然到需要用麻袋裝的地步！再看他們這邊小心翼翼抬著的箱子，裡面沒幾樣東西，這一對比，頓時覺得有點丟人。

楚攸寧帶著人往外走，走到半路，有個頭髮花白的老婦人站在路上等著她。

老婦人見楚攸寧過來，主動迎上前，待看到她手裡拿著的帳冊，神色一變，淒然道：

「公主，這是您母親的娘家啊，您怎麼狠得下心？」

楚攸寧從原主的記憶裡得知這老婦人的身分，是皇后的親娘，也是害得皇后血崩的那位。據說皇后去了之後，她就稱病不出，也不知是因為愧疚，還是為了別的。

張嬤嬤臉色一沈，擋在楚攸寧前面。「老夫人，皇后娘娘對伯府早已仁至義盡，公主要怎麼做，都無愧於天。反倒是伯府，遲早要遭報應的！」

楚攸寧可沒張嬤嬤這麼遮遮掩掩，直接問：「我母后把這裡當作娘家，那她娘家還要了她的命呢。」

其餘人心中狂跳，他們好像聽了什麼不該聽的宮廷秘聞，要不要先迴避？

「妳胡說八道！那日就我和張嬤嬤在，我怎麼會害死自己的女兒！」老夫人聲色俱厲。

「誰知道呢，興許她不是妳女兒。」楚攸寧隨口一說，施展精神暗示，讓老夫人說實話。像這種心裡有鬼、神經衰弱、毫無意志力的人，最容易受精神力與精神暗示控制。

老夫人神色恍惚。「妳說對了，我不是她親娘。當年小姑子懷了遺腹子跑回娘家，與我同時生產，還把孩子換過來，直到小姑子死了，都沒人知道。

「後來，皇后入宮多年，一直沒有身孕，昭貴妃慫恿伯爺將她送進宮，幫皇后固寵。昭貴妃為了得到伯府支持，將身世和盤托出。雖然知道昭貴妃才是我們的親生女兒，可一個是皇后，一個是貴妃，我們只能將錯就錯下去，不然就是欺君之罪。」

楚攸寧微張著嘴，她隨便說說而已，沒想到居然是真的！

「我可憐的娘娘啊！」張嬤嬤掩面哀泣，為皇后不值。

難怪昭貴妃入宮後，伯府的心都向著昭貴妃。裴家的爵位是因為從龍之功得來的，皇后便以為裴家是為了下一個從龍之功才這般，原來，真相竟然是這樣。

「嬤嬤，妳要換個想法，至少皇……我母后不是死在親娘手裡。現在有仇報仇，有冤報冤，可以毫無顧忌了。」楚攸寧連忙安撫張嬤嬤。

老夫人晃晃腦袋，想到自己剛剛說了什麼，神色惶恐，不住地搖頭。「不！這不是真的，我怎麼可能會說出來？不可能……」

楚攸寧看她一眼，帶頭走人。想知道的事已經知道了，這人是瘋是傻，都與她無關。

就算不是親生的，也養了那麼多年，皇后盡力幫著娘家，對娘家做的過分事情，一直睜隻眼、閉隻眼。到頭來，裴家說弄死她就弄死她，真不是人。

她也不是霸王花媽媽們親生的呢，霸王花媽媽們就對她那麼好。

唉！末世雖然沒吃的，有打不完的喪屍，過著不知還有多少個明天的日子，但起碼人人是千方百計為了活著，而不是搞出那麼多複雜的愛恨情仇。

「公主嬸嬸，可以走了嗎？」歸哥兒抱著一個小布袋湊過來，小布袋裡裝有幾個小金元寶，還有一些珠鍊首飾，是公主嬸嬸說可以挑給他娘的。因為之前摸過麵粉，沾到了臉，臉花得跟隻小花貓似的。

他敏感地察覺到氣氛不對勁，連聲音都壓低了。

早在聽到關於皇后被害死的話時，沈思洛就把三個小的帶到旁邊去了，這些還不是他們能聽的。

「走！」楚攸寧用手指刮刮歸哥兒沾了麵粉的小臉蛋，還是小小孩可愛。

第四十五章

知道楚攸寧去了糧倉後，忠順伯便十分不安，可劉正在，他又不能走開，從沒有一刻坐自家凳子像這般如坐針氈過。

攸寧公主到底有什麼毛病，那麼多金銀珠寶不要，偏要糧食！

楚攸寧一行人回到前院時，忠順伯看到楚攸寧的人搬出一袋袋糧食，心裡直打鼓。密室應該不會被發現的，藏在那麼大的缸底下，還砌上那麼厚的磚。

然而，當他看見楚攸寧走到劉正面前，很隨便地把一本書扔給劉正時，他就知道，忠順伯府完了！

劉正接住書。「公主，這是？」有些錯愕。

楚攸寧說：「上面寫著昭貴妃和大皇子欠我母后錢，你回去讓父皇幫我要回來，我就不進宮了。」

這話太驚人，劉正一時有些反應不過來，只覺得手裡的「書」有點燙手。

見劉正不說話，楚攸寧拿下肩上的刀戳地面。「還是你希望我進宮找昭貴妃談談？」

劉正見她又開始用刀尖戳地面，一戳一個坑，這要是讓公主進宮，昭貴妃還有命在嗎？

「公主放心，奴才會如實稟告陛下，書也會呈上去的。」

楚攸寧點頭。「我只要糧倉裡的東西。剩下的帳不用算了，我父皇也挺不容易的。」

劉正被公主突然的懂事搞得有點懵，總覺得她對景徽帝不會這麼貼心。

陳子善聽了，趕緊讓大家把金銀珠寶搬出去，先運回將軍府，再回來搬糧，別等到劉正反應過來，全部充了公。

程安忍不住想同情景徽帝了，糧倉裡的密室，顯然才是忠順伯府好幾代的家底。公主說要糧倉裡的東西就夠了，包括底下密室裡的錢財，沒毛病。

此時，忠順伯已經顧不上公主一行人肩上扛的是糧是錢，滿腦子只想如何挽救岌岌可危的忠順伯府。

帳冊被發現，頂多只能算與皇子勾結、賄賂之罪，若昭貴妃幫忙求情，又有秦閣老說項，應該罪不至死。

就在忠順伯想得美的時候，就在劉正以為楚攸寧說完的時候，楚攸寧又拋出一句——

「對了，謀害皇后是什麼罪來著？」

劉正瞪大了眼。「公、公主，您說什麼？」別這麼嚇人！他承受得住，宮裡的景徽帝未必承受得住。

忠順伯聞言，臉色駭然，渾身發軟，連辯駁的力氣都沒了。

這下，忠順伯府徹底完了。

裴延初亦神色遽變，如墜寒潭。在他以為今日過後，就可以搬離這裡，天高海闊任逍遙，沒想到忠順伯府膽大包天，這可是滿門抄斬的大罪，分家也逃不掉。

捨棄皇后支持昭貴妃也就算了，連皇后都敢害，他們怎麼敢！

楚攸寧完全不知自己扔出了嚇人的話，概括幾句說明前因後果。「簡單來說就是，我母后不是老忠順伯親生，昭貴妃才是。他們為了幫昭貴妃，害我母后血崩，害小四一出生就沒了娘。」

劉正大驚失色，他現在捂耳朵還來得及嗎？這麼大的事，他並不想聽。

「不可能！」忠順伯不敢置信，但心裡已經有了答案。

難怪父親可以為了向昭貴妃投誠，讓母親去謀害皇后。如果昭貴妃才是他妹妹，那就說得通了。

楚攸寧懶得管他，對劉正說：「事情真相就是這樣。你回去讓我父皇看著辦吧，不用再顧慮忠順伯府是母后娘家了，該砍就砍。」

楚攸寧說得輕輕鬆鬆，劉正聽得膽戰心驚。

這下，景徽帝需要顧慮的，怕是忠順伯府是昭貴妃的娘家。

劉正瞥了眼連喊冤都喊不出來的忠順伯。「奴才這就回宮稟明陛下，請陛下聖裁。」

楚攸寧點頭。「讓他裁得公正一點，不然我母后可能會在夜裡來找他談談人生。」

劉正頭皮發麻。「這麼大的事，要不公主還是跟奴才入宮？當面跟陛下說比較妥當。」

楚攸寧擺手。「我忙著呢，不去了。聽說出嫁了的閨女總是回娘家不好。」

劉正無言了，突然講究起來的公主讓他很不習慣。

楚攸寧把張嬤嬤拉過來。「讓張嬤嬤跟你進宮說清楚，再沒有比張嬤嬤更清楚來龍去脈的人了。」

張嬤嬤不著痕跡地把公主拉她換成她扶公主。「公主，您要去忙什麼？」竟連進宮都顧不上。

一點也不想進宮扯皮的楚攸寧想了個絕美的藉口。「我父皇說得對，把沈無咎一個人扔在家不道德，所以，我要去給沈無咎買糖葫蘆。」

張嬤嬤自認為已經習慣公主的隨性，但還是有點傻住。進宮見陛下居然還比不上給駙馬買糖葫蘆重要？

劉正再次恨自己長了耳朵，這話要是被景徽帝聽到，大概又要鬱卒了。

「嬤嬤，妳放心，若我父皇還不按罪嚴懲昭貴妃他們，我親自幫母后報仇。」楚攸寧白嫩圓潤的手指彈彈刀身，發出輕鳴聲。

事情的真相結果已經有了，要是景徽帝還偏袒，那就按她的方式來好了。占了人家女兒的身體，也是因為人家的玉珮才有穿越這場際遇，這個仇，她無論如何得幫忙報。

張嬤嬤倒不怪楚攸寧，若不是她，這個真相只怕永遠不會被揭開。何況知道她不是原來的公主，能替皇后找出真相，讓皇后可以瞑目，就是最大的孝順了。

她說要去給駙馬買糖葫蘆，張嬤嬤想說駙馬不是小孩，已經過了吃糖葫蘆的年紀。不過，公主捨得給駙馬買吃的，證明和駙馬感情好，公主可是把吃的看得很重。

張嬤嬤忍不住望了下天，或許，冥冥之中自有注定。楚攸寧的到來，才能讓皇后的身世大白於天下，才能為皇后討公道。

劉正也不把禁軍帶回去了，直接讓他們將忠順伯府包圍起來。原本忠順伯府只是單純的抄家，這下怕是要被滅族。

其他的人得知這變故，呼天搶地，大喊冤枉。若說方才的抄家只是讓他們覺得往後日子暗無天日，這會兒便是在倒數自己的腦袋還能待在脖子上多久。

沈思洛看著蹲坐在一旁、寂靜無聲的裴家三房，尤其是萬念俱灰的裴延初，湊到楚攸寧身邊。

「公主，裴家三房算不算無辜？」裴延初是她四哥的至交好友，總不能看著他被一塊兒論罪。四哥知道了，定會想法子救人。

程安已早一步遣人回去向沈無咎稟報，裴延初跟主子交好，主子斷不可能袖手旁觀。聽沈思洛這麼說，也期待地看向楚攸寧。

楚攸寧這才想起之前說要罩的人，直接指著裴延初一家，對劉正說：「裴家三房是我的人，而且你來之前，他們已經分家了，不算一家。」

劉正聞弦而知雅意。「既然是公主的人，那自然不算。」人是公主要辦的，公主說要饒過誰，自是誰就無罪，何況只是無關緊要的三房。再說，公主要保的人，鬧到陛下那裡，陛下也會答應。

原以為要被一塊兒問罪的裴延初被突如其來的驚喜砸懵了，趕緊拉著雙親上前謝恩。楚攸寧讓他們起來，還從被禁軍抄出來的一堆金銀珠寶裡撈了一把塞給裴延初他娘。

「這裡大概全抄乾淨了，這些給你們當安家費吧。」

萬沒想到公主這麼懂得替人考慮，裴三夫人拿也不是，不拿也不是，無措地看兒子。裴延初被楚攸寧這麼直接的善意感動到，又有些好笑。他再次鄭重謝過，最後感激地看沈思洛一眼，才帶著雙親離開。

忠順伯府其他人見最不被看重的三房居然因為攸寧公主一句話就能全身而退，紛紛湊過去求饒。

被以為容易心軟的楚攸寧一個眼神都沒給，轉身命人把他們的戰利品搬出去。

裴延初不用被一同問罪了，程安鬆了口氣，見劉正要走，暗嘆主子料事如神。

公主來忠順伯府要債，果然驚動了陛下，就是不知道主子有沒有猜到事情會往不可思議的方向發展。

程安朝劉正走過去，以別人看不見的動作，將一封密信交給他，請他呈給景徽帝。

劉正的心又是猛地一跳，昨日駙馬才去莊子，今日就有密信交上來，還如此慎重，覺得還有什麼大事要發生。

「你先給咱家透個底。」這一趟來忠順伯府，得知的大事太多了，萬一又是煩心事，他可以等景徽帝氣消了再呈上。

程安悄聲在他耳邊說了兩個字，劉正精神一振。「有進展了？」

程安點頭，劉正瞬間全身舒暢。有這個好消息，景徽帝發再大的火也能消滅。他吩咐程安趕緊護送公主回莊子，就帶著張嬤嬤匆匆回宮。剩下的，是忠順伯府自個兒等死的事了。

楚攸寧讓沈思洛和幾個小的先跟著運送隊伍回將軍府，至於之後還回不回莊子，端看他們自己選擇，又讓程安親自護送她的戰利品跟他們回去。

程安不答應，他是奉命來保護公主，自然該寸步不離，現在這樣算什麼？

楚攸寧說，打得過她就讓他跟，程安頓時無言。雖然沒交過手，但程安覺得自己未必打得過，加上公主那神鬼莫測的能力，還是別丟臉吧。

最後，楚攸寧只帶了金兒，還有陳子善，去街上買糖葫蘆了。

第四十六章

「逆子！」

剛走出忠順伯府，一個穿著紅色官袍的胖子怒氣沖沖走過來，身後還跟了個穿著青灰長袍的年輕男人。

來人是陳父，到了楚攸寧跟前，躬身行禮。「臣通政使參見公主。」

「你是誰？」楚攸寧問。

「臣是這逆子的爹，逆子給公主添麻煩了，若是有得罪之處，公主儘管罰他。」陳父指著陳子善道。

他一聽說陳子善又跟著公主上忠順伯府鬧事，氣得趕緊過來把人逮回家，不然陳家遲早被他牽連。

他在忠順伯府外徘徊了好一會兒，發現原本只是抄家的禁軍突然氣勢凶猛地包圍忠順伯府，一看就知道必定是抄出了重要罪證，幸好這逆子跟著公主出來了。

楚攸寧看看陳子善，又看看身材一樣胖的陳父。「這就是你那個不幹人事的爹啊？」

陳父臉色一黑，指著陳子善一陣狂罵。「你這逆子，自己做錯事，還在公主跟前詆毀自己的父親，這是我教你的？」

「不用他詆毀，你現在就不幹人事。」楚攸寧伸手想摸刀，哦，她的刀順便讓程安帶回將軍府了。

陳父差點一口氣沒上來，對楚攸寧露出討好的笑。「公主，這逆子只會氣人，臣帶他回去好好管教。您有何事，可驅使臣的大兒。」

雖然早已不抱希望，但陳子善還是被陳父這無恥的行事噁心到了。見他得了公主青眼，就想讓陳子慕取代他？

「子慕見過公主。」陳子慕對楚攸寧作揖。

楚攸寧看過去，搖頭。「太醜。」

陳子慕氣結，他長得不好看，快要胖成球的陳子善就好看不成？攸寧公主對好看是否有什麼誤解？

「公主覺得二弟長得好看？」說他長得比陳子善差，陳子慕是不服的。

楚攸寧點頭。「嗯，他胖，看著喜慶。」

這下，連陳子善都怔住。所以，他能入公主的眼，是因為他胖，圖喜慶嗎？想不到有朝一日，他這身胖肉還能派上用場。

陳子慕嘴角止不住抽搐。「公主的眼光倒是獨特。」時下哪個姑娘家不是喜歡身材修長、風度翩翩的美男子，攸寧公主卻專挑胖的、一無是處的人跟在身邊。

楚攸寧的目光在二人之間轉了個來回，停在陳子善身上。「你是弟弟？我怎麼看你比他還大呢？」
陳父心裡一慌，以眼神警告陳子善。
陳子善才不管他，陳父越不想讓他做的事，他偏要做。「公主眼力真好。」
他是他娘在陳父上京趕考那時懷的，陳父考中後，被榜下捉婿，立即跟官家小姐成婚，很快便生下孩子。他娘被貶為妾，他明明大一歲，卻成了府裡的二公子。
楚攸寧恍然大悟。「原來真是你比較大啊，這個世界流行把老大當老二養嗎？」
這話要是傳出去，如無意外，明日早朝御史官的奏摺上，必然會有通政使的名字了。
陳父覺得再待下去要完，目光複雜地看向陳子善。「你好好跟著公主，不要再像以往那般，淨做糊塗事。」
這麼多年，陳子善還是第一次在陳父這裡得到好臉色，在這個男人眼中，恨不得他和他娘沒出現，因為他們意味著他一生抹不去的污點。平日陳父最愛做的就是拿他跟陳子慕比，說他哪裡都比不上陳子慕。
如今陳父看到他入公主的眼，覺得他有用，終於給個好臉色，他卻突然覺得沒意思了。
陳父又說幾句場面話，就帶著陳子慕灰溜溜地走了。如今陳子善入了攸寧公主的眼，動不得他，還不如將他哄回來。
大皇子得到忠順伯府被抄的消息，想要阻止已經來不及，只能匆匆往宮裡趕。

秦閣老也聽說了，掌控朝政多年的首輔，愣是好一會兒沒反應過來，不敢相信事情突然到了瞬息萬變的地步。

他回過神，第一件事就是趕緊清掉和忠順伯府有不當往來的痕跡，第二件事是趁聖旨沒下來之前，派人去忠順伯府，讓忠順伯夫人趕緊和離，哪怕被休也行。他則是穿戴好，隨時等景徽帝宣召。

消息靈通的人，有跟忠順伯府是姻親的，趕緊讓嫁進去的女兒或孫女和離。更狠的，直接放棄，任由自生自滅，總之就是撇清關係。

這件撬動整個京城的事，發生的工夫不到一個時辰，大皇子一派人人自危。

劉正回到皇宮，昭貴妃正站在景徽帝身後，為他揉捏肩膀。她還不知道，短短的時辰裡，忠順伯府的天徹底塌了。

「陛下，忠順伯府是打小養育妾身的地方，妾身一直將之視為娘家，忠順伯府一向高風亮節，否則也不會打小收留妾身與妾身的母親。攸寧公主說的事，明明是皇后娘娘體諒忠順伯府不易，有意幫襯的。」

昭貴妃聽說忠順伯府的事後，怎麼說忠順伯府也是大皇子一派，哪怕往後沒用了，她還是得做做樣子，幫忙求求情。

景徽帝閉著眼睛，享受美人的揉捏。「伯府不易，朕就易了？朕的國庫都被掏空了。」

昭貴妃心想，所以陛下是想藉此抄了忠順伯府，填補國庫吧？

「陛下說得對，忠順伯府為國出力，也是應當的。」昭貴妃趕緊順著他的話說。

景徽帝握住她放在肩上的手捏了捏。「還是貴妃善解人意。近幾年，忠順伯府行事猖狂了些。」

昭貴妃嘴角冷勾，還不是怕攸寧公主找上門，乾脆直接抄家打發她。

這時，門外小太監稟報，劉正回來了。

劉正帶著張嬤嬤進殿，看到站在景徽帝身後的昭貴妃，怔了下，趕緊低頭。

昭貴妃瞧見跟在劉正身後進來的人，臉色微變，心裡有種不好的預感。

景徽帝睜開眼，看到張嬤嬤，眼皮子就是一跳。

「攸寧又出什麼事了？」閨女該不會又跟越國人對上了吧？

「回陛下，公主無事，但奴才有重大的事要稟。」說著，劉正特地看了昭貴妃一眼。

「是關於皇后娘娘的死，以及皇后娘娘的身世。」

啪！昭貴妃手裡剛拿起的小茶壺應聲落地，花容失色。

景徽帝懷疑自己耳朵不好使了。「你說什麼？皇后的死？還有皇后的身世？」

「是，此事張嬤嬤最為清楚，陛下可讓張嬤嬤來說。」

張嬤嬤得到恩准，冷冷看了昭貴妃一眼，將在忠順伯府裡發生的一切，以及皇后生產時，忠順伯府老夫人帶了活血藥物，導致皇后血崩身亡的事，一五一十道來，語氣慷慨激昂。

「還請陛下為皇后娘娘做主！」張嬤嬤說完，狠狠磕了個響頭。

景徽帝聽了，許久沒回過神來。他還記得，當日得到消息趕過去時，皇后已經是彌留之際，哪怕屋裡特地清理過，還是能聞到濃烈的血腥味。原來，那是有人為之嗎？

皇后知道，但最後還是捨不得拉整個娘家陪葬，所以沒向他透露，只要他答應將女兒嫁給沈無咎，把四皇子托給張嬤嬤照顧。

「陛下……」劉正輕聲喊。

景徽帝回魂，勃然大怒。「好一齣偷梁換柱！昭貴妃，妳可知罪！」這是把他這個皇帝當猴耍呢！

昭貴妃惶然跪地。「陛下，此事妾身不知情啊。」

「妳當朕耳朵聾了？身世的真相，還是妳說給老忠順伯夫婦知曉的，好一個不知情！朕還當妳感恩忠順伯府的養育之恩，才沒跟皇后爭。妳這不是不爭，一爭就要人命！」

「那是老夫人胡亂攀咬的，若妾身當真同皇后換了身分，按理說，皇后才是妾身母親的親女兒，皇后怎麼會不知道，反倒讓妾身知情？」

張嬤嬤抬頭看她。「三姑娘換孩子，為的就是想讓自己的女兒過得好，又怎會叫人知道？怕是貴妃無意中得知真相，暗中害人吧？」

昭貴妃像是被說中了般，怒喝道：「放肆！本宮也是妳可以隨意誣衊的?!」

張嬤嬤沒跟昭貴妃掰扯，以額貼地。「陛下，公主讓奴婢前來說明真相，希望陛下能秉公處理。如若陛下姑息罪人，身為女兒，公主會親自出手為皇后娘娘報仇。」

景徽帝咬牙。「攸寧這是在威脅朕？」

張嬤嬤低頭。「公主不敢。」

「朕看她敢得很！」景徽帝氣呼呼，忽然想起忽略了一件重要的事。「這麼大的事，攸寧為何自己不來？」

張嬤嬤看向劉正，劉正聰明地低著頭不說話。

張嬤嬤只好道：「公主覺得陛下說得對，把駙馬一個人扔在莊子不好，所以趕著去買糖葫蘆，回莊子哄駙馬。」

景徽帝聽了，氣得不得了。他是不想讓她鬧出事進宮，但給駙馬買糖葫蘆比進宮見他還重要，更是氣人。偏偏，把駙馬一個人扔在莊子不對這話還是他說的，罵都沒辦法罵！

劉正趕緊呈上手裡的帳冊。「陛下，這是這些年忠順伯府孝敬昭貴妃與大皇子的帳本。」

昭貴妃癱軟在地，好個忠順伯府，居然還留了這麼一個後手！

景徽帝看著上面一筆筆帳目，怒不可遏。

「忠順伯府都要比朕有錢了！一個光祿寺三品寺卿，食邑六百戶的爵位，居然能攢這麼大的家底，大皇子也挺會花啊！」

昭貴妃忙跪直身子。「陛下，那些皆是用在妾身身上居多，大皇子並不知情。」

「用在妳身上？妳的意思是，朕養不起自個兒的女人，需要大臣出錢養嗎？」

「陛下，妾身不是這個意思，妾身……」

景徽帝看著徹底亂了方寸的昭貴妃，此時的她，已完全沒了以往在他面前的溫柔解意。

過去覺得昭貴妃有多善解人意，多知心，如今真面目一揭，景徽帝覺得自己錯付了。

景徽帝陰著臉。「傳大皇子、老忠順伯、忠順伯，以及忠順伯府的老夫人！」

第四十七章

很快，人都到齊了。

景徽帝將帳冊朝大皇子砸去。「你花的錢比朕這個皇帝還多啊，要不要朕退位讓賢?!」

「兒臣不敢！」大皇子惶恐跪地。「父皇，是兒臣糊塗，不該聽信忠順伯府的慫恿。兒臣拿那些錢，其實是……」

「是什麼？朕倒要看看你能說出什麼花來！」

大皇子牙一咬。「是為了父皇！兒臣聽聞有個道士能煉出延年益壽的丹藥，兒臣便暗中將這道士供起來，讓他煉丹，想著哪日給父皇一個驚喜。」

「混帳東西！朕還需要靠這些邪門歪道活命？」景徽帝狠狠砸了桌上的茶盞，他不理朝事，不代表想揹這麼個昏庸無道的罵名。

茶盞砸中大皇子，額角很快往下淌血。

「滾一邊去，你的罪稍後再論！」景徽帝毫不心軟，又問忠順伯府關於皇后身世的事。

原本老夫人還想狡辯，但她在府裡說的話，不是只有張嬤嬤一個人聽見。

昭貴妃看到這裡，知道今日這罪逃不過了。

她受寵多年憑的是什麼？還不是足夠了解景徽帝是什麼性子。在別人看來，景徽帝沈迷享樂，昏庸無能，實則頭腦清醒得很，只不過是被越國欺壓得沒了雄心壯志。

愛之欲其生，恨之欲其死這話，用在景徽帝身上再合適不過，攸寧公主不就是例子？在她看來，攸寧公主放開本性後的所作所為，是景徽帝想做卻不能做的，所以誤打誤撞得了他的寵。攸寧公主想做什麼，景徽帝都縱著，因為那也是他想做的。

這次涉及皇后的身世、皇后血崩的真相，以及勾結大臣的事，景徽帝不會再聽她花言巧語，見方才他對大皇子的態度，就很明顯了。

「昭貴妃，看來妳入宮也是謀劃好的，還謀劃深遠啊，連朕的皇位都早早謀劃上了。」

景徽帝不怕別人覬覦他的皇位，畢竟他這個皇位也是步步算計來的，但昭貴妃明知自己的身世還入宮，故意慫恿皇后的娘家人捨皇后而幫她，以達到報復的目的，令他不喜。曾經是多好的一朵解語花啊，沒想到裡面是藏了毒的。

皇后有什麼錯呢？她到死都不知道自己的身世，甚至以為自己死在親娘手裡，到死還在為娘家著想。

當年先帝看不上他，指了個新貴出身之女給他，娘家雖是國公，卻是因為從龍之功受封的，與那些上百年世家相比，差得遠了。可他沒有冷待皇后，作為正妻該有的尊重，他都給了，哪怕她一直沒有身孕，他也從未不喜。畢竟，嫡子不嫡子，一點也不影響日後爭皇位。

「今日陛下非要定妾身的罪了嗎？」昭貴妃帶著最後一絲希望問，淚眼婆娑，意圖讓景徽帝心軟。

奈何，景徽帝一旦認為有罪，就不是靠掉幾滴淚能解決的。

「謀害皇后，勾結大臣，欺君……妳說有哪樣不能定妳的罪？」

昭貴妃知道自己的下場後，也不裝了，起身拂袖，傲然譏笑。「真是成也裴家，敗也裴家。說到底，你們的價值也不過是讓皇后體會到被家人拋棄的剜心之痛。」她嘲笑著看向老夫人。「老夫人，妳也不想想，我若是妳的親生女兒，為何還會有這本帳冊？那是因為老伯爺知道我不是，所以做了這本帳冊，以防萬一！」

張嬤嬤愕然抬頭，剛才公主還安慰她，該慶幸皇后不是死在親娘手裡，到頭來，皇后還是老夫人的女兒？

老夫人一雙老眼瞪得老大，一動不動，似乎被這消息劈懵了腦袋。回魂後，瘋了似的搖頭，拒絕相信這個殘忍的真相。

「不可能！當年替我接生的穩婆說，我女兒生下來，右邊肩背有顆紅痣，娘娘身上有，皇后沒有。」

昭貴妃的臉上帶著癲狂的快意。「妳怎麼就沒想過，那可能是被老伯爺買通的呢？為的是什麼？就是想讓妳有朝一日能狠得下心除了親生女兒啊！」

這樣的真相生生撕開了老夫人的心，徹底瘋了，張牙舞爪撲向老忠順伯。「就為了從龍之功，你設計我殺了親生女兒。你到底有沒有心？那也是你的女兒啊！」一聲聲泣血，讓人聽了於心不忍。

老夫人帶來的嬤嬤看不下去了，忽然跪地出聲。「老夫人，您沒有！皇后娘娘不是您的女兒！」

所有人都被這反轉驚呆了，包括一直以為自己掌握一切真相的昭貴妃。

景徽帝也不禁暗呼，爭鬥最厲害的後宮都不敢這麼演。

當年皇后生產，這嬤嬤隨老夫人進宮幫忙，所以也被帶進宮作證，只是證人沒當到，倒是來了個真相逆轉。

嬤嬤重重磕頭。「奴婢當年曾與伯爺有過一次歡好，之後伯爺警告奴婢，只管好生伺候夫人，就當沒發生過這件事。奴婢心有不甘，知道三姑娘的婢女想幫三姑娘換孩子，卻又不忍心，就從中幫了一把。她一直以為兩個孩子沒有換過來，其實是換了的。」

老夫人聽完，呼吸急促，再也受不住一連串的刺激，昏了過去。她一生中最信任的兩個大婢女都背叛了她，用她的女兒來報復！

老忠順伯也沒料到事情的真相會是這樣，整個人呆住了。

景徽帝見狀，趕緊派人去傳當年的穩婆。既然叫那麼多人進宮，就是為了審這件事，自然早有人把相關人證找來，在殿外候著。

很快地，當年為老夫人接生的穩婆被帶上來。穩婆哪想過這輩子能進皇宮，嚇得瑟瑟發抖，磕頭行禮後，半點謊也不敢撒。

「當日孩子生下來後，老婆子的確看到孩子右肩背上有顆紅痣，當時還以為是血，擦了幾次都沒擦掉。後來，還是英國公的老伯爺來找老婆子，要老婆子告訴他夫人，昭貴妃身上的紅痣就是當年出生的那個孩子所有。老婆子還奇怪，怎麼兩個孩子都有一樣的紅痣呢。」

昭貴妃踉蹌幾步，不願相信這個事實。當年她發現她娘對她表姊特別好，雖然對她也不差，但比起表姊，總覺得少了點什麼。她一直以為那是因為她們母女寄人籬下的關係，她娘也是這麼跟她說的，直到表姊被指婚給景王，也就是現在的景徽帝時，聽到她娘和老夫人身邊的婢女說起換孩子的事，才明白了一切。

她娘知道孩子並沒有被調換後，總是望著即將出嫁的表姊患得患失，看她的眼神愧疚又複雜。表姊出嫁沒多久，她娘就因為精神恍惚，被婢女害死，而她也在景王登基為帝後，打算替母報仇，說服忠順伯送她入宮。

其實，說什麼替母報仇，不過是想殺人滅口，讓她的算計得以成功而已。誰能想到這件事的背後，還有一隻黃雀！

老忠順伯抬起頭來看著昭貴妃，嘴唇抖了抖，什麼話也說不出來。

忠順伯看著這戲劇性的一幕幕，終於雙手掩面，又哭又笑。

蠅營狗苟，機關算盡，最終卻是敗在自家人手裡，聰明反被聰明誤！

大皇子諷刺大笑，他母妃說得沒錯，成也裴家，敗也裴家！

最後，景徽帝拿出前所未有的魄力，雷厲風行將所有人都定了罪。

大皇子結黨營私，驕奢淫逸，偏信邪門歪道，意圖擾亂朝綱。即日起，剝奪皇子身分，貶為庶民。

昭貴妃謀害皇后，勾結大臣，剝奪貴妃封號，打入冷宮，終身不得出。

忠順伯府謀害皇后，營私舞弊，欺君罔上，男十四歲以上處以極刑，其餘人判以流放，遇赦不赦。

所有人都不知道事情怎麼發展到這一步的，總之呼聲最高的大皇子，後宮最受寵的昭貴妃，先皇后的娘家，突然說玩完就玩完了，毫無徵兆，而這一切的源頭，不過是因為忠順伯府欠了攸寧公主的糧。

攸寧公主怕不是有毒，誰靠近誰死？無論是後宮妃嬪，還是二皇子、三皇子，都有默契地打定主意，離攸寧公主遠一點，能不招惹別招惹。

待嫁中的四公主聽到這事，有些羡慕又有些無語，憑一己之力讓前朝後宮動盪，真是仗著寵愛，無法無天了。

而內閣得出的結論是，陛下要勤政了。這麼大的事都不經過內閣，就直接定罪，他們獨攬大權的日子，即將成為過去了。

景徽帝回到御書房，因為剛剛發了狠，整個人像虛脫了般，癱在椅子上。

短短一個時辰的工夫，一向最懂他的昭貴妃沒了，他把自己的兒子逐出家門，原來娶的皇后身世變了又變。而這一切的發生，只因為他閨女心血來潮，去討了一次債。

「劉正，朕忽然覺得把攸寧放出去錯了。」景徽帝感慨。

劉正趕緊端上一杯熱茶。「陛下息怒，奴才這裡還有個大好消息。」

景徽帝懶懶坐起來，接過熱茶喝了口。「別又跟攸寧有關，朕現在不想聽到關於攸寧的事，頭疼。」

劉正沈默一下。「還真是跟公主有關。」

景徽帝差點被茶水燙嘴，煩躁地將茶盞一擱。「說，朕想聽聽，她能給什麼好消息。」

「準確地說，是跟公主的駙馬有關。駙馬派親兵給奴才一封密信，要奴才呈給陛下。奴才問了，是關於火藥的好消息。」

景徽帝瞬間大喜。「快呈上來！好你個劉正，這麼大的事，居然現在才說。若這好消息不足以平息朕的怒火，看朕如何罰你。」

「奴才知罪。」劉正知道景徽帝在說笑，趕緊把密信呈上。

景徽帝飛快打開信來看，裡面的字跡筆力雄健，有著屬於武將的瀟灑豪邁，堅毅果決。最重要的不是字，而是字裡的內容。

「哈哈！太好了！好極了！」景徽帝激動得起身連聲大笑叫好，拿著信的手捏得緊緊地，心中的鬱氣一掃而空，甚至不知怎麼表現自己的激動才好。

「恭喜陛下，賀喜陛下。」劉正也由衷地高興。

景徽帝捏著信，負手走到門口，望著天空。「想不到慶國也有一雪前恥的一日。有了火藥配方，越國何懼！」

激動過後，景徽帝很快冷靜下來，明白沈無咎遞密信的意思。

「此事不宜聲張，還是得好好把越國人送走，並盡快尋人秘密開採硝石、硫磺，在做出足夠與之一戰的武器之前，必須先穩住越國。忠順伯府抄上來的財產，便用來製造火藥。」

劉正瞅了正在興頭上的景徽帝一眼，不得不拚著掉腦袋的可能潑冷水。「陛下，忠順伯府抄上來的財產，不足五千兩銀子。」

「不足五千兩銀子？就算全給了昭貴妃和大皇子，大部分也是皇后的嫁妝出產所得，朕不信忠順伯府那麼蠢，掏空家底支持大皇子。給朕挖，掘地三尺都得找出來！」

「陛下，忠順伯府真正藏錢財的地方，在糧倉的地下密室。」

景徽帝冷笑。「老狐狸倒是懂得未雨綢繆，朕就說怎麼可能沒有。有多少？」

劉正縮了縮脖子。「奴才不敢說。」

景徽帝大感不妙。「朕恕你無罪，說！」

「零。」

景徽帝瞪大眼。「你再說一遍？」

「陛下，糧倉被公主要來抵她那份債了。起先公主是衝著糧食去的，誰知道意外在裡面發現了密室，那本帳冊就是從密室裡得來的。公主說，她只要糧倉裡的東西，這筆帳就算抹平，裡面的東西也包括密室裡的。」
景徽帝整個人都不好了，然而，更不好的還在後面。
「陛下，公主還說，帳冊上昭貴妃和大皇子花的是皇后娘娘的錢，您得替她討回來。」
景徽帝的額上青筋在跳動。「她怎麼不乾脆占了朕的國庫！」
劉正不敢搭話，如果可以，公主肯定也是想的。
景徽帝又拿出信看了一遍，才撫平心中氣悶。信上特地寫明，是他閨女想吃火鍋，才意外發現配方。看在這件事上，他也不能把錢要回來。
不但不能要，還得賞，這可是整個慶國的大功臣，能讓慶國揚眉吐氣、不用再向越國卑躬屈膝的大功臣。
所以，火鍋是什麼東西？以至於他閨女為了口吃的，就弄出幾十年無人弄明白的火藥。

第四十八章

把前朝後宮整得大動盪的大功臣楚攸寧已經在酒樓填飽肚子，又吃完一條街的小吃。她身後的金兒提了一包包用油紙打包好的零嘴小吃，陳子善肩上扛了一草把金燦燦、圓滾滾的糖葫蘆，不，是糖油果子。

因為是夏天，糖葫蘆融化得快，賣糖葫蘆的小販就趁一大早天還涼時趕緊賣完，楚攸寧到的時候，只剩兩串了。看到不遠處炸的糖油果子，外型跟糖葫蘆差不多，就一塊兒買了草把子，插上新炸出來的熱呼呼的糖油果子。

每一串糖油果子有五顆，呈棕紅色，個個渾圓光亮，一串串插在草把子上，看起來一點也不比糖葫蘆差，一路上，沒少被小孩以為他們是賣糖葫蘆的。

楚攸寧手裡拿著一串糖油果子，慢悠悠地走著，吃飽喝足了，正想打道回府，忽然，她停下來看著前方不動了。

陳子善順著她的目光往前看去，只見一隊官員正將一箱箱東西往樓裡搬，抬頭看匾額，上面寫著班荊館。

「那是哪裡？」楚攸寧咬下一顆糖油果子。她一眼認出那個指揮人搬東西的正是戶部尚書聞錚，旁邊還站著越國人。那日她去要糧餉，跟要了聞錚的老命一樣，這會兒給人送禮，倒是積極。

陳子善道：「是班荊館，他國使臣來時所住的地方。」

楚攸寧眼眸微瞇。「也就是說，那些都是送給越國帶走的？」

陳子善嘆息。「是啊，咱們國庫又要虧空了。每次越國來一趟，或者去納貢一回，國庫都要虧空一回。」

楚攸寧啃完最後一顆糖油果子。「你估算一下，那些大概能值多少糧食。」

「那些全是價值連城的珍寶，每年從各地搜羅來的。隨便拿一件出去，都能讓普通一戶人家一輩子吃穿不愁。」

一輩子，那能吃多久？楚攸寧一把掰斷竹籤。「你覺得我們半路打劫會怎樣？」

陳子善嚇了一跳，不由察看周邊的人，見毫無動靜，這才湊近楚攸寧，小聲地說：「公主，這個不行，他們離開京城不遠就被打劫，這筆帳會算到慶國頭上。即使殺人滅口，只要是在慶國境內出事，越國都會對慶國開戰。」

「只要不讓他們覺得是慶國幹的，就行了吧。」楚攸寧覺得這票可以幹，憑什麼被這樣欺負了，還要送禮給他們，便宜他們還不如便宜她呢。

「除非等他們回到越國地界再動手。」陳子善覺得這不切實際，總不能為了打劫送出去的禮物，就跟到越國去。

楚攸寧打定主意要幹。「你派人盯著他們，看他們什麼時候走，再找幾個能搬貨的人，那個小黃書就不錯。」

「小黃書是誰？」陳子善心生警惕，公主在他不知道的時候，又收了個隊友嗎？

「就是今天在忠順伯府收的那個。」楚攸寧沒記住人家叫什麼名字，就記得沈無咎書房裡那本小黃書是他的。

「公主說的是裴六嗎？他在伯府裡排行第六。」

「對，他現在也要養家餬口了，你問問他對搬貨感不感興趣，我付他酬勞。」

沒酬勞也會幹吧？這可是能跟著攸寧公主的大好機會。而且，公主可是赦了他們一家三口的罪，裴延初賣身給公主都不為過。

不對！現在最大的問題，是公主打算半道打劫越國人吧？

將軍府的幾位夫人不但迎回用麻袋裝的一袋袋金銀財寶，還迎回興高采烈的孩子們。孩子們把懷裡抱著的小布袋塞給她們，裡面有好些精美華貴的首飾，說是公主嬸嬸讓他們挑來送給母親的。三夫人也沒被落下，是如姐兒挑的。

三位夫人聽著孩子們眉飛色舞說到了莊子如何跟公主嬸嬸去摘果子，如何跟公主嬸嬸吃了一頓火鍋，辣極了，還有在忠順伯府發生的事，一個個比劃得怪模怪樣，嘰嘰喳喳。自打將軍府的爺兒們接連出事後，孩子們從沒有這般歡快過。

公主這才嫁入將軍府幾日啊，從戶部運回的糧，糧商才剛上門拉走呢，現在又拉回一車金銀。短短幾日，把將軍府缺了幾年的熱鬧全補上了。

她們也得知了忠順伯府發生的事，張嬤嬤剛回來沒多久，宮中就傳出關於大皇子等人的處罰，讓人好一陣唏噓。說出去誰相信，最初攸寧公主真的只是去討帳而已。

等楚攸寧扛著一草把子糖油果子回來時，將軍府又是好一番沸騰。

穿著月白色裙子的小姑娘扛著插滿糖油果子的草把子，扠腰站在將軍府門前，眨著一雙彷彿會說話的大眼睛，有股說不出的靈動俊俏。

「公主嬸嬸，可以送我一串糖葫蘆嗎？」

跟著公主嬸嬸幹過幾件大事後，歸哥兒對他的公主嬸嬸完全沒了最初的敬畏，快步跑過去抱大腿，眨巴眨巴眼。

楚攸寧拔下一串給他。「這個是糖油果子，不是糖葫蘆，糖葫蘆賣完了。小心吃，有點黏牙。」

「公主嬸嬸。」雲姐兒和如姐兒也圍過來。

「公主嫂嫂。」沈思洛也湊過來，完全沒把自己比公主大的事放心上。

楚攸寧一人給一串，連幾個夫人都得了一串。分完後，她被張嬤嬤拉到一邊，說了關於昭貴妃等人的處罰。

楚攸寧很滿意，昏君總算沒昏到底。

府門口，幾位夫人看著塞到手裡的糖油果子，面面相覷，隨即不約而同地笑了，有種被當小孩的感覺。

「沒想到我嫁入將軍府多年，吃的第一串糖油果子，居然是公主給的。聽說這是買回去給老四的，你們大哥都沒給我買過呢，連糖葫蘆都沒有。」大夫人看著手上金燦燦的糖油果子，感慨中又有些遺憾。

二夫人直接咬了一顆。「沈二倒是買過一串糖葫蘆，但那傻子拿著糖葫蘆，騎馬繞了半座城，吃到嘴裡全是沙子。」吃著眼前這個外酥裡糯、香甜可口的糖油果子，倒寧願還能吃到當年那支裹滿沙子的糖葫蘆。

三夫人只是輕輕轉著手上的糖油果子，輕輕說：「如此說來，他欠我一串糖葫蘆呢。」

大夫人和二夫人這才發現，起了不好的話頭。再怎麼說，她們都跟男人過過日子，還有孩子聊以慰藉。三夫人不同，好不容易盼到和心愛的人成婚，卻連洞房都沒入，就失去他。

「三弟妹，妳快嚐嚐，還怪好吃的。」二夫人連忙說。

三夫人抬頭，臉上帶著清淺的笑，眼裡並沒有悲傷。這麼多年過去，她早接受沈無非已經死去的事實，只是有些遺憾罷了，他們之間少了串糖葫蘆的故事。

「是很好吃。就是不知道四弟收到公主一草把的糖油果子，會是什麼表情。」三夫人輕咬了口，主動岔開話頭。

大夫人和二夫人想到沈無咎可能會有的表情，忍不住笑了。

「公主真是個寶，居然想到拿糖葫蘆哄老四，買不到還打算用糖油果子替代。」

「不管皇后娘娘最後為何選老四，我們都該感謝皇后娘娘把這麼好的公主嫁入沈家。當年老四是多麼瀟灑快活的人啊，最後卻被逼成了沈穩嚴肅的性子。」

「有公主在，四弟想嚴肅都難。」

三夫人和沈無非相識沒多久，他的父親和大哥就出事了，她見到的沈無咎已經開始變得沈穩寡言。在那之前，倒也聽說過他當京中小霸王時的事跡，可以想像得出，曾經有父兄寵著慣著的孩子，多恣意瀟灑。

陳子善把楚攸寧送回將軍府後，就去了忠順伯府，正好碰上禁軍來抓人。

裴延初站在人群中，神情複雜。其實，他一直沒離開，不知道老伯爺被帶走時看他的那個眼神是什麼意思，似乎是寄予厚望？他不想懂，更不想揹負所謂振興裴家的責任。

從走出忠順伯府那一刻，他姓裴，卻與忠順伯府這個裴姓再無瓜葛。他能做的，就是替他們收屍，再盡自己的能力幫襯一下被流放的裴家人，便仁至義盡。

陳子善默默站到裴延初身邊，看著被押走的裴家人。如果那日他執意要買回越國那個女人，越國人要是藉此逼景徽帝嚴懲陳家，陳家可能也會是這個下場吧？真到了那一刻，他會後悔嗎？

這一刻，陳子善似乎明白了，為何那日沈無咎會特地要他三思而行。

他搭上裴延初的肩膀。「我知道哪裡的酒最好喝，我請你喝酒？」

裴延初看向他。「你見過傷患喝酒？」

陳子善掃了下走路還不太穩的他。「打得可真重。」他的傷是傷在背上，再加上早裹了墊子，倒沒什麼要緊。裴延初就不同了，好像是被棍棒打的，傷得不輕。

「陳公子是特地來看我笑話的？」裴延初挑眉，眉眼間的陰鬱散去，又恢復了風度翩翩的公子樣。

陳子善翻了個白眼。「誰愛看你笑話，你這傷幾日能好？」

裴延初眸光一閃。「那要看做什麼事。」

「你知道我是來找你做事的？」

「不然陳公子還能特地來關心我的傷勢？」

陳子善打量四下，靠近裴延初，悄聲說：「公主讓你盯著越國人何時離開，到時要你跟著去搬東西。」

裴延初心下震驚，臉色凝重了幾分。「公主要半路打劫越國人？」

陳子善一看就知道他在想什麼。「知道你跟沈將軍好，公主可是給你機會了。跟沈將軍混，還是跟公主混，全看你自己的選擇。」

「這真是給我出了好大一個難題。」裴延初輕笑。

沈無咎才剛派人送來一張房契，跟他說，青烏巷有間房子，讓他們一家先搬進去住。

這些年他也不是瞎混，早託了沈無咎，偷偷在外面置辦了一座房子。

「我猜你本打算脫離伯府後，便去邊關掙軍功吧？那還不如跟在公主身邊當護衛。」
裴延初瞥了胖墩墩的陳子善一眼，面露嫌棄。「護衛？和你？」
「呵！說得好像你很厲害似的，還不是得靠將軍府的二姑娘出手相救。」
「我這是因為傷著了！」
「知道知道。」陳子善露出賤賤的笑。「人家二姑娘救了你，要不要考慮以身相許？」
裴延初的俊臉瞬間沈了下來。「陳子善，我不管你在外頭怎麼混，別再讓我聽到你拿這事來說笑。」
陳子善立即閉嘴。「知道了，把你當兄弟才這麼說的，我有分寸。」瞧這急的，該不是真看上了吧？

最後跟楚攸寧回莊子的，只有歸哥兒和沈思洛。
如姐兒已經十二歲，再兩年該相看人家，大夫人沒敢再放她出去野。姊姊不去，妹妹自然也沒得去了。至於沈思洛，幾位夫人倒是想管，奈何沈思洛說要去散心，她們就沒轍了。
莊子這邊，京城裡發生的事，早有人回來向沈無咎稟報。
他料到公主回城打上忠順伯府，可能會引來景徽帝的注意，完全沒料到公主這一出去，就把前朝、後宮攪了個天翻地覆。
大皇子有當朝首輔支持，手握重兵的將軍是準岳父，忠順伯府當錢袋子，母妃是當今寵妃，又是後宮之主，怎麼看都是躺著贏的那一個。誰知道公主出去一趟，再多的勢力支持，也敵不過公主把天捅破的本事。

沈無咎更加打定主意，要快些養好傷，不然下次公主再一不小心鬧出什麼大事，他不在她身邊也不是辦法。

楚攸寧回到別院時，沈無咎已經等在門口迎接她。四皇子坐在他腿上，被他扶著兩隻胳膊，坐得穩穩地，小身子還微微搖晃，自個兒樂呵。

「叭叭叭……」小奶娃小嘴一張一合，發出他覺得好玩的聲音。

「殿下的姊姊要回來了，殿下可歡喜？」沈無咎正兒八經地問。

「啊！」

「歡喜吧？」

「呀……」

「我也歡喜。」

「咿呀……」

一大一小說得很像那麼回事，在旁邊伺候著的奶娘忍不住別開頭竊笑。

駙馬帶四皇子可太好玩了，誰會跟一個小奶娃一本正經地說話。

第四十九章

楚攸寧從馬車上跳下來，先把歸哥兒拎下車，才從車廂裡拿出一草把糖油果子扛著，虎虎生風地走到沈無咎面前。

看到小奶娃在沈無咎腿上扭動，忍不住伸手捏了他白嫩嫩的肥臉蛋，對上沈無咎帶笑的眼，把草把子往地上一戳。

「我特地買給你的。本來想買糖葫蘆，不過糖葫蘆不禁放，就買了這個。你吃吃看。」她說著，拔了一串糖油果子下來，遞給沈無咎，另一手拎起小奶娃抱著，小奶娃一看到她就雀躍。

沈無咎伸手接過糖油果子，看著特地為他扛回一整根草把子糖油果子的姑娘，尤其還是在沒有糖葫蘆的情況下為他想到的，在戰場上鍛鍊得無比冷硬的心，在這一刻徹底化成水。

這是他這輩子收到最珍貴的禮物，一串幾文錢就能買到的糖油果子。

張嬤嬤很有眼色地把四皇子抱走，順帶讓歸哥兒來陪四皇子玩。

歸哥兒也想白白胖胖、只會啊啊叫的四皇子了，拿著特地買回來的木雕小馬跟上去。

沈思洛自然不會杵在這裡礙事，四哥看公主那溫柔的眼神可驚著她了，原來四哥這麼容易討好。

很快，別院門口的人散得一乾二淨。廊下只剩楚攸寧和沈無咎，還有插在草把上一串串的糖油果子，像開了花。

沈無咎在楚攸寧期待的目光中，低頭咬了一口，冷了的糖油果子已經沒那麼酥脆，但裡面軟糯香甜，咬在嘴裡依然能聽到咔滋的聲響。

楚攸寧瞧著他優雅的吃相，薄唇沾染上一層糖油，看著很可口的樣子，忍不住抿抿嘴。「好吃嗎？」

沈無咎點頭。「勝過世間任何一種美味。」這可是公主特地幫他帶回來的，是他心裡最美味的東西。

「也還好吧，熱的吃更好吃。還是你吃的與我吃的不同？」楚攸寧直接湊近，咬掉他咬了一口的那顆，嚼了嚼。「一樣的。」

她剛要直起身，卻忽然被沈無咎拉住。

沈無咎用指腹擦去她嘴角的糖漬，越擦，臉靠得越近。

楚攸寧不知道為什麼不由屏住呼吸，兩排長長的睫毛輕輕顫動。

沈無咎抬起她的下巴，緩緩覆上她肉嘟嘟的唇。

溫軟的唇貼上來，楚攸寧眨了眨眼，想知道是什麼滋味，於是張嘴吮了吮。

這無疑是邀請。沈無咎心裡壓著的火焰徹底被點燃，反過來吮住她的唇，如此嬌嫩，如同初綻的花瓣，嫩得生怕用點力就會嘬破。

昨晚發生的事，楚攸寧都不記得了，這對她來說，無疑是全新的體驗。雖然在末世沒少碰到人抱在一塊兒親嘴，她一直很好奇兩瓣唇貼在一起互啃是什麼感覺，現在她知道了。

有點麻，有點酥，好像自帶電流。她不知不覺閉上眼，充分發揮好奇心，學著親回去。

沈無咎的動作由輕轉沈，手裡拿著的糖油果子早已掉落在地。

吻完，沈無咎聲音沙啞道：「甜嗎？」

楚攸寧抿了抿唇，有點疼，舌尖有點麻，但是被他親著，有種微醺的感覺。昨晚喝酒沒喝出微醺，親個嘴倒是體會到了。

再看沈無咎紅潤欲滴的唇，她又想吃了。

「還差點，我再嚐嚐。」

說完，她以迅雷不及掩耳之勢襲擊他的唇，見他還睜著眼，便抬手去蓋，按剛才的步驟去親。

沈無咎眼裡帶出笑，拉下她的手，將她拉近，大手扣住她的後腦，讓她品嚐個夠。

最後，楚攸寧親自推著沈無咎回院子，沈無咎也沒忘了楚攸寧送他的糖油果子。

回到院子，歸哥兒興匆匆跑出來，看到楚攸寧紅嘟嘟的嘴唇，好奇地眨眨眼。「公主嬸嬸，妳又偷吃番椒了嗎？」公主嬸嬸說那個辣辣的叫番椒，昨夜他吃了，嘴巴也紅紅的。

沈無咎擔心楚攸寧實話實說，趕忙道：「對，你公主嬸嬸想試試辣椒跟糖油果子放一起的味道。」

楚攸寧眼睛一亮。「這個可以試試。」

沈無咎語塞，他忘了，她對一切吃的都很好奇。

張嬤嬤一看兩人的唇，便知道是怎麼回事。昨晚駙馬從屋裡出來的時候，就是這樣子。這證明什麼？證明兩人感情好啊，公主這糖油果子真是買對了！

「啊！」方才小奶娃剛被姊姊抱了下，便被抱開了，此刻見到姊姊回來，在坐榻上爬著昂頭對她啊啊叫，滿屋子都是他清亮的小奶音。

楚攸寧幾步上前，把他抱起來，在他腦門上響亮地親了一口，又把他放回坐榻上。看到那隻木雕小馬，想到自己給沈無咎買了東西，沒給小奶娃買，便心念一動，將一縷精神力投入小馬，讓小馬走起來。

「哇！小馬動了！」歸哥兒驚呼，撲過來，一瞬不瞬地盯著看。

小奶娃睜著又圓又大的眼睛盯了一會兒，伸出小手手去抓，抓不到就爬著去追。

楚攸寧控制著小馬繞圈，直到小奶娃快要繞暈了，才停下來讓小奶娃抓住它。

小奶娃見小馬不動了，他也不動，呆呆看了好久，才伸手去抓小馬，一屁股坐下，抱著小馬研究。

歸哥兒和小奶娃一起玩，兩個小孩啊啊哦哦說話，聽沒聽懂就不知道了。

楚攸寧望向沈無咎，覺得也不能冷落了他，於是微微調動在他體內的精神力。

沈無咎突然感覺體內的傷口有一絲絲癢，看著楚攸寧亮晶晶求誇的眼神，就知道怎麼回事了，朝她伸出手。

「公主同我去書房，將京城發生的事講給我聽可好？」

「好啊。」楚攸寧爽快答應，她也想跟他分享她這一趟出去收集到的好東西，打算找個地方建造屬於她的糧倉。

張嬤嬤看著兩人離開的背影，再看坐榻上的四皇子，想到今日為皇后討回公道，覺得往後的日子無限美好。

接下來幾天，張嬤嬤親自調派不少人去管理田產跟鋪子，整日坐馬車出去忙個不停。

楚攸寧帶著歸哥兒和沈思洛，把莊子方圓十里逛了個遍，還去巡視她的水秀莊，特地看了糧倉，發現不是她心中想要的樣子，便想著哪日再找個地方另建。

除此之外，她見莊戶大多瘦得皮包骨，原來忠順伯府跟莊戶是三七分帳，再加上朝廷徵稅也是從莊戶這三成裡出，每年收成只夠勉強吃飽。

楚攸寧見不得在不缺糧的世界還能餓成這樣，做主改成四六分帳，稅從她這六分裡出。

莊戶們一直以為水秀莊的主人是忠順伯府，如今忠順伯府一倒，都以為莊子要被充公了，沒想到等來更好的主子，個個對新主子感激涕零。

回去後，楚攸寧也交代張嬤嬤，往後種她田地的人都按這個規矩來。張嬤嬤欣慰她看重糧食的同時，又捨得把糧食給出去。這樣好的姑娘，何須一定要知曉來歷，哪怕她是妖魔鬼怪，也勝過世間大多人。

逛膩莊子後，楚攸寧把摘回來的果子搗出汁，弄碎冰塊，將果汁淋在上面，冰沒融化的時候當刨冰吃，融化了可以當冰果汁，在炎炎夏日喝上一口，那叫一個爽。

她還應歸哥兒教他武功的要求，把沒用的草把子改成草人模樣，教歸哥兒習武。沈思洛閒著沒事，也跟著學。

所謂的武功，招招都奔著腦袋去。歸哥兒的身高不夠，楚攸寧就先教他如何把人放倒。不管怎麼樣，最後結果都是奔著腦子去，讓旁邊看著的人毛骨悚然。

草人的腦袋不知道被換了多少次，拿著刀砍、劈、刺，要麼是從脖子齊平切斷，要麼是把腦子劈成兩半，而且好幾次都劈在同一位置，分毫不差。

「主子，您不阻止嗎？」程安忍不住開口，再任公主這麼教下去，歸哥兒往後的身手太過狠辣怎麼辦？

從楚攸寧教的時候，沈無咎就看著了，從中看出許多東西，下手如此精準，不是一朝一夕能練成的，她做起來卻像是如喝水般平常，出招必要人命。或許，她的來歷並非他以為的那麼簡單，可能來自這個世界的某個避世族群。

「主子？」程安見主子遲遲不語，又喊了聲。

「你的目光不要放在腦子上，仔細看別的，有可取之處。」沈無咎說。
程安一怔，認真去看，果真看出點不一樣來。
公主教歸哥兒和沈思洛的那些招式，每一招都是落在一定的位置。他用手比了比身上，心下一驚，這些都是骨頭最脆弱的關節。
這可是楚攸寧還小的時候學會的，她不夠高，要砍腦袋之前，必須先把喪屍放倒，後來還結合她在拚殺中悟出來的一套打法，再加上基地教的格鬥技，聽說那是末世前特種兵專用的，就成了她殺喪屍慣用的招式。
程安按照她教的其中幾招比劃幾下，越比劃越覺得殺傷力很強，很適合近身戰鬥。
沈無咎看得手都癢了。「除了劈腦袋看起來奇怪些，也沒什麼。能用到這招的，對方必然是死敵，我相信歸哥兒和他姑姑有分寸。」
「是屬下狹隘了。」程安慚愧，開始認真記下楚攸寧教的招式。
三天後，楚攸寧抱著小奶娃走進沈無咎的書房，把小奶娃塞進他懷中。
沈無咎一見這熟悉的動作，就覺得不妙，扶住四皇子。「公主要去哪裡？」
「歸哥兒想上山抓兔子，我帶他去。我想吃紅燒兔肉了。」楚攸寧摸了把歸哥兒的腦袋，說得煞有介事。
沈無咎深深地凝視她一會兒，才朝歸哥兒看去。

歸哥兒躲到楚攸寧身後，用還帶著奶音的聲音說：「四叔，我還沒抓過兔子呢。」

「四哥，我也沒抓過。」沈思洛小小聲地表示。

沈無咎抱住還想往楚攸寧那裡撲的四皇子，問楚攸寧。「真是去抓兔子？」

楚攸寧心虛，不由挺胸。「抓別的也行。」

沈無咎失笑。「那讓……」

「不用，我能保護好歸哥兒他們。抓完兔子，我就回來了。」楚攸寧知道他要說什麼，直接拒絕。讓人跟著，她還怎麼去打劫？沈無咎要是知道了，肯定以大局為重，不讓她去。

話都說到這分上了，沈無咎只能點頭。「早去早回。歸哥兒要聽嬸嬸的話。」

「我會的，四叔。」歸哥兒差點歡呼。

「那我走了，回來給你和小四帶兔子。」楚攸寧又捏了把小奶娃的小胖臉，轉身離去。快走到門口時，她忽然又想起什麼，轉身回來在沈無咎額頭上親了口。「吻別。我走了。」這次走得乾脆俐落，那一親好像是完成任務似的。

沈無咎哭笑不得，低頭和小奶娃對視，學他姊輕輕捏了下肉嘟嘟的小臉。他這傷再不趕緊好起來，真成主內的那一個了。

楚攸寧一出別院，上了山，從果林的另一邊與陳子善他們會合。果林另一邊有一條路，那裡停著一輛馬車。

裴延初看到沈思洛也來了，眉心微蹙，上前對楚攸寧拱手，又看向沈思洛。「沈姑娘來送公主嗎？」

「我跟著去照看歸哥兒。」沈思洛跟著楚攸寧幾天，性子又放飛了不少，撒起謊來臉不紅、氣不喘。

裴延初低頭看向被楚攸寧牽著的歸哥兒，嘴角一抽。「公主，這不是去玩。」

「我是要跟著公主嬸嬸去見世面的。」歸哥兒扠腰，理直氣壯。

裴延初看他這樣子，忍不住伸手摸摸他腦袋。「你四叔知道嗎？」

「知道呀。」歸哥兒用力點頭。

「他答應了？」裴延初問的是沈思洛。

對上那雙天生含情的眼眸，沈思洛不敢直視，高高抬起頭，用大聲來掩飾自己的心虛。「自然答應了！有公主在，四哥放心得很，你可別想通風報信。」

楚攸寧點頭。「對！小黃書，你現在可是我的人，不許當叛徒。」

裴延初看看四周，才發現是叫他。「公主是叫我？」

「就是你。你送給沈無咎的那本小黃書好像不錯，可惜沈無咎不給我看。」楚攸寧的語氣帶出一些遺憾。

裴延初彷彿被雷劈了，從認識沈無咎到現在，他只送過沈無咎一本書，就是春宮圖，公主說的該不會是那一本吧？

「你和沈無咎關係真好，都能互相分享小黃書了。」楚攸寧感嘆完，見裴延初還是不懂，想起兩個世界的文化差異，補充了句。「對了，你們這裡好像叫春宮圖。」

「噗！哈哈……原來小黃書是這個意思！」陳子善捧腹大笑。虧他還嫉妒裴延初在公主這裡得了個綽號呢，沒想到這綽號是這樣來的。

沈思洛雖然沒出閣，但不代表她不知道春宮圖是什麼意思。誰還沒幾個閨中密友了，嫁了人的好姊妹跟她說過，新婚時帶到夫家的春宮圖羞煞人也。

虧她還覺得裴延初不錯，沒想到竟然是這種人，氣憤地對裴延初冷哼。「想不到你是這樣的人，虧我以前還覺得你能與我四哥交好，定是人品極佳。」

她說完，挽上楚攸寧的胳膊。「公主嫂嫂，一定是他帶壞了四哥。」

裴延初不知該怎麼辯解，只能在心中大喊：我不是！我沒有！聽我說！

鬧騰一會兒，幾人坐著馬車往官道去了。

第五十章

因為朝臣都想快點把越國人送走，動作前所未有的快，不到五天，就把四公主的嫁妝及送給越國人的禮物準備好了。

越國人來的時候，什麼都沒帶，走時卻拉了一車車的禮物，再加上四公主的嫁妝，隊伍壯觀，百姓們看得連連嘆息。

「恭送四公主！」

剛出城，豫王坐在馬車裡，正欣喜終於可以離開，外面突然響起氣吞山河的聲音，嚇得他又差點失禁。

前幾日聽到攸寧公主回一趟城，就把當朝大皇子和慶國皇帝的寵妃搞得一個被貶為庶民，一個被打入冷宮，對攸寧公主的威力又有了更深一層的認識。甚至，只要一想到攸寧公主，他就有想要解手的感覺。

「發生何事？」豫王氣得撩開車簾，看見外面的陣仗，瞬間啞了。

城外旌旗獵獵，官道兩邊的兵馬整齊劃一，士兵個個威武雄壯。很明顯，這望不到頭的兵馬不是特地來送四公主，而是來震懾越國人的。

這一刻，豫王相信宮宴那晚沈無咎說的是真的，只要他敢逼攸寧公主和親，就走不出慶國京城。

豫王望著這些個個身強力壯的兵，一眼就能看出慶國的兵比越國強許多。自從越國有了火藥武器後，便沒那麼用心練兵了，倘若不用火藥，肯定打不過慶國。要是慶國也有了可以抗衡火藥的武器，定會很快再度淩駕於越國之上。

那夜，他回到班荊館沒多久，他派去點火藥的人便被好好地放回來了，但火雷和火藥箭沒歸還，想也知道慶國打算做什麼。

不過，那些東西看起來簡單，裡面的材料卻不是那麼容易分辨出來。為了防止哪日被其他三國得了去，研製出來，裡面還加了不少沒用的東西。

豫王忍不住去想慶國祖宗顯靈的可能，要不然如何解釋無聲無息切斷引線，還讓人中了邪般，自己從屋頂掉下來。

四公主聽到慶國將士整齊劃一、震耳欲聾的聲音，掀起車簾往外看。這樣的場景，此生也就這麼一回了吧？當年大公主跟二公主出嫁，場面都沒這麼大。

她當然不會認為這些兵是特地來為她送行。宮宴那晚，鎮國將軍說了，若豫王非要逼攸寧公主去和親，他們就走不出京城，這些兵應是那時調來的。

所以，她還是沾了楚元熹的光！

景徽帝站在宮城上，眺望城門方向。將士們整齊劃一的聲音響徹雲霄，整個京城都聽到了，自然也傳到他這裡來。

倘若火藥還沒有做出來，這不過是虛張聲勢，但現在不同了，慶國的腰桿挺起來了，這股氣勢往後只會更盛。

慶國，站起來了！

「攸寧有好好待在莊子吧？」不怪景徽帝擔心，實在是閨女太能折騰，而且一折騰就是大事。

火藥配方是弄出來了，也需要時日準備材料及製造。這時候的關鍵是穩住越國，別等武器沒做出來，人家就打過來了。

「回陛下，駙馬那邊來信，說公主很乖。」

景徽帝沈默，他都快不認識「乖」這個字了。他閨女動不動就提刀幹大事，那是乖的樣子嗎？

他把手放在城牆上拍了拍，嘆息道：「等越國人一走，攸寧做什麼，朕都不管了。」

劉正不敢接話。您想管也管不了啊。

兩萬兵馬沿路列隊恭送十里，越國人不但沒覺得被重視到，反倒走得有點戰戰兢兢，像是一群羊走在狼群裡。

直到走出三十里外，身後再沒有慶國將士，豫王才命人停下來，就地歇息。

「王爺，這裡是慶國有名的鬼山。屬下建議，先過了鬼山，再好好歇息。」

豫王早憋了一肚子火，他偏不信這個邪。「這都是慶國人以訛傳訛，真有什麼，用火雷炸了就是。」

不得不說，越國人仗著火藥武器高高在上慣了，已經盲目相信火藥無敵。

最後，那位將軍不得不選了個空曠的地方停歇，兩個世家子早拉著慶國送的美人在馬車上作樂，豫王倒是享受了難得的清靜。

山上，裴延初後悔了，以為公主會安排人埋伏，結果到了才發現，真的只有他們幾個！兩個女人、一個六歲孩童，外加他和陳子善兩個男人，就敢跑來打劫越國人，誰給公主的腦子？這麼敢想，還敢做?!

「公主，我認為我們該從長計議。」裴延初轉頭去看楚攸寧，一臉嚴肅。

「我喜歡從短來議。」楚攸寧坐在一塊大石頭上，喀嚓喀嚓啃著野果子。這個季節，山上的野果子很多，她精神力一掃，就摘了不少。

裴延初無言了，想問沈無咎，有這麼個媳婦是不是很頭疼？

「公主，咱們這點人，能做什麼？」裴延初換了個方式問。

楚攸寧掃了眼她的隊員。「搬東西？」

裴延初看看歸哥兒。「人手也不夠。」

楚攸寧望向官道對面的山的某個位置。「足夠了。」

「我能幫忙的。」歸哥兒舉起小手，衣襬還兜了一捧野莓。山裡時不時傳出一聲恐怖的烏鴉叫聲，但是有公主嬸嬸在，他就不怕。

裴延初暗想，這麼小的孩子，能保證不哭鬧，就是幫最大的忙了。

「我也可以。」沈思洛不願被小瞧。

裴延初瞄了眼她的小胳膊小腿，沒說出打擊的話。

就在這時，一個世家子吹著口哨走過來，面向他們這邊，撩起袍子就要解褲帶。

裴延初顧不上人手夠不夠的問題了，快步朝沈思洛走去。

沈思洛正盯著越國人的隊伍出神，忽然一個人靠近她身邊，不由嚇得驚叫，一隻手飛快捂住她的嘴、一隻手遮住她的眼。

「別喊，是我。」

男子清越的聲音在耳邊響起，呵出來的熱氣吹燙她的耳朵。從未與男子如此靠近過的沈思洛，整個人都是僵硬的。

這跟上次在忠順伯府情急之下救他不一樣。那時只記得他是四哥的好友，一心顧著救人。這會兒，她是被救的那一個，整個人好像被他籠罩在懷裡，四周全是他的氣息，紅雲一點點爬上她的臉頰。

歸哥兒眨了眨純潔的大眼睛，扯扯楚攸寧的衣裳，悄聲問：「公主嬸嬸，二姑姑和裴叔在做什麼？」

楚攸寧也看得津津有味。「裴叔在泡你二姑姑。」

歸哥兒更不懂了。「裴叔又不是水，怎麼泡二姑姑？」

楚攸寧換了個簡單易懂的說詞。「就是裴叔想要你二姑姑當媳婦的意思。」

陳子善聽不下去了，貓著身子過去，搖晃前頭的一棵樹。

另一邊，那世家子剛解開褲頭，忽然抬頭看見山上有棵樹在晃動，懷疑自己眼花了，再看，又沒了動靜。

等他收回目光，那沙沙聲又響了，四周也沒有風，只有那棵樹在動。正好，這時候山裡傳來一聲烏鴉叫，他想起關於鬼山的傳說，嚇得提起褲子就跑。

見人走了，裴延初收回手，後退一步，剛要說「冒犯了」，沈思洛已經氣呼呼、臉紅紅地轉過身瞪他。

「你幹麼！」聲音嬌嬌的，帶著怒氣，但還記得壓低聲音。

「二姑姑，他想泡妳。」歸哥兒跑過來說。

「胡說，他又不是水，怎麼泡？」沈思洛輕捏了把姪子的小臉。

「公主嬸嬸說，泡就是想娶妳當媳婦的意思。」

沈思洛臉色爆紅，兩隻手捏住小姪子的兩邊臉蛋。「不許瞎說。」

「我有瞎說嗎？」楚攸寧看向裴延初。

裴延初輕咳了聲。「方才那人要做的事，不是姑娘家能看的。」

楚攸寧歪頭。「你是說尿尿嗎？難道我不是姑娘？」

裴延初啞口無言，公主還真不太像姑娘，有哪個姑娘能把「尿尿」二字說得這麼順口？

陳子善想說，他們就算想捂公主的眼，也不敢動手啊。

「現在公主打算怎麼做？」跟公主幹了幾件大事，陳子善才不管人手夠不夠的問題，公主說可以，就一定可以。

楚攸寧扔掉果核，拍拍小手，站在巨石上，望向山下準備啟程的越國人。

她閉上眼，施展精神力，羅織幻象，讓他們以為一直在行走，其實是在原地踏步。

楚攸寧拿起她的大刀，抬手一揮。「走，祖宗顯靈了。」

裴延初一愣，到底是他腦子有問題，還是公主的眼睛有問題？祖宗顯靈是顯在哪兒了？越國人個個正常行走，就這樣下去是送死嗎？

「別看了，快跟上。作為護衛，只管聽從命令。」陳子善推裴延初，扛著空箱子跟上。

箱子是他事先想到的。要不讓人發現，得偷梁換柱，所以運了幾口大箱子過來。

選擇在鬼山動手，則是裴延初想到的。萬一被發現，可以推託是鬼山鬧鬼。

第五十一章

另一邊，程安早帶人埋伏好了，手裡拿著做出來的火藥武器，準備等越國人啟程時，把火藥丟到他們的車上。

「程大人，我怎麼感覺越國人有些不對勁呢？」程安身邊的家兵說。

「我也覺得，越國人像中了邪，該不會鬼山的傳說是真的吧？」

鬼山之所以名為鬼山，正是因為有諸多傳聞，說山中鬼影幢幢，夜裡鬼哭狼嚎，聽說進去的人都沒出來。越國人這詭異的樣子，擺明是中邪了。

程安皺眉，他也發現那些越國人一直在原地踏步，不管他們為何會這樣，但現在無疑是最好的動手時機。

就在他抬起手，想下令開炸的時候，忽然瞪直了眼——

那是歸哥兒?!見鬼！他怎麼會在這裡看到歸哥兒?!

接著是提著刀、悠哉悠哉在歸哥兒身後出現的楚攸寧，然後是沈思洛、陳子善，程安整個人都木了。

說好的抓兔子呢？主子知道公主這兔子抓到鬼山來了嗎？所以，越國人會變成那樣，是公主做的吧？

「程大人，還炸嗎？」家兵問。

程安抹了把臉。「待我去問過公主再說。」

攸寧公主看上的東西，要是把它炸了，她得跟你拚命。

程安俐落地幾個縱躍，到了楚攸寧身邊，拱手行禮。「公主。」

「正好，讓你的人來搬東西。」楚攸寧一點也不見外。

程安一怔。「公主似乎並不意外屬下出現在這裡？」

「不意外啊，你殺了兩條蛇，還撒了泡尿。」

程安想捂住公主的嘴，這是姑娘家能說的話嗎？

楚攸寧往他下腹掃了眼。「你放心，我沒看到。」

程安詭異地鬆口氣，要是看到了，回去後主子還不宰了他。等這口氣鬆完，他又是一僵，臉色一點點脹紅。這是鬆口氣的事嗎？他覺得往後在外頭解手，心裡都有陰影了。

程安又看向前面原地踏步的越國人，既然公主打上這批東西的主意，又有辦法神不知、鬼不覺弄走，可好過白白炸了。

這時，裴延初扛著一口箱子下來，程安嘴角一抽，這位也叛變了，居然沒把公主的計劃告訴主子。

裴延初看到程安，也愣了下，原來公主早安排程安帶人在此等候嗎？難怪她方才說人手足夠了。

兩人頷首，算是打招呼，程安趕緊把手下全招過來。

裴延初靠近後，發現越國這些人好像被什麼迷住了，一直原地踏步，頓覺後背發涼，這真的是祖宗顯靈？

裴延初看看其他人，發現好像只有他大驚小怪，再望向楚攸寧，似乎明白了什麼。

楚攸寧大搖大擺走過去，精神力修練到一定程度，便能羅織幻象控制人，就像末世裡喪屍王控制低級喪屍一樣。現在她的精神力是十級，可以施展這技能。

大夥小心地繞過越國人，穩住車子，飛快把車上的東西都調換了，往山上搬。

歸哥兒已經算老手了，他小，扛不了箱子，就負責巡邏，拿著他的小木劍挺直身板，警惕四周，瞧著挺像樣。

慶國送給越國的東西，不可能是糧食、特產什麼的。如今慶國的稀罕吃食都是越國那邊施捨過來的，所以能送給越國的，只有罕見的奇珍異寶，比如出自大師的玉雕、精美的瓷器、名琴、整套樂器等，以及一箱箱金銀。

大家相互配合，很快就將箱子調換完，按照原樣放好，便迅速撤退。

程安還特地搜走幾個越國人的火藥武器，正好試試兩方炸藥的威力。待會兒炸的時候，越國人的火藥武器有所減少，也更合理。

「公主，四公主的嫁妝要動嗎？」程安問。只動慶國給越國的禮，是不是容易被懷疑？楚攸寧想了想，覺得四公主要嫁去越國已經夠慘，再沒有嫁妝會更慘，擺擺手。「那個不動。」

程安點頭，帶人掩蓋掉痕跡後，所有人退回山上。

片刻後，楚攸寧確定程安在投放火藥的位置安排好家兵，便撤掉精神力。

精神力剛撤掉時，越國人還沒反應過來，仍然在前進，有人看到路兩邊的風景，終於發現不對勁，驚呼起來。

「大家快看，我們走了那麼久，還在原地！」

這下整個隊伍都亂了，確認他們還在原地後，一個個面露驚恐，總覺得隨時都會有妖魔鬼怪從兩邊的山上竄出來。

豫王被這聲音吵醒，掀開車簾，臉色陰沈。「又發生何事了？」

「王爺，這鬼山真的有鬼，我們啟程那麼久了，居然還在原地！」

豫王往旁邊的山一看，嚇得甩下車簾。他記得那棵樹，方才他還在那裡解手呢。

「王爺，方才我去解手的時候，看到山上有棵樹在動，四周的東西卻沒動，也沒有風，只有那棵樹一直在搖擺，嚇得趕緊回來了。」之前被嚇到的世家子打馬過來，打算賴在豫王這裡了，萬一發生什麼事，此處兵力最強。

豫王也知道鬼山鬧鬼的傳說，他們來時經過這裡，一點問題都沒有，只覺得慶國人誇大其詞。如今親身經歷，才發覺有多可怕。

「加快前進！」豫王果斷下令。

其實不用豫王下令，越國人一個個都像身後被鬼追似的，加快腳步，長長的隊伍呼啦啦經過，誰也沒注意到車上的禮物早就被換了。

程安看準時機，高高抬起的手往下一擺，早早躲好的家兵神情激動地拿出火摺子，點燃火藥引線，往越國人的車上扔。

砰！砰！砰！

接連好幾聲爆炸響起，車子和車上的東西全被炸飛。越國人自信有火藥在手，沒人敢打劫，並沒安排人跟車，所以只有車伕受波及。

「怎麼回事？」豫王的聲音中帶著驚懼的顫抖，那是火雷爆炸的聲音，而火雷只有越國才有。

所有護衛靠攏過來保護他，隊伍仍沒有停止往前。

「王爺，裝著慶國禮物的車子都炸了。為了王爺的安全，依臣之見，應該趕緊離開這鬼山，再另行追究。」此次跟來的越國大臣道。

「就依你說的做。」豫王毫不猶豫。

這種時候，沒人顧得上檢查炸飛的殘骸了，死命往前趕，唯恐慢一步，突然被炸的是自己。身為越國人，可是知道火藥武器有多厲害的。

四公主坐在馬車裡，顛簸得不得了，經過爆炸的地方，撩起車窗簾看了眼，塵土飛揚，看不清東西，又趕緊把車簾放下來。

山上的人動都不敢動，等越國的隊伍徹底過去後，才敢站起來歡呼。

程安帶人去察看方才爆炸的地方，確認爆炸的力道。方才他特地用了一個越國人的火藥做比較，他們做出來的，威力似乎更大一些。

就算威力沒比越國強大，光是成功，就足以讓人激動了。只要材料充足，慶國就可以跟越國對抗，再也不用受越國欺辱。

楚攸寧看著地上的箱子，一個個打開來欣賞，這些換成錢，又可以買很多糧了。

沈思洛沒見過這麼多奇珍異寶，一件件擺在箱子裡，兩隻眼睛都欣賞不過來。

「公主，這些東西，您打算如何處置？」裴延初完全沒想到打劫得這麼順利，還把越國人嚇得屁滾尿流，看楚攸寧的眼光都不同了。

楚攸寧只有一個想法。「帶回去換糧食。」

裴延初失笑，公主眼裡只有糧食嗎？

楚攸寧看著箱子裡一件件不知道價值幾何的擺件，轉身看向身後的深山密林，不知道在打什麼主意。

程安眼皮子一跳，趕緊上前。「公主莫不是想打鬼山的主意？鬼山地形險峻，迷霧重重，多年沒有人敢進去打獵，裡頭的野獸尤為凶猛，不可輕易進入。」

「那正好。」楚攸寧有了想法，扛起刀往山裡走。「你們先在這裡等著。」

「公主！公主嬸嬸！」所有人齊聲喊，想阻止她。

楚攸寧頭也不回，只揮了揮手。「安心等著。」嬌小身影很快就被高高的雜草掩沒。

程安交代裴延初看好歸哥兒和沈思洛，挑了兩個人追上去。

「公主是不是又發現什麼了？」沈思洛問。沒了公主，突然覺得鬼山恐怖許多，忍不住牽著歸哥兒靠近裴延初。

裴延初看著地上的箱子，大概猜出公主是想找個地方藏起來。萬一拿回去被景徽帝知道了，可能會被沒收充公。

這時，官道又傳來車輪的轆轆聲，裴延初趕緊拉著沈思洛和歸哥兒藏好，探頭往下看。

馬車來到爆炸的地方便停下了，大家心裡一緊，暗暗握緊手中的武器。

第五十二章

這裡是鬼山，是出了京城後的必經之路。

知道越國人今日要走，其他人都聰明迴避了。畢竟，越國人霸道起來，可不講道理，要是礙著他們的眼，就是死也沒地方申冤。

這會兒突然來了輛馬車，證明這馬車離得很近，甚至可能看到他們剛才所做的一切？

「等等，是程佑大人。」一個家兵認出駕車的程佑。

馬車停穩後，程佑從車上拿下輪椅，再小心扶著車裡的人下來。

「是駙馬。」陳子善自認是公主的人，也不叫沈將軍了。拍拍胸口，公主不在，總覺得不安全。

沈無咎穿著紅黑色交領長袍，頭戴紫金髮冠，長身玉立，身上的氣質如同入了鞘的寶劍，鋒芒內斂。要不是看到他身後的輪椅，都以為他的傷已經好了。

沈無咎拂袖，在輪椅上坐好，看了眼發生爆炸的地方。雖然被清理過，但還是能看出一些蛛絲馬跡，比如地上散落著炸碎的石頭、碎木，可見火藥的威力。

「二姑姑，四叔來抓我們了嗎？」歸哥兒昂頭問，這會兒終於有了一絲做壞事的忐忑。

沈思洛見裴延初似笑非笑看過來，這不等於承認她先前說的話是假的嗎？

她咬了咬唇，死不承認。「你四叔為何要來抓我們？我們也沒有說是去哪裡抓兔子。」

裴延初忍不住挑眉揶揄。「沈姑娘真聰明。」

沈思洛臉紅了紅，咕噥道：「本來就是。」

裴延初笑了笑。「放心，我也是來陪公主抓兔子的。」

沈思洛臉更紅了，嗔道：「誰要你管。」

「咳！駙馬看過來了。」陳子善出聲。懷疑裴延初早就惦記上沈思洛了，沈思洛退親，正中他下懷。

兩人一聽，同時站起來，沈思洛腳下不慎踩到一塊小石頭，整個人栽向裴延初。

裴延初趕緊扶住她，臉上沒了不正經的笑。「傷到腳了？」

沈思洛都做好被他取笑的準備了，沒想到他突然那麼嚴肅，眉頭也皺起來，好像她傷到腳是多麼嚴重的事。

她不像別家姑娘那樣穩重賢淑，對未來夫君唯一的期許，就是希望能同兄長和嫂嫂們一樣好。

可惜，期許只是期許。當年父親孝期一過，她就訂親了，母親撐著幫她安排好親事後，隨即倒下，沒多久也去了，又是三年孝期。若非那日聞二公子上門退親，她都忘了他長什麼樣子。

沈思洛發現，自己竟把他代入未來夫君的角色，嚇得趕緊推開他。「我沒事，只是沒站穩。」這可是四哥的好友，她在想什麼呢。

「若是疼，別逞強。」裴延初擔心她不願示弱。

沈思洛含糊點頭，抓過歸哥兒的手，牽得緊緊地。

「二姑姑別怕，四叔不會罵我們，我們就是來抓兔子的。」歸哥兒以為他姑姑害怕呢。

沈思洛摸摸他的頭，看向山下官道。

程佑早把一個家兵招下去，一塊兒把沈無咎抬上來。

沈無咎掃視四周，蹙眉問：「公主呢？」

「四叔，公主嬸嬸抓兔子去了。」歸哥兒主動挨過去。

沈無咎拿下他頭髮上沾著的草屑。「莊子附近的山沒兔子嗎？」

歸哥兒眨巴眨巴眼。「那裡的兔子不聽話。」

倒是機靈不少，跟著公主學會說瞎話了。沈無咎拍拍他的小腦袋，讓他去一邊玩。

他看向裴延初，之前聽公主說要上山抓兔子，恰巧越國人今日離開，他就猜到公主的兔子可能會抓到這邊來，果然在果林另一端發現裴延初留下的消息。

到底不放心，他還是讓人備車趕往鬼山。爆炸聲響起時，他已經到了，叫程佑停住，只遠遠看著，見越國人真被嚇得驚慌逃離，心中好不痛快。

對他來說，家恨比國仇深，家人的死、那個前世夢裡欺辱沈家女眷的仇、二哥的失蹤、三哥遭暗殺……這一樁樁，只等著他傷好殺回去。

「你猜到公主為何而來了吧？公主進山，是打算找個地方把東西藏起來。」裴延初指指身後的山。

沈無咎倒覺得不完全是為了藏東西，以公主的性子，都能頂得景徽帝說不出話來，就算這些東西被景徽帝發現，也未必能從她手裡拿回去。反倒是她一直嚷著要找個地方建造屬於她的糧倉，莫不是看上了這裡？

他立即想到鬼山裡到現在還沒找到的那批糧食，如今忠順伯府倒了，大皇子也成了庶民，不知還有沒有其他人知道糧食的去處？

以公主的能力，以及發生在她身上一樁樁無法預估的事，他覺得誤打誤撞被她找到的可能很大。

沈無咎望向鬼山，鬼山的危險並非空穴來風，當年他小霸王的名頭響徹京城時，大哥告誡過他，不許入鬼山打獵，大哥曾進去過，差點出不來。公主雖然厲害，卻也不是無敵的。

他該早一步過來的，誰知道公主一刻也閒不住。

「稟主子，一共炸了四輛車，傷了四個車伕、四匹馬，已清理妥當。」家兵上前稟報。

沈無咎點頭，正要讚一聲做得不錯，山林裡突然傳來一聲獸吼，眾人臉色遽變。

是老虎！

歸哥兒嚇得撲到沈無咎身旁，沈思洛躲到裴延初身後。陳子善見狀，只能躲到將軍府家兵們的背後了。

那聲吼叫完，又接連響起幾聲，聽起來一聲比一聲淒慘，最後越來越弱，他們還詭異地聽出了一絲委屈。

眾人無言，這老虎該不會是被公主揍服了吧？

沈無咎收緊的心慢慢鬆開，嘴角微微上揚。公主遇上老虎，該擔心的應該是老虎才對。

片刻之前，楚攸寧提著刀，走著走著就走進老虎的地盤。

老虎那凶猛的眼神，讓她瞬間彷彿回到末世面對異獸的時候，不等老虎衝過來，已經興奮地提刀衝上去。

藏在暗處的人一驚，是他們太弱，還是那姑娘太強？見到老虎非但不躲，還提著刀興匆匆就上。

「趕緊搭箭救人。」其中一人道。

「我看不用了。」另一個滿臉懷疑人生。

正在抽箭的兩個人抬頭看去，只見老虎已經被姑娘騎在身上，掄起拳頭痛揍。老虎帶著姑娘轉圈、撞樹，努力想把身上的人甩下來，吼聲震天，讓離得近的他們都有點耳鳴了。

楚攸寧一邊揍、一邊施出精神力壓向老虎，嬌嫩的聲音在山林裡響起。「你服不服！服不服！」

壯年老虎一下挨了雙重的揍，沒一會兒吼聲減弱，生無可戀地趴下，呼哧呼哧喘氣。

老虎突然趴下，連帶坐在牠背上的楚攸寧也差點摔了，坐起來拍了下虎頭。「早聽話不就好了，好好的毛，差點被揍禿。」

這下，老虎連頭也趴在地上了。虎心裡苦，虎沒法說。

隱在暗處的人不敢出聲了。這是打哪兒冒出來的勇士，連老虎都能揍服！

楚攸寧一下一下摸著身下的老虎。真好，末世那些異獸變得巨大而醜陋，她早就想試試能不能用精神力控制動物來當坐騎了。這裡的野獸沒有能量，空有一身蠻力，用精神力很好馴服。

她換了個坐姿，側坐，抬起頭，目光落在前頭十尺左右的幾棵樹上。

躲在樹上的人渾身緊繃。「我怎麼感覺她好像發現我們了？」

「巧合吧？她剛出現，就被老虎吸引了目光，現在剛打完老虎，就能發現我們？」

「應該是她剛好對著這邊。你說她一個嬌滴滴的姑娘，進鬼山做什麼？」

楚攸寧收回目光，拍拍老虎。「起來，過去。」

老虎不情不願馱她起身，朝她指的方向去。

「她過來了！怎麼辦？要出手嗎？」

「且看看她要做什麼。」

楚攸寧騎著老虎，來到幾棵樹下，停了停，讓樹上的人以為真被發現了，又拍拍老虎，繼續往前。

樹的後面是一叢叢高高拱起的雜草藤蔓，彎曲著延伸出去。

楚攸寧從老虎身上跳下來，伸手去摘混在草藤裡的山葡萄。

山葡萄比人工種植的葡萄小很多，果實大小不一，顏色有紅有綠，也有轉紫的。

楚攸寧挨個嚐完，發現越接近紫色越甜，摘了串拿在手上，回過身，望向那棵樹上想下來又縮回去的人。

她坐在趴下的老虎背上，涼涼地問：「上面比較涼快嗎？」

樹上三人交換了個眼神，認命地從樹上躍下。

三人都穿著黑色勁裝，靴插匕首，腰別佩刀，個個看起來剛毅正氣。

他們正要說話，程安就找過來了，還帶著一腦門的汗。

「程安大人！」幾人喜出望外。

程安看到這幾個人，也愣了一下，但沒工夫跟他們說話，快步朝坐在老虎身上吃葡萄的楚攸寧走去。

山林裡，陽光透過層層葉子灑下來，地上趴著一隻壯年老虎，看起來凶猛暴戾，可是這老虎身上悠然坐著一個少女，正在吃山葡萄。

少女穿著一身淺綠衣裳，頭上紮了兩個髮髻，只用好看的髮帶纏著，看起來就像突然降落在林間的仙子，連老虎都臣服於她。

剛走近，那老虎就扭過頭來，對他們發出一聲吼叫，嚇得他們立即停下腳步。

「叫什麼叫，自己人。」楚攸寧又一巴掌拍在虎頭上。

老虎又吼了聲，委委屈屈趴回去。

程安等人看得心驚肉跳，就怕老虎來個反撲，手放在刀柄上，做好隨時出刀的準備。

「公主，歸哥兒他們還在外頭。您要找什麼，屬下派人幫您找。」程安趕忙勸。

聽到程安喊公主，剛才那幾個從樹上下來的家兵瞪大了眼。這是攸寧公主？他們將軍府的主母？

不怪他們不知道，他們一直在外頭做事，還沒見過嫁進將軍府的公主長什麼樣。但也沒想到會是這樣凶殘的公主，連老虎都能揍服。

「你們認識？」楚攸寧來回打量那三個人和程安。

「參見公主。」三人趕緊行禮，道：「我們是將軍府的家兵，奉命入山搜東西。」

楚攸寧點點頭。「是自己人就好說。你們要找什麼？」

程安接話。「回公主，主子懷疑鬼山上藏有糧食，便派他們幾個來找找看。」

「糧食?!」楚攸寧立即兩眼發光。「沈無咎說有，那就肯定有！」

她一拍虎頭，起身朝那葡萄的荊棘叢走去。

程安以為楚攸寧饞葡萄了，防備地看了眼趴在地上不動的老虎，命人盯著，他主動上前幫忙摘。

楚攸寧看他一眼，忽然提刀在嚴密的荊棘叢上劈開一個口子。

程安見她劈開厚厚的荊棘雜草，露出藏在裡面的道路，瞪大眼睛，心撲通撲通狂跳。主子回京時就交代要找的地方，好像找到了！

被派來鬼山找尋藏糧之地的三個人也不敢置信。公主是因為想吃野葡萄，才發現藏在裡面的暗道？還是早發現了裡面的暗道，順便想摘野葡萄？

第五十三章

不用楚攸寧再動手，程安已經拔刀砍開荊棘，足夠一個人通過。

進去後，他們發現，這條被隱藏在草藤後面的路，兩邊被人用竹子交叉封頂，讓藤蔓往上覆蓋，如此一條隱藏在雜草叢裡的路就形成了，而且明顯有人打理，底下還有車輪的痕跡，應是有人運送東西，從這裡經過。

楚攸寧施展精神力，往後面掃了眼，果斷騎著老虎向前走。

路邊時不時出現一具屍骨，程安猜出，這鬼山鬧鬼的傳聞是怎麼來的了。倘若有人不慎跌入這條被荊棘雜草覆蓋的路，沒來得及發出聲音，便被在這裡看守的人殺掉，因此外頭才傳，闖進鬼山的人會莫名其妙失蹤，屍骨無存。

誰能想到，有人在茂密的草叢裡開闢出一條路，這附近又是老虎的地盤，其他野獸不敢靠近，路的外頭又是瘋長的雜草，不會被輕易發現。

他們延著路，一直往裡面走，有光從荊棘和藤蔓覆蓋的縫隙中折射進來，能看清路。沒多久，就到了盡頭，真是一座被草木覆蓋的山。

程安帶人到處敲擊，都敲到石壁上，想破開草蔓出去看看身在何處，發現裡面的荊棘雜草也覆蓋得很厚，一時清不出路。但沒道理耗費那麼大力氣，劈出這麼一條路，最後卻無路可走。

楚攸寧用精神力掃了下，跳下虎背，在這一尺寬的地方來回一走，忽然抬腳踹向山壁。被踹的那處山壁微微動了動，一腳不行，那就兩腳。一塊嚴絲合縫的巨石硬是被楚攸寧踹得往裡倒下，露出黑幽幽的洞口，乾燥的氣息從裡面撲面而來，還帶著一絲絲穀香。

程安幾個渾身一震，真的是這裡！

楚攸寧沒有急著進去，在末世養成的謹慎讓她用精神力往裡掃了眼，然後她眼睛越瞪越大，亮得驚人。她連老虎都顧不上騎了，撒腿往裡面奔。

「公主！」還在製作火把的程安嚇得趕緊跟上去。

這裡是一座山包，內裡被挖成糧倉，因為乾燥又陰涼，正好適合存糧，裡面整整齊齊堆積著一袋袋糧。

「發了！發了！」楚攸寧張開雙臂撲到那些糧食上，哪怕洞裡空氣不是很好，也不影響她沈醉在糧食的世界裡。

程安已經習以為常，公主看到糧食似乎比看到金銀更激動，劫了那麼多價值連城的奇珍異寶，都沒見她激動一下，看到糧食就興奮不已。

而初認識攸寧公主的幾個人就不同了，看得瞠目結舌。原來金枝玉葉、尊貴無比的公主，開心起來竟然是這個樣子的？

程安看看快要堆滿山洞的糧食，角落裡還有好幾口堆放在一塊兒的箱子，打開來看，毫無意外，是金銀珠寶。

藏這批糧食的人，怕不是要造反？不知主子是如何得知鬼山藏有糧食的，要是先公主一步找到，沈家軍兩年內的糧草都不用愁了。

「公主，既然已經找到，咱們先出去吧，別讓歸哥兒他們等太久。」程安上前，勸沈浸在糧食世界裡無法自拔的公主。

「對！出去把東西搬進來，然後再回去把將軍府裡的糧食，還有放在莊子的都搬來，這裡以後就是我的糧倉了！」楚攸寧看著寬廣的洞裡，有了想要填滿它的衝動。之前她用精神力一掃，就覺得這座山不錯，沒想到有個現成的糧倉等她撿。

楚攸寧腳步輕快地往外走，看到老虎往雜草叢裡鑽，大概是想逃出去，調動精神力叫牠。「過來。」

老虎轉過來，俯下身對她吼叫，一副隨時要進攻的姿勢。外人看得膽戰心驚，程安趕緊上前，做好隨時拚命的準備。

楚攸寧卻是提著刀，要老虎過來。老虎頑強地吼了兩聲，最後腦子一陣吃痛，只能乖乖過去，又被楚攸寧揍一頓，才委屈地馱著她往外走。

這一次，他們沿路一直往前。

通道本就是在荊棘雜草裡劈出來的，並不平坦。原本以為走完這一段，就能抵達出口，孰料前面還接著另一段挖好的地道，沒了陽光，黑漆漆的，幸好程安等人帶著火把。

楚攸寧覺得這有點像末世裡的地下隧道，末世最危險的地方之一，就是隧道，遂繃緊精神，施展精神力往前探路。

這一探，還真有發現。她停下來，提醒後頭的程安。「前面有人。」

程安舉著火把，趕得氣喘吁吁，兩隻腳可追不上四條腿的老虎。聽說前面有人，立即全神戒備。

楚攸寧讓老虎慢慢走，在快要走到盡頭時，感覺前面有光，用精神力看，發現通道口兩邊特地往內鑿出了洞穴，供人居住。

「那爆炸聲過去那麼久，外頭也沒動靜，應該是走了吧？」

「真他娘的倒楣，被安排在今天守山。那越國人也不知道發什麼瘋，萬一他們扔個火藥炸山，咱們就全完了。」

「今日還未去巡視吧？」

「這鬼地方誰敢來？山那邊還有隻老虎呢，一般人靠近不了的。」

「等過幾日換班，老子定要好好玩個痛快。聽說青樓新來了一批姑娘，個個嫩得能掐出水，到時好好去快活一番。」

幾個男人躺在幾張破席上，暢想外面的世界，完全不知雇用他們的人已經腦袋搬家，更沒發現程安等人已經摸過來。

「別動！」

黑暗中冒出幾個人，拔刀架在他們的脖子上，有反應迅速的，踢開刀子往外逃，剛跑出去，就看到洞口站了隻老虎，頓時嚇得腿軟。

程安追上來，過了幾招才將人控制住，知道之前的猜想是對的。方才沿路走來，路上不時出現屍骨，是被這些人所殺。

很快地，經過盤問，他們知道這些男人是亡命之徒，被高價雇來守山，偶爾擄走路過的落單女人，快活完了，就把人賣到遠處，這也是為何鬼山有各種各樣的鬧鬼傳說的原因。

山外，過了一炷香工夫，方才老虎聲吼完後，再沒動靜，楚攸寧遲遲沒有出來，沈無咎的眉頭越皺越深。

就在他坐不住，想讓人抬他進山的時候，官道對面的山突然傳來動靜，便派人去察看。

楚攸寧一腳踹開長滿青苔的石門，撥開草叢出來，迎面對上幾個熟悉的家兵。

「公主？」家兵們懵了，回頭看看山，又看看突然出現在眼前的楚攸寧，懷疑自己也中邪了。

公主這是會變戲法不成？怎麼從那座山進去，由這座山出來，還騎著老虎?!

沈無咎聽到家兵喊公主，眼裡閃過訝然之色，趕緊讓人抬他過去。

等大家繞過茂密的草木叢，看到騎在老虎背上的楚攸寧，個個瞠目結舌。

他們想過公主能打老虎，但沒想過還能馴服牠當坐騎啊，太不可思議了，跟作夢似的。

請問，還有什麼是公主做不到的嗎？

「哇！老虎！活的老虎！」歸哥兒震驚得瞪圓了眼，張大的嘴忘了合起來。

公主嬸嬸居然可以坐在老虎身上，好厲害呀！那真的是會吃人的老虎嗎？

沈無咎看著騎在老虎背上的媳婦，明明那麼嬌小的姑娘，身下的老虎像是她養的貓似的，唯獨那雙眼凶性畢露。

楚攸寧看到沈無咎也在，有種小孩背著大人做壞事被當場抓到的感覺。她轉了轉眼珠子，驅使老虎走到沈無咎跟前停下，拍拍牠的腦袋。

「兔子都被牠嚇跑了，我就抓牠回來給你看。」

眾人無言，沈無咎卻真被她逗樂了，俊臉浮現出淺淺笑意，眼裡彷彿落下星光。這般可愛的媳婦，很難讓他忍住不笑，竟連老虎都被她拿來揹黑鍋。

這隻老虎比他見過的任何一隻都要威猛高大，難怪馱得動他媳婦。他甚至能看到，老虎眼裡野性未除，也聞到老虎氣息中噴出來的腥味，被拍了腦袋後，似是敢怒不敢言。

噗！裴延初忍不住噴笑，公主還答應要抓兔子給沈無咎看嗎？難以想像沈無咎把兔子抱在懷裡的畫面，這可是在戰場上橫掃千軍的戰神啊。

「沈兄，我覺得老虎更適合大將軍的氣勢，公主肯定也是這麼想的，對吧？」

「小黃書說得沒錯，老虎更威武。」楚攸寧從老虎背上跳下來，揉揉牠的大腦袋。
「小黃書？」沈無咎看向裴延初。
裴延初臉色一僵，笑不出來了。
「噗！」這下是陳子善在笑。「駙馬，公主說您和裴六關係好到可以互相分享春宮圖，小黃書就是春宮圖的意思。」
沈無咎臉色瞬間黑沈。「裴六，改日得空來將你落下的書帶走。」
裴延初委屈了，那明明是他送給沈無咎的，為了不叫公主知道，就全賴他頭上，他就能讓人知道了？不用去看也知道，沈思洛又要覺得自己瞎了眼，更覺得他帶壞她四哥，交友不慎啊交友不慎。
「沈兄，你也覺得這般叫不雅吧？」裴延初對沈無咎擠眉弄眼，快勸公主幫他換綽號。
沈無咎輕輕一笑。「公主喊得順口便好。」
裴延初氣結，好個沈四，真是白費這麼多年的兄弟情，虧他還心心念著兄弟，把珍藏本送人呢。
「你也覺得這名字有特色，好記吧？」楚攸寧覺得沈無咎和她越來越合拍，以後不用擔心吵架了。
沈無咎毫無原則地點頭。「這是裴六的榮幸。」
裴延初的臉黑了，要不要考慮絕交算了？

沈思洛掩嘴輕笑，原來四哥也可以這麼壞。

大人都在說笑，歸哥兒卻是一點點靠近老虎，想摸又不敢，好幾次伸出手，又縮回去。楚攸寧見狀，乾脆拎他上去。歸哥兒及時捂住嘴，才沒發出驚呼，僵硬地坐在虎背上。看到這一幕，大家的心彷彿被一隻手抓住，緊盯著老虎，怕老虎突然獸性大發。老虎到底是山大王，肯讓楚攸寧騎，那是沒辦法反抗。其他人，牠就不樂意了，發出一聲怒吼，想把背上的小毛孩甩下來。

楚攸寧小手一拍虎頭，精神力一收緊。「你都是隻成年虎了，要愛護小孩。」

老虎腦子一痛，委屈地甩甩腦袋，乾脆趴下，不敢亂動了。

「不痛不痛，你乖，要聽話。」歸哥兒以為是公主嬸嬸的大力氣拍疼了老虎，終於敢伸出小手，幫老虎順毛。見老虎不反抗，膽子更大了，越摸越順。

沈無咎見老虎真被公主控制得服服貼貼，這才將心思放在程安抓出來的那幾個人身上。一問才知道，這是慶國通緝榜的罪大惡極之人，被雇來看守通道。

說到這些人，楚攸寧想起此行進山的收穫來了。

「沈無咎，我發現一座很大的天然糧倉，裡面的糧食比我從戶部與忠順伯府得到的還多。」她眼裡滿是期待，希望沈無咎同她一樣歡喜。

這段時日相處下來，沈無咎知道她想聽什麼，笑著說：「公主真厲害，我派人找許久都沒找著，公主隨便找就找到了。」幸好，現在他不用再打著改朝換代的主意，不然要鬱悶死。

原本被派進山找糧食的人聽主子這麼說，低下頭，一臉羞愧。誰能想到他們在山裡鑽來鑽去，帶來的乾糧都吃完了，也沒找到半點藏糧的痕跡，公主吃串野葡萄就找到了。

楚攸寧也覺得自己厲害。「你要去看看嗎？」

「自然要。」聽說有路進去，沈無咎也想看看，這糧食是如何藏的。

「把那些箱子都帶上，卸下馬車，用人力運送，裡面的路只夠一輛馬車行駛。」楚攸寧轉過身，交代其他人。

「錢可以存起來，那些奇珍異寶，公主也要藏起來嗎？」沈無咎問。

「拿出去沒人敢要，而且……」楚攸寧貼近他耳朵，悄聲說：「我父皇知道了，定會找我要回去，不能便宜了他。」

姑娘甜美的氣息吹在耳朵上，沈無咎不只耳朵癢，心也癢。

他拉住她的手，也扭過頭，在她耳邊低聲說：「公主可以跟陛下換錢。」

「對啊！我怎麼沒想到？」楚攸寧拊掌，看向沈無咎的目光跟撿了寶似的，吧唧一下親在他臉上。「果然動腦的活還是得由你來做。」

對上大家石化般的表情，沈無咎輕咳了聲，所有人齊刷刷扭開頭。公主真是一點也不把他們當外人呢。

沈無咎看看全部心神都被老虎勾去的歸哥兒，才對楚攸寧說：「所以，公主往後要做什麼事，得與我商量。」

楚攸寧聽出他指的是她撒謊抓兔子的事，趕緊岔開話頭。「我們快點去看糧倉，看完回去吃飯。」

沈無咎寵溺地搖搖頭，便吩咐下去了。

因為沈無咎的話，楚攸寧決定放棄把打劫來的奇珍異寶帶進山，僅留下幾個家兵看守，順便看住從秘道裡抓出來的人，剩下幾箱金銀直接抬進去就行，馬車也不用拆了。

要動身時，沈無咎見歸哥兒還騎在老虎背上，有些不放心，楚攸寧卻會錯了意。

「讓人抬你過去。你太重，老虎馱不動你，牠走起路來一扭一扭的，對你的傷也不好。」就別跟歸哥兒爭了。

沈無咎再也忍不住，抬手揉揉她的腦袋。「公主，我不是小孩子。」

「對，只有小孩才跟小孩搶東西呢。」楚攸寧用力點頭，忽然想起上次答應做給他的木劍還沒做，有點對不起他，說好的身為一個好媳婦要從木劍開始呢？

沈無咎覺得往後不能多看歸哥兒一眼了，怕被媳婦認為歸哥兒有的，他也想要。

看到戰場上的猛將被公主當小孩哄，大家都背過身，或者望天，目的一致——偷笑。

原來公主和將軍私下是這般相處的，互相哄著彼此玩。

第五十四章

誰也想不到鬼山官道邊有個秘道入口，撥開足足有一人高的重重草叢，才看到山壁。原本長滿青苔、與山壁融為一體的石門已經被楚攸寧踹開，直接彎腰進入即可。

大家正要進去時，裴延初忽然出聲。「等等，我好像有這裡的圖紙。」從懷裡拿出一封信，這是裴家男丁被處決後的第二日，有個早早被放出去的老僕送來的。

沈無咎大概知道這張紙上畫的是什麼，老忠順伯果然會算計，就算死了，也有法子把消息傳給別人。

夢裡，他看到沒被降爵的英國公用山上糧食換裴家人安好，其中不乏英國公世子開城門的功勞，但他沒看到三房一家，不知道那時是否早已分出去，還是出了意外。

他想，出意外居多。倘若三房平安，以他們交好的關係，將軍府出了那樣的事，裴延初不可能從頭到尾不露面。

如今，一切不會再按夢裡的軌跡行走，裴家也就剩裴延初一個能頂事的男丁，這批糧足夠讓他暗中照拂被流放的裴家人，他會怎麼做？

裴延初仔細比對紙上畫的路，終於明白老忠順伯留下什麼，但他寧可沒收到這張圖。

「是我記錯了。」他笑著將圖紙揉成團，收在掌心裡。

沈無咎看他一眼，讓人進去。

一行人延著被荊棘草蔓覆蓋的路走，穿過官道下的地道，繼續往前，接上那段開闢在荊棘草叢裡的路，彎彎曲曲。

瞧見屍骨，沈思洛都會緊緊抓著裴延初的胳膊。她倒是想挨著公主，可是公主要照看她四哥，還要控制老虎，她也不敢走在老虎身邊。

此時的裴延初完全沒辦法心懷旖旎，甚至不想再往前，不想直接面對裴家的野心。

不知道走了多久，經過之前劈開的路口時，楚攸寧把歸哥兒拎下來，拍拍虎頭，放老虎自由。

老虎如果有靈智，大概會掉下一滴虎淚。牠走到路口前，又回頭看了眼能控制牠的人，確認真放牠走後，四肢有力地一躍，一下子竄出老遠，閃電般地跑了。

大家猜，這老虎回去第一件事，怕是要換地盤。

楚攸寧見歸哥兒不捨，捏捏他的小圓髻，一邊帶他往前走、一邊安慰。「乖，老虎屬於山林，偶爾騎騎還行，咱們不能把牠拘在身邊。」

「那牠還會記得我嗎？」歸哥兒昂頭，一臉期待。

「可能會記得吧，畢竟你是第二個騎牠的人。」楚攸寧扯謊安慰小孩，完全不心虛。

「那我下次還能再見到牠嗎？」

「你想的話，我再把牠叫來好了。」她沒收回那絲精神力，只要老虎沒離開這座山，應該很容易找到。

眾人無言了。老虎是想叫就能叫來的嗎？別欺負他們見識少。

沒多久，大家走到路的盡頭。

這次不用楚攸寧動手，程安已經帶著幾個人，一塊兒把堵住洞口的石頭挪開。

看到呈現在眼前的糧食，所有人看直了眼。

「這得有戶部糧倉那麼多了吧？」饒是陳子善也露出沒見過世面的表情。

這可是個人的糧倉，戶部那是整座京城的糧倉，怎不叫人震撼？

裴延初看著偌大的糧倉，覺得無臉面對沈家人，還有攸寧公主。

這裡的糧食，也許有給沈家軍的，也許有皇后莊子的收成。皇后只是拿不到該得的銀錢，沈家軍沒糧就等於沒命。

尤其這些年，他受沈無咎所託，負責盯著聞二公子，知道沈家為何會和聞家結親，也知道沈思洛答應嫁進聞家，是想讓戶部尚書助沈家糧餉一臂之力。

這些事，他早就知道，只是沒在信裡告訴遠在邊關的沈無咎，怕沈無咎心有罣礙。

如今，看到裴家私藏那麼多糧食，他還有什麼臉面對他們？

「有點悶，我出去透透氣。」裴延初逃似的快步往外走。

沈無咎微微皺眉，以為裴延初放不下這批糧。

若是之前還想起事的他，看到這麼多糧食，不會輕易放手；若是沒公主幫忙追討到糧餉，他也會爭這批糧食，能讓邊關將士填飽肚子打仗，比什麼都重要。

如今，倘若他的人沒找到也就罷了，知道裴延初手裡有秘道圖紙，他會退出，不再打這批糧食的主意。

但是，今日公主找到了，那他只能說聲對不住。公主喜歡的東西，他捨不得動，也不打算讓別人動。那夜聽了公主的醉話，如果糧食能讓公主安心，他願意幫她堆滿整個糧倉。

沈無咎看著楚攸寧興匆匆指揮人把一箱箱金銀放好，擺手命家兵抬他出去。

外面，裴延初靠在洞口山壁上，不知道在想些什麼。

沈無咎讓家兵把他放下，揮退他們，直接問：「你放不下這批糧食？」

「什麼放不下的，這是公主找到的糧食，與我何干？」裴延初嘴角扯出牽強的笑。

「那你是因何不快？」

裴延初張了張嘴，要他怎麼說？身為裴家人，他無顏面對他們。

「公主最愛糧食，你若需要糧食幫助裴家人，我可以從別的地方幫你。」沈無咎承諾。

裴延初就知道，瞞不過一個能一眼辨別忠奸的將軍，露出自嘲的笑。

「我恨自己是裴家人。」

沈無咎一怔，總算明白裴延初為何如此了。

「你無須多想，你又不知情。即便知情，你也阻止不了，何必自苦。」

「你看到這麼多糧食，能不恨嗎？若這些糧食用在戰場上，沈家軍能頓頓吃飽，你幾位嫂嫂也不至於連件新衣裳都捨不得添！」裴延初指向洞口，心情悲憤。

沈無咎不知道還有這樣的詳情，送到邊關的家書一向報喜不報憂，他因此託裴延初幫他盯著，沒想到裴延初也瞞著他。

「是我的錯。」他低下頭，放在輪椅扶手上的手一點點握緊。

他對不住死去的兄長，竟讓嫂嫂們操心至此，連新衣都捨不得添。兄長泉下有知，定會怪他的吧？

三位嫂嫂情深義重，守著鎮國將軍府，鎮國將軍府卻什麼也給不了她們。

想起過去一封封遞往京城催討糧餉的摺子石沈大海，想起戰場上因糧草短缺差點啃樹皮的沈家軍，想起那些發了霉的陳米……

沈無咎忽然覺得，還是反了這朝廷算了。

「小黃書，你嚷嚷什麼呢？」這聲小黃書一出，再沈重的氣氛也沒了。

兩個男人相視一眼，有默契地沒再提糧食的事。

楚攸寧走出來，看到沈無咎眼裡沒徹底退去的微紅，隨即護短地瞪向裴延初。「你欺負他了？」

裴延初委屈。公主是不是該看看他的眼睛？比沈無咎更紅呢，到底誰欺負誰？

沈無咎哭笑不得，公主這奶凶奶凶的樣子，看起來真想和裴延初拚命。就為她對他這股護犢子的勁，造反是不可能的。

他拉住楚攸寧，用最不爺兒們的說詞解釋。「公主，是我眼裡進沙子了。」

「我瞧瞧。」楚攸寧立時湊過去，抬手去翻他的眼皮。「這隻？還是這隻？都吹吹好了。」

輕輕吹了吹，鬆開手。「眨眨眼，看看好了沒有。」

被這麼一吹，受了風的眼睛反而更紅了，不過沈無咎就著她彎腰的姿勢，在她額頭上親了一口。

「好了。」

「這是獎勵嗎？」楚攸寧摸著被親過的地方。

沈無咎笑著點頭。「是歡喜。」

「那你真純情，別人都直接親嘴的。」楚攸寧盯著他弧度優美的唇。

沈無咎無言了，那之前離開去抓兔子時親他額頭的是誰？

「哈哈……公主說得沒錯，駙馬太純情，所以我才送他那本書。」裴延初看得大樂，公主可真是個寶，活寶！

沈無咎冷眼掃過去。「不想死就閉嘴。」

裴延初立即閉上嘴，跑進洞裡。「我進去瞧瞧有沒有能幫忙的地方。」

沈無咎這才拉著他的公主，耐心地說：「在外頭不好太過，等回去再好好獎勵公主。」

楚攸寧眨眨眼。「我相信你不純情了，因為你現在就在為自己謀福利。」

沈無咎失笑，那他到底該純情還是不純情？

有時候，他覺得她就像是一張純白的紙，在混亂的世界裡被人胡亂塗抹一通，灌輸了亂七八糟的事。

說她不懂吧，她偏偏能語出驚人；說她懂吧，她又好像是對照著別人來的。

看完糧倉，大家回去的路上，特地從那個口子鑽出去，沿著荊棘叢一直走，終於看到糧倉外頭的山是什麼樣子。

那山真像是糧倉的屋頂，周圍還有幾座小山包圍拱衛，楚攸寧越看越喜歡，決定把這座山劃為她的基地。

另一邊，越國一行人慌慌張張離開鬼山，馬車都快跑得散架了才停下來。原本整齊的隊伍看上去散亂無比，累壞的人個個大口喘息。

「去察看一下損失，還有方才的火雷爆炸是怎麼回事？」豫王下車，臉色蒼白。

去查的人很快就回來，稟道：「回王爺，帶來的火雷武器沒了四個。」

「怎會沒了！難道方才是火雷自己飛起來炸自己的車子不成？」豫王說到這裡，也有些毛骨悚然。「查！定是看守武器的人出了紕漏。」

「王爺可記得攸寧公主說過祖宗顯靈之事？臣覺得此事有疑。」

豫王頭皮發麻，這事確實詭異，包括之前的原地踏步，都不是人能策劃出來的，由不得他不信。

再說，慶國人沒理由辛辛苦苦偷他們的火雷，就為炸掉送給他們的禮物。

若說火雷是慶國的，那更不可能。慶國為了保住配方，都是偷偷取材，不興師動眾採礦，生怕材料洩漏出去，這也是多年來其他三國無法得知火藥配方的原因。

慶國也就是那日夜裡得了個火雷，就算拆開，短短幾日也不可能分辨出裡面是什麼，更別提能做出好幾個。要是有，早就拿出來了，不至於還跟孫子似的送給他們一堆禮物，好聲好氣將他們送走。

唯一的可能，是他們自己人點燃火雷，可能是中邪了。那夜他派去燒戶部的人，可不就不受控制，自己從屋頂上跳下來嗎？

「慶國公主那邊如何？」豫王想起後面的和親隊伍。

「那邊並無任何損失，怪就怪在這裡，只炸了慶國送給咱們的禮物。若真是慶國祖宗顯靈，這就說得通，哪個祖宗會傷害自己的後人？」

豫王煩躁得踹開端茶給他的人，滿臉陰鷙。「那四個車伕都死了？」

「一個半路就噎氣了，一個沒了胳膊。之後爆炸的兩輛車，因為兩個車伕跳得快，只受了輕傷。」

「此事定是出了內鬼，本王不相信鬼能搬運火雷，還會點燃引線。」豫王說著，看向外頭的兩個世家子，以及其中兩位官員。這些都是當日在大殿上目睹他失禁的人。

「本王懷疑他們與慶國勾結，就地格殺！」豫王指著那些人，陰狠地說。

「王爺，你……」

沒等話說完，那人已經被一刀抹了脖子，其他人見勢不妙，趕緊奔逃，沒跑出幾步遠，就被刀子從後貫穿。

不一會兒，豫王下令要殺的人，全都倒地，瞪大雙眼死不瞑目。

豫王看著地上的屍首，吩咐動手的將軍。「經過鬼山時，火雷無故爆炸，兩位世子和兩位大人不幸被炸死。」

「是，臣回去後會如實稟報。」將軍拱手。

豫王陰惻惻的目光，望向坐在後面馬車裡，掀開車簾的四公主。

四公主嫣然一笑。「王爺不愧是幹大事的人。」

豫王一怔，隨即笑了，直接棄了自己的馬車，坐上四公主的車。

在鬼山往前十里處發現越國人屍首的事傳回來，大家略一猜想，便知道怎麼回事了，只是沒料到豫王會那麼快就動手。

越國人要走，景徽帝不可能不派人暗中盯著，確保他們離開。所以鬼山發生的事，早已呈報到景徽帝面前。

聽說越國人在鬼山像中了邪般原地踏步，攸寧公主帶人把車上的東西都調換了，最後還炸了車子滅跡，景徽帝腦子又開始突突的疼。等聽到越國人被嚇得屁滾尿流，落荒而逃，他又好了，當下讓人把閨女宣進宮。

托閨女的福，他的國庫又不空了！

下山前，楚攸寧又單獨出門一趟，誰也不知道她去做什麼了，在沈無咎問需不需要留下人看守時，她擺手說不用，沒人敢動她的糧倉。

一行人剛下山，就見宮裡來人請楚攸寧進宮，瞬間知道他們做的事被發現了，不免有些擔心景徽帝怪罪。

楚攸寧的目光閃了閃，悄悄對沈無咎說：「正好，我們去宮裡吃飯，又省一頓。」這聲音說是悄悄，實則所有人都能聽見。

大夥都不知道該說什麼好了，公主剛剛擁有快比得上戶部的大糧倉，居然還為能省一頓飯而欣喜。

第五十五章

眾人回到京城，沈無咎交代裴延初和陳子善把歸哥兒、沈思洛送回將軍府，帶上媳婦，還有一件件珍貴物品進宮。

兩人到的時候，景徽帝正在愜意地呷著香茶，翻看戶部遞上來的帳冊。

楚攸寧大步走進來，看到景徽帝居然在處理政事，訝然道：「父皇，沒了昭貴妃，您就開始勤奮了呢！果然，美人誤國。」

景徽帝氣結，這話說得好似他為女人耽於政事一樣。昭貴妃願意揹這禍國罵名，他還不願意揹沈迷美色的呢。雖然，也的確如此。

想到昭貴妃，他一陣心痛。習慣昭貴妃當他的解語花，突然沒了，總覺得少了點什麼。

「臣參見陛下。」沈無咎起身行禮。

景徽帝瞧他已經能站起來行禮，點點頭。「朕就說得靜養，瞧這傷不是好多了。」

「多謝陛下掛念，臣的傷的確好多了，但還是不能久站，請陛下恕罪。」沈無咎微微躬身，見景徽帝擺手，才坐回輪椅。

「父皇，閨女跟女婿回娘家，是不是得好好招待？」楚攸寧直接了當表示想蹭飯。

景徽帝沒好氣地瞪她一眼。「朕宣妳進宮，是為了正事。」

「談正事又不耽擱吃飯。」楚攸寧小手往身後一背，挺胸露出隊長訓話的架勢。「天底下有哪家閨女和女婿回娘家，娘家不用心招待的？您身為一國之君，更要做天下表率。」

「行行行，朕讓劉正交代下去，談完正事再用膳。」景徽帝知道，再扯下去，肯定更氣，他又不是招待不起。

楚攸寧滿意了。「那快點談，邊吃邊談也可以。」

景徽帝已經不指望這個閨女會謝恩了，不氣死他都算好的。

「朕聽說，祖宗又顯靈了？」

「對！祖宗見不得您這麼敗家，乾脆顯靈炸了您送出去的禮物。哪怕炸了，也不給越國人。」楚攸寧重重點頭。

景徽帝不服地瞪眼。「朕那是不得已而為之，當朕樂意搬空國庫送人？」

「行了，不就是因為武器不如人嘛，現在武器做出來了，改日咱們去搬空越國的國庫。」楚攸寧越想越覺得可行，她還是比較習慣有事幹。自己家的不能動，可以動別人家的啊。

景徽帝被她這麼一說，腦海裡不由想像那情景，拍案叫絕。「這個主意不錯，朕很期待那日的到來！」

「越國欺壓三國多年，還要求年年納貢，國庫肯定有您的幾倍大，搶到就是賺到。」

「其中有很多是慶國的東西，咱們不是搶，是拿回來。」

沈無咎見這對父女的話歪到要搶人家國庫了，忍住笑，輕咳一聲。「陛下，談正事。」

「哦，對，談正事。」景徽帝從想像中回到現實。「攸寧啊，朕怎麼聽說，妳把禮物調換了，炸的其實是石頭和泥土？」

楚攸寧扠腰瞪眼。「誰胡說八道！我一直在山上抓兔子呢。父皇，誣衊公主是什麼罪？您得為我做主！」

景徽帝語塞，聽閨女這話，是想貪了劫下的那些東西啊，他果然想得太美了。

「抓兔子，順便打劫對吧？」景徽帝語重心長。「攸寧啊，堂堂慶國國庫，連件像樣的東西都沒有，像話嗎？那些東西是國庫的，妳得交出來。」

「您把禮物送出去的時候，有想過還能拿回來嗎？不能因為我是您閨女，就這麼不要臉，親父女也要明算帳。」楚攸寧氣鼓鼓。

景徽帝覺得被冒犯了，猛一拍案。「放肆！沒大沒小，誰准妳這麼跟朕說話的。」

「不能因為您是皇帝就不講理！」楚攸寧比他更大聲。

景徽帝氣壞了。「朕是皇帝，還真可以不講理！」

「那您試試！」楚攸寧施展精神力，氣勢瞬間壓過帝王威嚴。

沈無咎見父女倆又槓上，忙握住楚攸寧的手。「公主，陛下是一國之主，給點面子。」

楚攸寧收回精神力。「好，就給他面子。但想在我這裡吃免錢午餐，皇帝也沒門。」

景徽帝暗鬆了口氣，方才他感覺到有股龐大的威壓籠罩過來，還真有種面對祖宗的感覺。莫不是傳說中的祖宗就跟在他閨女身邊？

不，就算不在，她也是個祖宗！敢跟他對罵的小祖宗！

「妳要那些東西做什麼？朕告訴妳，拿去賣，也沒人敢收。」景徽帝想到這個就得意。

「所以我拿來賣給您啊。」楚攸寧說完，讚賞地看沈無咎一眼，多虧他提醒呢。

景徽帝臉色一僵。「妳再說一遍？」

「我說我拿來賣給您，東西已經帶來了，就在門外，您要驗貨嗎？」

景徽帝氣結，這真的是他閨女？親閨女？是親閨女的話，怎麼做到如此厚臉皮，拿他的東西賣給他？

他覺得，以他閨女的腦子，想不出這種事，不悅地瞪向沈無咎。「駙馬，公主打的主意，你可知情？」

「回陛下，臣覺得公主做得對。」沈無咎支持媳婦。

這些年來，景徽帝不管朝政，才讓幾位嫂嫂苦惱，想方設法替沈家軍籌錢籌糧，他不反了是一回事，對景徽帝也是有怨言的。現在能讓景徽帝憋悶，他樂見其成。

景徽帝氣得笑出來。「別人是夫唱婦隨，你這是婦唱夫隨了！就不怕朕降罪於你？」

楚攸寧護短了。「他說的是實話，有什麼罪？實話還說不得了？」

景徽帝好氣啊，這是他閨女，剛嫁出去不到半個月，就徹底胳膊往外拐的閨女。

天底下有比他更憋屈的皇帝嗎？明明是自己國庫裡的東西，還得花錢買回來。

楚攸寧見景徽帝只會瞪眼，嫌棄地撇撇嘴。「您是皇帝，行事要果決。一個字，買不買？不買我拉回去給小四滾著玩。」

景徽帝額上青筋跳動。「到底誰敗家？價值連城的珍寶，妳居然想拿回去給小四玩？」

「那又不能吃，放著占地方，也就剩給小四玩這點價值了。」在末世，玉器、瓷器類的東西最沒用了，金屬還能做武器，哪怕石頭都可以拿來建城牆呢，玉能做什麼？

在她看來，無論在哪個世界，只有兩種東西最珍貴：一是吃的，二是能換吃的。

「小四被妳這麼個養法，將來也會成為敗家子。」景徽帝罵。

「那不能，等他能跑能跳了，我帶他去打……見世面。」

「妳還想帶他去打劫？」別以為及時收住話，他就沒聽到。

「您聽錯了，我說帶他去打仗，當保家衛國的男子漢！」楚攸寧舉手握拳，壯志凌雲。

景徽帝滿意地點點頭，這話還能聽，雖然知道是在糊弄他。

父女倆唇槍舌戰到最終，景徽帝不得不先答應楚攸寧，把東西買下來。

片刻後，楚攸寧命人把東西抬進來。

景徽帝看到一件件價值連城的寶物被隨便裝在箱子裡，有的沒有布墊著，還直接用一把草隔開，差點沒暈過去。

這下他是真的相信，閨女能做出把這些東西拿回去給小四玩這種事了。這些寶貝在她眼裡，真的連一把草都不如，連草都沒捨得多墊點。

「先欠著，朕現在沒錢。」景徽帝也不打算要臉了，能賴一日是一日。

楚攸寧挑眉。「戶部銀庫裡有，我瞧見了。」

「那是留著救命的，大臣們的俸祿還要不要發了？若哪個地方出了天災人禍，需要賑災，也得從國庫出。不能因為妳一個人，就讓百姓受苦。」景徽帝也是苦口婆心，還使眼色讓沈無咎幫忙勸，閨女挺聽他的。

不用沈無咎勸，楚攸寧就想開了。既然是百姓的救命錢，那先算了吧，反正她現在的糧食也算充足。

「行，您得寫欠條給我。」她抬頭要求。

景徽帝真是被氣得不知如何是好了，冷冷笑了幾聲，有些咬牙切齒。「朕還需要寫欠條？君無戲言，聽過沒有？」

「聽說了啊，就是一句口頭禪。您還常常說誅人九族呢，最後誅了嗎？」楚攸寧反問。

景徽帝抬手捂胸口，他怕再這樣下去，遲早英年早逝。

「沈無咎，你管管！」他的怒火全衝沈無咎去，誰家媳婦誰管。

沈無咎自然得聽令行事，對楚攸寧說：「公主，欠條也未必管用。妳忘了戶部欠沈家軍糧餉的那本帳冊？上面都是欠條。」

楚攸寧點頭。「你說得對！那不用寫了，到時候不給，我自己上門取。」

景徽帝無語了，他是讓沈無咎這樣勸的？這怕不是在乘機報糧餉的仇吧！

他還能如何，先欠著吧，興許閨女哪日就忘了。

說完打劫的事，景徽帝又說起糧倉。他派去盯著的人，自然也知道他閨女不但劫走越國人的禮物，還在山上發現糧倉，哦，聽說也騎了老虎。連老虎都敢騎，簡直是虎得沒邊了！

這次，景徽帝直接問沈無咎。「可知那是何人所為？」

沈無咎搖頭。「並未留下線索，守山的皆是通緝榜上罪大惡極之人，因反抗被誅殺。」

那幾個人在他離開前，下令就地解決。裴家已經沒了，再添一項罪名也不痛不癢，但裴延初會受人唾罵。

他不會遷怒於裴延初，裴延初也不該用一輩子來承受這罵名。

景徽帝定定看了沈無咎一會兒，內心信不信就不知道了。

他沈著臉，怒道：「天子腳下，就在京城幾十里外，竟有人膽敢私藏這麼大的糧倉。司馬昭之心，路人皆知！」

「往後我會藏得比現在更多。」楚攸寧覺得有必要事先打個招呼。

景徽帝的怒火又一下子被澆熄了，誰能理解他總是氣到一半又氣不起來的憋悶感？

「往後妳想怎麼藏，朕不管，這個是貪污了朝廷的救命糧，得還回來。」

這話可比讓楚攸寧平白交出打劫來的寶貝更叫她急，要不是沈無咎拉著，都能跟景徽帝拚命。

「您是不是覺得您長得特別美？」楚攸寧問。

景徽帝完全沒聽出話裡的諷刺。「男子豈能用美來形容？回去多讀點書，堂堂公主連句誇讚的話都不會說，不像話！」

楚攸寧嗤笑。「所以，您長得不美，想得還挺美。」

景徽帝氣結。他錯了，她不是不會誇，只是比起誇人，她更會罵人。

沈無咎全程憋笑，公主可真是老天派來折磨景徽帝的。

「妳要那麼多糧食做什麼，沈家軍的糧餉不是已經發下去了？如今戶部都得從其他糧倉調糧了。」景徽帝雖然不知道糧倉有多少糧食，但能費心藏在山上的，還能少？

「當然是吃啊。糧食不拿來吃，還能拿來幹麼？」

「妳一個人能吃那麼多？」

「我得了一種見不到糧食就會心慌的病不行？」

這是從哪裡學會的話？一句句堵他心坎上。他還得了見不到錢就會胸悶氣短的病呢。

「那是朝廷的糧食！」景徽帝氣道。

楚攸寧才不怕他瞪。「有證據證明嗎？不能因為您是皇帝，說什麼就是什麼。」

除了她不把他這個皇帝的話當回事，面對其他人，還真是他說什麼就是什麼。

第五十六章

景徽帝再度看向沈無咎，讓他趕緊勸一勸。

沈無咎不好裝作沒看到。「陛下，那的確是公主找到的，無法證明那些糧食是貪墨自朝廷的。」

景徽帝扶額，連沈無咎也不能指望了。

「行了。」楚攸寧擺手。「我那些糧食，您別打主意了。咱們來說說鬼山的事吧，鬼山不錯，我的糧倉又在那裡，我想要那座山。」

景徽帝眼眸一閃，覺得反擊的機會來了。「妳想要鬼山也行，得拿糧換。」

楚攸寧瞪大眼。「不是說普天之下，莫非王土？就一座沒人敢去的破山，想給誰還不是您一句話說了算，您還要收我的糧？」

景徽帝故作無奈。「那也是百姓的山，總不能因為妳是朕的公主，朕就給妳。留給百姓，百姓還能上山砍柴跟打獵呢。」

這倒像是當政者該說的話，身為公主，她也不能剝奪了屬於百姓的福利，這不道德。

沈無咎知道，楚攸寧雖然對自己獲得的東西寶貝得不得了，卻對一些事情心軟得很。

比如，見莊戶們面黃肌瘦，就少收一成糧食，還包下莊戶每年的賦稅。或許世上有好心的東家願意和佃戶四六分帳，但包下賦稅是不可能的。

再比如，她能為沈家軍提刀去戶部要糧，雖然那是在她提出要以看劍做交換的條件下，但倘若沒觸動她的心，她也不會想要那麼做。

所以，他猜出，她心裡已經答應了。「公主，陛下說得對，國有國法，咱們拿錢買。」

楚攸寧不知道沈無咎在打什麼主意，基於他們是同一隊的，總不會讓她吃虧就是了。

「好吧，父皇，您挑一樣東西抵。」楚攸寧在那些珍寶中，隨便拎起一只玉雕擺件。「就這個。不是說價值連城嗎？換座山足夠了。不行我就拿回去給小四玩。」糧食想都別想！

景徽帝看她動作那麼隨便，擔心她摔了寶貝，趕忙點頭。「行行行，朕從妳帳上扣。」

沈無咎等他們父女說完了，才提起火藥的事。「陛下，如今火藥的威力已經得到證實，可以開始製造了。不過在這之前，需要一個隱秘的建造之地，臣覺得鬼山就不錯。」

景徽帝沈吟，總覺得這話裡有個大大的坑在等他。想是這麼想，卻是認真考慮起來。

鬼山總時不時鬧出一些詭異傳聞，讓人不敢靠近。如今經他閨女這麼一鬧，知道是有人故意製造出來的。但外人不知道啊，這就足夠隱秘了。

而且，鬼山深處也存在危險，要不然不可能單憑那幾個人裝神弄鬼，便讓人望而卻步。

他直接拍板。「就依你說的，建在鬼山裡。」

沈無咎一臉為難。「陛下，鬼山如今被公主買下了，想在鬼山裡建製造火藥的地方，得看公主答不答應。」

景徽帝大驚，他就說哪裡不對，原來是在這裡等他！

「好個沈無咎，說好的為君分憂呢？你就是這樣為朕分憂的？」景徽帝氣得把一份摺子砸下去。

楚攸寧伸手接住摺子，不爽地問：「您除了砸人，還會什麼？」

景徽帝氣死了，他還會下令殺人信不信？

「陛下，公主不能私占百姓的山，陛下也不能強占私人的地，臣這是為陛下的名聲著想。」沈無咎說得冠冕堂皇，鏗鏘有力。

景徽帝瞪他一眼，趕緊說：「那座山，朕就賜給攸寧了。不過，朕要在山裡建造火藥庫，攸寧不許管。」

楚攸寧轉了轉眼珠子。「那座山已經是我的了，不用您賜。您想用山裡的地，得租。」

景徽帝氣得冷笑。「不如朕這個皇位讓給妳坐如何？」

換作其他人聽到這話，肯定惶恐得不得了，可惜楚攸寧完全沒感覺，還一臉嫌棄。「不要，我操心一大家子的口糧已經很艱難了，不想操心一大國的子民。」

他突然覺得這話有那麼點道理是怎麼回事？不是，他是在問她要不要，她還真敢應！

景徽帝決定從大義出發。「火藥武器是關乎慶國能否擺脫越國欺壓的大事，越國人一回去，說不定哪日就打過來。妳身為公主，難道不該為國做點什麼嗎？」

沈無咎聽到這話，不樂意了。「陛下，公主做出火藥功在千秋，是不是該有所嘉獎？」就憑公主做出火藥，慶國上下誰敢說她沒為國家做事。

景徽帝一驚，他忘了這件事！國庫送出去的東西，得花錢買回來，貪官貪去的糧食也被搶占，他還欠著閨女的帳，拿什麼嘉獎？但這個真不能賴。

「朕把寶潤縣的皇莊賜給她。另外，食邑追加到五千戶。」

楚攸寧不懂就問：「食邑是什麼？」

「就是陛下劃一個地方，挑出那地方的五千戶人家，所上繳的稅賦都是公主的。」

楚攸寧點頭，就是躺著收糧，她可以想像得到往後很多糧食入倉的美好畫面。

「這個可行！」

景徽帝又是語塞。不行還能拒絕不成？知不知道什麼叫雷霆雨露，皆為君恩。

最後，楚攸寧還是答應，讓景徽帝在鬼山建造製作火藥的秘密基地。國難當頭，她還是分得清輕重的。

接下來，沈無咎和景徽帝談製造火藥的正事，楚攸寧不感興趣，閒著無聊，隨意打開手裡的摺子，看到上面的字，愣了下。

她快步走到那堆箱子前開始翻找，很快地，用來墊東西、防止碰撞的乾草被她扔出來，瞬間把莊重的大殿搞得跟菜市場似的。

景徽帝再也談不下去了。「攸寧，妳這又是做什麼？瞧瞧妳，哪有半點公主的模樣！妳要閒著沒事，就先去偏殿吃點心。」

「找到了！」楚攸寧從一堆紛飛的乾草裡站起來，手裡多了一本摺子。

她拿著兩本摺子，跑到沈無咎面前。「你看這兩本摺子有什麼不同？能不能再坑我父皇一筆？」

沈無咎剛要伸手接過摺子，聽到這話頓住，不用轉頭，也知道景徽帝的臉色有多難看。他憋住笑，假裝嚴肅。「我瞧瞧。」

景徽帝氣得呼哧呼哧大喘氣，這閨女要不得了，一心只想坑爹！莫不是在報復之前沒答應她悔婚？可瞧她不是跟駙馬好好的嗎？她該感謝他才對。

沈無咎先打開的是之前景徽帝扔過來那本，等看清裡面寫什麼後，愣了下，趕緊打開公主從箱子裡翻出來的那本，兩相對比，神情怪異地看向景徽帝。

「怎麼？你還真想幫公主繼續坑朕不成？」景徽帝已經氣得口不擇言。

「我怎麼坑您了？我立功是不是得給獎賞？」楚攸寧不服。

「哼！朕倒要看看妳又立了什麼功！」

景徽帝不用劉正傳了，直接拂袖，從御案後走出，大步過去，抽走沈無咎手裡的奏摺。

沈無咎拉住公主，默默後退一步。

景徽帝看完兩本奏摺，臉色鐵青，是火山爆發的前兆，不似方才只是口頭上生氣而已。

「好個戶部！好一個戶部尚書！好一個聞錚！」景徽帝捏著兩本奏摺，每一個字都是從牙縫裡擠出來的。

戶部呈給他看的是多倍的禮單，實際上給越國的禮並沒有那麼多，想來多填的那些，正好用來抹平帳冊。接下來呈給他看的，自然不會有差錯。

之前他看到楚攸寧讓人抬進來的箱子裡，沒有一箱是送出去的金銀，只以為閨女昧下了，沒想到啊，實際送出去的銀子遠沒有呈給他看的單子那麼多！

他不理朝事，就把他當傻子糊弄了？真是豈有此理！

「看，我是不是又立功了？要不是我，您還被人蒙在鼓裡當傻子。還惦記我的東西呢，您的國庫被人搬空了都不知道。」楚攸寧得意。

「公主。」沈無咎扯扯公主的手，對她微微搖頭。陛下這次是真的龍顏大怒，別再火上澆油。

景徽帝沒心思再跟她唇槍舌劍，忍著怒氣揮手。「劉正，帶公主和駙馬下去用膳。」

一說到吃飯，楚攸寧真覺得餓了，摸摸肚子，推著沈無咎，愉快地跟著劉正離開，半個安慰的字都沒有。

楚攸寧和沈無咎在宮裡吃了頓美美的大餐，就見大批禁軍撲向聞家，以及戶部的其他官員家。

誰能想到，有生之年，「天子之怒，伏屍百萬」這話，能用在景徽帝身上？

當大家知道攸寧公主在這之前入了宮，都不知該說什麼好了。

前些日子，攸寧公主進城，大皇子倒了，昭貴妃進冷宮，忠順伯府被滅。

今日，攸寧公主入宮，好了，戶部完了。

事實再一次證明，不能得罪攸寧公主，還得離得遠遠地，不然一不小心就玩完。

這回，秦閣老坐不住了，私下和幾個內閣的人一起商議怎麼對付攸寧公主，不能再讓她這樣搞事下去。

可是，如何對付？他們可是見識過攸寧公主的功夫，還有她那天不怕、地不怕的行事作風，怕是還沒開始對付她，就被打上門了，他們這把老骨頭都不夠她一根手指戳的，偏偏景徽帝還縱容著她。

商議來、商議去，最後大家得出一個結論，只能想個法子把人打發離京。可是如何打發？這會兒，他們倒寧願沈無咎沒受傷了，這樣還能讓公主跟去邊關鼓舞士氣。

而且，經過這事，想讓景徽帝不勤政都難，沒了昭貴妃吹枕頭風，又有攸寧公主整日搞事，陛下若不想當個被蒙在鼓裡的皇帝，就得處理朝政。

沈無咎也覺得他媳婦真能搞事，一搞就讓朝野震盪，無形中清掉朝廷蛀蟲，逼得皇帝不得不勤政。他都有些懷疑她是老天派下來拯救慶國的了。

第五十七章

兩人帶著從宮裡打包的精美點心，回到鎮國將軍府，未料在門口碰上一個掃興之人。

楚攸寧從馬車裡出來，剛好和要撩起車簾下車的沈思妤對個正著。她懷裡還抱著個精美的圓形小食盒，整張臉紅潤飽滿，再加上一雙又大又圓的杏眼，怎麼看怎麼可愛。

要不是見識過她單手就能把一個成年男子扔出老遠，沈思妤會以為這張嬌俏無害的臉很好說話。

大夫人聽說楚攸寧回來了，趕緊帶著人迎出門，看到沈思妤也怔了下，臉色變了變，最後選擇無視她，迎向公主。

「公主，可用過午膳了？」大夫人伸手去扶楚攸寧。

楚攸寧輕盈地跳下馬車。「用了。我父皇向我喊窮，可他吃的飯菜奢侈極了。」

大夫人輕笑出聲，那是皇帝啊，天底下最尊貴的人。他吃得不好，百姓就更不好了。

沈無咎推著輪椅過來，同樣選擇無視那邊馬車上等人去迎接的人。

「公主，妳的食盒可以給人拿著。」沈無咎見她護那食盒像護著什麼似的，不知道的還以為裡面裝的是珍寶。

「這是我的，給其他人吃的在馬車上呢。」楚攸寧抱得更緊，那是特地挑她喜歡的口味打包的，三層小食盒，被她抱在懷裡正正好。這次她有特地打包給小輩們，這是她的，誰也別想動。

這護食的模樣真像隻貓兒，叫人想順毛，讓沈無咎有種想放下一切，帶她去吃遍天下美食的衝動。

大夫人見沈無咎看公主的眼神盡是無奈的寵溺，用帕子掩嘴而笑。公主這性子，這麼幼稚的事，做起來卻比歸哥兒還要可愛。

「母親，我們為何不下去？」馬車裡，兩個孩子問道。

沈思妤回頭，不悅地瞪了他們一眼，她要如何說她等啊等，都沒等到有人來搭理她？她很想甩車簾回去，可是想到自己來的目的，只能悻悻然地讓婢女扶她下車，帶著兩個孩子走過去。

「無咎。」沈思妤哀怨地喊了聲，雙手擰著帕子，滿臉不高興。

沈無咎上揚的嘴角瞬間放下，目光淡淡地看過去。「大姊。」

沈思妤被這聲生疏冷淡的「大姊」傷著了。

寧遠侯府得知聞家被抄家徹查，認為這是因為聞家向鎮國將軍府退親，才被攸寧公主報復。想到她與聞家一同上門退親，不禁有些擔心，攸寧公主會不會對寧遠侯府下手，便要她回鎮國將軍府走動。

之前寧遠侯府是想站隊才幫聞家的，孰料大皇子說倒就倒，害所有人措手不及，原本不管明面上還是暗地裡，支持大皇子的人全龜縮起來，生怕被景徽帝注意到而清算。沒想到這事還沒完呢，聞家又出事了，叫人如何不怕。

她趕緊將兩個孩子推上前。「這是你們的舅父。你們出生時，舅父還送了禮呢。」

沈無咎已經不記得兩個外甥長什麼樣了，甚至忘了他們如今多大。

當年沈家沒出事，沈思妤在寧遠侯府一受委屈，就會跑回娘家，後來有了孩子才消停。沒過兩年，父親和大哥戰死，只剩下幾個寡嫂，大姊漸漸不再登門，更別提帶孩子回來。

他記得大姊是在他十一歲那年有了第一個孩子，十三歲那年生了第二個，皆是男孩。如今他二十一歲，兩個孩子大的有十歲，小的也八歲了。

「舅父。」兩個孩子異口同聲地喊，小臉蛋上卻是有些不耐煩。

「嗯。」沈無咎冷淡地點點頭。

沈思妤完全沒注意到有什麼不對，又要他們面向楚攸寧。「來，這是你們舅母。」

兩個孩子小小年紀，已經學會看人下菜碟，知道這個舅母是公主，露出甜甜的笑容。「舅母。」喊得比方才喊舅父還要親切。

楚攸寧不由抱緊了食盒。「別以為你們喊我舅母，我就會分，我跟你們不熟。」

大夫人極力忍住笑，也就公主會認為大姑帶孩子回來，是為了口吃的。

沈無咎被破壞的心情瞬間晴朗，公主就是有讓人心情變好的魔力。

沈思妤臉色難看。「公主，他們還只是個孩子，您不能因為我而遷怒他們。」

楚攸寧疑惑。「我為什麼要遷怒？能惹怒我的人，多半當場解決，還用得著遷怒？」

沈思妤氣結，公主說的話，為何總是不按她預想中的走？

兩個孩子趕緊道：「舅母，我們不要吃的。」

楚攸寧恍然大悟。「哦，那要別的也沒有。」

兩個孩子從沒遇見過如此直接的大人，不禁懵了。

「公主，妳隨大嫂進府，我來跟大姊說。」沈無咎不想讓公主為沒必要的人壞了心情。

楚攸寧點頭。「行。」一手抱食盒、一手挽上大夫人的胳膊。「大嫂，我們進去。」

大夫人不放心地看看沈無咎，想說她留下來接待沈思妤，但想想人家未必要她接待，也就罷了。

如今真只有沈無咎能處理沈思妤的事，就算沈無垢回來，沈思妤甩都不會甩他一眼。

沈思妤眼睜睜看著她想結交的人走了，臉上帶出幾分氣來。「無咎，你這是何意？是不打算讓我和孩子入府了？」

沈無咎方才就將兩個外甥的表情瞧得清清楚楚，他這人要是硬下心來，不是說幾句軟話、訴幾聲苦就能改變的。

「是我上次說得不夠清楚，大姊若不真心將沈家當自家人，除了被寧遠侯府虐待，發生寵妾滅妻此等事外，大姊還是少登沈府的大門。」

沈思妤覺得難堪。「我不就是幫別人退了門庶女的親事，如今將軍府該慶幸那門親事沒成，怎麼就成我的不是了？還拒絕我回娘家走動。」

「就憑妳這聲庶女，沈家的大門就已經高攀不起妳。」沈無咎斬釘截鐵道。父親與母親是先帝賜婚，談不上恩愛有加，卻也相敬如賓。後來帶回許姨娘，又因教坊司的規矩，贖回來的女子只能為奴為妾，妾總比奴好，父親為了給許姨娘一個身分，才抬她做妾。這是問過母親和許姨娘的，許姨娘無可無不可，稱無以為報，只能為將軍府開枝散葉，此後生下的孩子都抱給主母養，便自去唸她的佛。

武將之家，男主人多半在外頭打仗，回來一趟也是來去匆匆，和家人聚少離多，哪來那麼多閒心勾心鬥角，所以不講究嫡庶之分。沈思妤在將軍府裡長大，又怎會不知道？

「好，如今你們一條心，就我這嫁出去的裡外不是人。」沈思妤惱羞成怒地捂住心口。

「我知道妳今日來是為何，我可以答應妳，倘若有朝一日寧遠侯府自取滅亡，我會去接妳回來，因為妳是我大姊。在這之前，妳就安心待在寧遠侯府，做好妳的世子夫人。」沈無咎不想再跟她多說，直接挑明。

沈思妤看著沈無咎這張俊美而堅毅的臉，恍然發現，她已經很久沒好好看過這個弟弟了，一回想，腦海裡閃過的還是當年那張意氣風發、青澀稚嫩的臉，那個會為她出頭的少年。

眼前這個弟弟，已經被戰場淬鍊得沈穩堅毅，目光裡有了當年父親眼裡會有的冷酷，說一不二。

這一刻，她不知道是什麼滋味。或許是害怕知道，所以不願去探究。

她用複雜的眼神看著他，又抬頭看看威武凜然的將軍府匾額，帶著兩個孩子，頭也不回地走了，腳步有點快。

或許，連她也不願承認是自己錯了，將軍府一直都還是那個將軍府，從來沒有因為沒了父兄，而失了它該有的威武。

沈無咎進府，先去跟大夫人說了沈思妤的事。

就算兄長還在，做嫂嫂的也不好對小姑子的事多置喙，何況如今是寡嫂，沈思妤更要不服。所以，未免今後他不在的時候，嫂嫂們為難，他幹脆讓她別回來了。

沈無咎說完，要走的時候，忽然想起裴延初之前心情激動之下說出的事，停住腳步。

「大嫂，我想幫公主做幾身衣裳，妳讓裁縫上門量身，順便替府裡的每個人添幾套。銀錢若是不夠，就找程安拿。」他庫房裡有些用不到的東西，可以拿出去當了應急。

前些日子，他讓人發下話去，對於那些不再上交主家應得分成的旁支，將軍府不再給予任何庇護。享受將軍府的庇護，卻不願付出，當將軍府是泥捏的？這番震懾下去，想來很快就有效果了。

大夫人是何等玲瓏心，只怔了下，就知道沈無咎為何會突然說要做衣裳。公主的衣裳都是出自宮廷繡娘之手，用的料子是一等一的好，哪裡會缺衣裳穿，就算沈無咎想表心意，也不用她來操辦，還帶上府裡所有人。不知他是從何得知的，倒惹得她紅了眼眶，笑著應下。

「你不說，我都把這事忘了。府裡接連守了幾年孝，不好穿得太出挑，如今公主過門，沈家軍的糧餉也有了著落，你的傷也在好轉，好事一件接一件，是該給府裡人做幾身新衣裳，慶賀慶賀。」

沈無咎知道大嫂是怕他自責，笑了笑。「如此，就有勞大嫂張羅了。」

「行，保准讓你媳婦穿得美美的。」大夫人調笑，心裡已經在琢磨要哪種料子，選什麼顏色，才能更襯公主。

「公主的好看，不在於衣裳上。」沈無咎想起精力旺盛的媳婦，搖頭失笑。那才是她的獨特亮眼之處。

大夫人樂了。「這話，你得去跟公主說。」

第五十八章

交代完事情，沈無咎回到明暉院，剛到院門口，就聽到院裡傳來幾個孩子的喧譁，還以為是公主分點心給歸哥兒他們，等進去才發現，聲音是從東跨院傳來的。

沈無咎讓人抬他進東跨院，發現原本的竹林已經被砍掉了。廊下，楚攸寧和幾個孩子圍著一張桌子，桌上擺滿各種食材，一人拿一節竹筒，正往裡面裝米。旁邊還有好幾節劈壞的竹子，兩個下人在生火。

他不過是晚回來一會兒，公主又有新玩法？這是……陪小孩玩扮家家酒？

程安和程佑相視一眼，也這麼覺得。公主這精力，他們服氣了。

「四哥。」沈思洛瞧見沈無咎回來，有些不好意思地喊了聲。

「四叔。」歸哥兒帶著兩個姊姊一道喊。

沈無咎點頭應了，看向楚攸寧。「公主在做什麼？」

「我在試做竹筒飯，等做好了，給你嚐嚐。」楚攸寧回頭應了句，用葉子封好裝完米的竹筒，再裝一個，還不忘問他。「你喜歡吃豌豆嗎？紅棗？紅豆？綠豆？蘿蔔乾？」

沈無咎打量桌上的食材，又看幾個小孩每樣揀幾粒裝進竹筒裡，說不是扮家家酒誰信？不由抽了抽嘴角。想不到，兒時都不玩的遊戲，如今成婚了，反倒得陪著媳婦玩。

「算了，我幫你選吧。」楚攸寧伸手，每樣食材各揀一點裝進竹筒裡，最後還塞了兩片肉，那肉是特地醃製過的。

幾個大男人想，這家家酒玩得可真奢侈。

沈無咎招來管家，問怎麼回事？

原來楚攸寧回來時，正好遇上管家派人砍竹子。前幾日他交代過，要管家找四季都能出筍的竹子回來種。

別說夏季不是種竹子的好時節，主人發話，底下人自是得想法子，哪怕連根帶土移植過來。這不，趁沈無咎在莊子養傷，管家就想著趕緊把竹子換上。

楚攸寧回來看到竹子，就挑了幾棵竹節細長均勻的，帶著歸哥兒他們，把竹子砍成一節節，讓人泡米、泡各種豆子跟食材，還得用調料攪拌。得到吩咐的人好一通忙活，也覺得公主是陪孩子們玩扮家家酒。

楚攸寧裝了好幾個竹筒，封住筒口，院子裡的火也生好了。她喊人把竹筒拿過去，還用石板架了個烤架，把竹筒放在上面烤。

石板是就地取材，楚攸寧直接把地上的青石板撬起來用，管家看得嘴角直抽。

「好了，讓它慢慢烤吧，等竹筒表面烤焦，應該就差不多了。」楚攸寧拍拍小手，看著石板上擺放得整整齊齊的一排竹筒，不禁有些期待烤出來的味道。

剛才她被幾個孩子簇擁著回到明暉院，正好看到東跨院在砍竹子，腦海裡閃過曾在某張菜單上見過的竹筒飯，乾脆試著做做看。

末世前的菜單多是塑膠封膜，不易損壞。末世後期，有的菜單被撿回來放在圖書館裡，好讓末世後出生的孩子知道末世前的盛景，鼓舞大家重建文明，搞得她常常望菜單興嘆。

「公主嬸嬸，這樣就能熟嗎？」歸哥兒盯著竹筒，尤其是緊盯著他裝的那一個，但一眨眼又記不清哪個是他的了，畢竟上面的竹筒都長得一樣。

不知是被火烤的，還是被太陽曬的，歸哥兒肉肉的小臉蛋浮現出紅暈，讓楚攸寧忍不住捏了把。

「熟不熟，待會兒就知道了。」楚攸寧拎起他往廊下走。

「公主嬸嬸，我忘記哪個是我做的了。」如姐兒盯著那排竹筒，懊惱道。

「我也認不出來。」雲姐兒踮起腳尖，想分辨出哪個是她的。

「我做了個記號。」沈思洛暗自得意，這樣子還真是沒比小孩成熟多少。

接下來，大家在廊下吃著冰，等待竹筒飯烤好。旁邊還放了冰鑒，由婢女搧出涼氣。

儘管大家覺得楚攸寧是在玩扮家家酒，但負責看火的下人還是很盡職，仔細烤著竹筒。大約一炷香的工夫，原本青綠的竹筒被烤得焦黑，若有若無的香氣從竹筒縫隙冒出來。

「嗯，有米香，應該熟了。」楚攸寧嗅了嗅，起身要去看竹筒。

沈無咎拉住她，讓看火的下人挑幾個烤熟的竹筒過來。她這親力親為的毛病，是真改不了了。

歸哥兒幾個原本想要往外衝，見楚攸寧被拉住，也停下來。

好幾個焦黑的竹筒很快送到眼前，近了更能聞到那股若有若無的米香。

幾個小的盯著竹筒，等著看自己做的飯是什麼樣的，有沒有熟？能不能吃？

沈無咎看公主那麼期待，有些擔心待會兒劈開竹筒後，她會失望，沒見過扮家家酒這麼認真的。

不用楚攸寧上手，程安和程佑便拿刀，輕輕劈開竹筒，知道裡面有米飯，擔心散出來，只劈開三分之一。

竹筒一打開，裡面的香味再也藏不住，撲鼻而來。米飯成條狀裹在竹筒裡，冒著香噴噴的熱氣，飯裡還有放進去的豆子、肉丁等食材。

沈無咎震驚，居然真的烤熟了？而且看起來味道還不錯的樣子。

竹子能用來製作各種竹製品，也能燒來做爆竹，這些他都知道，但沒聽說能用來煮東西吃。一般人以為，竹子放在火上只能當柴燒，誰能想到在火燒掉它之前，還能把飯燒熟。

這是公主的奇思妙想，還是過去曾吃過，或者見過？公主說出慶國人不知道的火鍋，知道番椒不是觀賞物，如今又多了竹筒飯。他甚至認為，她能精準抓出火藥配方，並非偶然。

程安和程佑訝然相視一眼，把剩下的竹筒劈開，全都熟了，其中一個許是幾個小的裝的，米有點少，水可能也放少了，烤出來的飯有點乾，有些散。

楚攸寧拿起吃冰的勺子挖了一口飯放進嘴裡，米粒香軟可口，裹在裡面的豆子混合在竹子的清香裡，是一種接近大自然的美味。

歸哥兒幾個也拿了竹筒，紛紛模仿她，用勺子挖來吃，全忘了問哪個是自己做的。

楚攸寧吃完第一口，點點頭。在末世出任務時，完全可以帶上竹筒，把泡過的米裝進去，等要烤的時候，就可以直接烤來吃。

沈無咎發現，她吃什麼都那麼香，原本只是三分味道，由她吃來，就成了十分美味，光看她吃便覺得滿足。

他伸手拿掉沾在她嘴角的一粒米，見她看過來，不由塞進嘴裡吃了，而後身子一僵。這是已經習慣成自然了嗎？因為公主不喜歡浪費糧食的人。

楚攸寧奇怪地盯著他。「你不用捨不得吃，還有好多呢。」

「我記得公主說不能浪費糧食，一粒米也算。」沈無咎幫自己找了完美的藉口。

「對，浪費可恥！」楚攸寧點頭大讚，用勺子挖了口飯，餵到他嘴邊。「你嚐嚐，這個是鹹的。」

今天在宮裡陪著公主吃了不少東西，沈無咎原是不想吃的，但她都餵到嘴邊了，自然不能不吃。

烤出來的米飯沒有蒸的那麼軟，但是更香，米粒更分明。

他行軍打仗，連草根都啃過，卻沒想過可以用竹筒烤飯。或許往後行軍在外，可以考慮帶上裝好米的竹筒，餓了便能就地烤著吃。

兩人你一口、我一口，最後沈無咎為了享受被公主餵食的快樂，成功地把自己吃撐了。

竹筒雖然不大，但大家用過午膳，又吃點心，還吃了冰，輪到竹筒飯，自然吃不下多少，最後還剩下好幾個。

沈無咎讓幾個小的各帶一個回去給幾位夫人嚐嚐，楚攸寧也帶了個給張嬤嬤。沈思洛猶豫一下，也拿了一個。

分完竹筒，大家便散了。

沈思洛出了明暉院，走到蘭若院門口，就停下腳步。

蘭若院是將軍府裡最偏僻的院子，也是許姨娘自個兒要求住的地方。

從小到大，她見到親娘的次數寥寥無幾，甚至直到八歲，才知道母親不是她親娘，她親娘在府裡活得像個透明人。

聽府裡的老嬤嬤說，父親當初要抬姨娘為妾，只因要給她名分，讓她能好好在府裡安身。直到母親生四哥時，因年紀大傷了身子，這才說服父親讓姨娘伺候，這才有了她和五哥。

沈思洛提著手裡的竹筒，一時不知道該不該進去，以往她也不是沒來過，每次都被姨娘的冷淡嚇跑。

就在沈思洛猶豫不決的時候，一個嬤嬤從院子裡走出來。

「二姑娘怎麼來了？這是……」

「是我跟公主一塊兒做的竹筒飯，送來給姨娘嚐嚐。妳拿去吧，我就不進去了。」沈思洛放下竹筒，轉身就跑。

嬤嬤接著燒得黑漆漆的竹子，又看看跑得沒了影的沈思洛，嘆息一聲，進了院子。

「姨娘，這是二姑娘親自做的新鮮吃食，特地送來給您的。」嬤嬤先把竹筒打開，才拿進屋。

許姨娘正在抄寫佛經，頓了下，繼續動筆。「放著吧。」

嬤嬤只得作罷，又說起沈思洛的婚事。「奴婢瞧二姑娘並未因被退親而大受打擊，姨娘是不是該仔細考慮一下二姑娘的親事？」

「這些有府裡幾位夫人操心，想來不會將二姑娘隨便許人的。」許姨娘淡淡地說。

嬤嬤張了張嘴，不說了。

許姨娘這性子也就這樣了，沒見她在乎過什麼。幸好是待在鎮國將軍府，換成其他家，哪容得下她這樣的佛性。

第五十九章

吃完竹筒飯，沈無咎說了幫楚攸寧做衣裳的事。

楚攸寧想到自己有一屋子的衣服，每天任由婢女搭配，擺擺手。「我有很多衣服，穿都穿不完，有那些錢，還不如拿去買糧。」

沈無咎早猜到她可能會這麼說，笑道：「可那是公主自己有的，我想看公主身上穿我送的衣裳。」

這……這是撒嬌嗎？

楚攸寧對上他含笑期待的眼眸，她見過男人給霸王花隊隊員送東西，要麼是晶核，要麼是吃的，在末世，那些都是最能表達心意的東西，這個世界流行送衣裳？

「那好吧。」她勉為其難地答應了，末了還猶豫地補充一句。「我更喜歡糧食，你下次還是送糧吧。」

沈無咎哭笑不得地應好。

楚攸寧又發愁了，身為一個好媳婦，她是不是也得送點什麼給沈無咎？

「你喜歡什麼？」楚攸寧直接問。

沈無咎怔了下，目光真摯且灼熱。「我喜歡公主。」

楚攸寧發覺她的心有點酥麻，點點頭。「有眼光。可是我也不能把自己送給你啊。」

沈無咎不禁想起某些不可描述的畫面，其實也是可以送的，不過以公主的思路，他可不敢說得那麼隨便。

「公主已經是我的了。」

楚攸寧眨眨眼，腦海裡浮現出小黃文中，男女主角滾完床單的經典臺詞——你終於是我的了。

她看向沈無咎，目光略詭異地落在他的腿間。「還不是。」

「公主已經是我媳婦了。」沈無咎不禁微微合攏腿，總覺得公主想的，不是他能想像的畫面。

「這個倒是沒錯。」楚攸寧點頭，這不能賴。「那我再想想吧。」

說完話，沈無咎和楚攸寧還是打算回莊子。

當初景徽帝打發兩人去莊子養傷，是為了擔心閨女又搞事。如今越國人走了，回莊子是為了掩人耳目，沈無咎要暗中建造火藥庫，楚攸寧是為了打理鬼山。

走的時候，大夫人把沈無咎叫去，遞了份名單給他。「這是我整理出來，覺得適合二姑娘的人家，老四瞧瞧。」

沈無咎從一個什麼都不需要操心的小霸王，長成如今連妹妹的親事都得過問的將軍，也是不容易。

他掃了眼名單上的人，大多是庶子出身，只有兩個嫡子，一個嫡長，一個嫡次，嫡長那個是要續弦，嫡次那個身子不太好，最後是頗有前途的舉人。這些門戶都算不上高，也算不上低，看得出來，已經是幾位嫂嫂盡力挑選後的結果了。

一般人家的姑娘，都是十三、四歲訂親，及笄便成親。像這樣的年紀，等走完三書六禮，再挑個好日子成親，前前後後最少也得花上一年。沈思洛訂過親，如今年已十八，出身好的人家很少看得上，除非當繼室。

「從新進舉人裡挑吧，小妹這性子，也不適合進高門大戶。」有將軍府在，助那舉人平步青雲，也不是不可能。

大夫人也是這麼打算的，叫來沈思洛，把名單拿給她看。

沈思洛接過單子，心情沈重。她還不想嫁人，卻知道幾位嫂嫂為她的事盡心盡力。她這年紀，再嫁不出去，外人又不知該如何說將軍府了。

她咬了咬唇，腦海裡閃過一個身影，那人一家三口都被公主救下，有救命之恩在，往後定是要跟在公主身邊。反正嫁誰不是嫁，乾脆嫁給他好了，還能跟著公主嫂嫂。

沈思洛有些心虛地瞥沈無咎一眼，低下頭，聲如蚊蚋。「我想嫁給裴家六公子，四哥能否幫我問問？」

沈無咎暗暗吃驚，他兄弟何時對他妹妹下手了？這兩人湊成對，是他萬萬沒想過的事！

裴延初的父母只生了他這麼一個兒子，且都是軟性子，家裡幾乎是他做主，再加上他們一家是因為公主，才沒一起獲罪，光這份恩情，就得記一輩子。做了多年兄弟，他了解裴延初，看似玩世不恭，實則比誰都有擔當，小妹嫁過去也不錯。

「裴家六公子，這門戶是不是有點低了？」大夫人猶豫著說。雖然因為公主，他們沒有跟著獲罪，可在外人看來，那就是罪臣之後。

「我不在意。」沈思洛說。

「妳讓我問，是還不知他是否對妳有意？」沈無咎微微皺眉。幸好是小妹先起的念頭，若是裴延初背地裡暗暗勾搭他妹妹，看他收不收拾他！

沈思洛臉紅搖頭。「四哥，你幫我問問，若是他無意，便算了，也不是非他不可。」擔心裴延初礙於和四哥的交情，不好不答應。

「妳決定好了？雖然公主說裴延初和那個裴家不是一家了，但血緣關係斬不斷，他還要為他祖父守孝一年。如此，妳還願意？」

沈思洛眼睛一亮，那正好，她也不想那麼快嫁人，連連點頭。

這般模樣，讓大夫人和沈無咎以為她對裴延初情根深種了，也不知是何時發生的事。

沈無咎無奈點頭。「到時我問問。」

沈無咎出來的時候，正好碰上歸哥兒抱著他娘的腿，鬧著要跟楚攸寧玩。理由很冠冕堂皇，說是要去跟公主嬸嬸學武。

二夫人笑著摸他的頭。「去吧，有你四叔看著，母親也可以放心去邊關找你父親了。」

原本望向媳婦的沈無咎，臉色立即變了，試圖想從二夫人臉上找出開玩笑的意思，可是沒有。二夫人看似說得隨意，凝視歸哥兒的目光裡，卻是充滿了不捨。

沈無咎想到一直揣在懷裡的玉珮，不知道該不該說，還是讓二嫂和歸哥兒一直帶著念想活著？若是不說，二嫂始終不死心，非要親去邊關一趟。

沈無咎看看姪子稚嫩的臉，想到他在夢裡被人當腳踏踩，又看看眼裡還有光的二夫人，還是決定繼續隱瞞。

「二嫂，等我傷好了，也是要回邊關的，不妨再等等。到時非要去，我也不攔著妳。」

他沒讓人把沈無恙的屍骨遷回祖墳，也沒在祠堂供奉牌位，心底或許也在抱一個不可能的希望吧，希望那具屍體不是沈無恙的，只是湊巧撿到沈無恙的玉珮而已。

「母親且等我長大，等我跟公主嬸嬸學得厲害些了，就去找父親。」歸哥兒撲過去，抱住他娘的腿，昂起頭，小包子臉志氣滿滿。

二夫人瞬間心軟得不得了，剛起的念頭只得按回去。「好，母親等歸哥兒長大，將你父親找回來。」

「嗯！」歸哥兒重重點頭。

楚攸寧眨了眨眼。「我找人的本事還是不錯的，有二哥的畫像嗎？」

二夫人心裡一熱，看向楚攸寧的目光跟看歸哥兒的差不多了。「勞公主費心了。」

「不客氣，都是一家人嘛。」楚攸寧擺手。

沈無咎嘴角帶笑。公主一定不知道，她不經意間說的話，總是能直接暖到人的心裡去。

「等回了莊子，我畫給妳看。」

「你還會畫畫？」楚攸寧詫異。

沈無咎哭笑不得，公主莫不是以為他只會打仗跟當軍師吧？在公主心裡，他到底是什麼樣的人啊？

這幾日，奚音過得忐忑不安，生怕越國人臨走前，又要把她帶走，恨不得躲起來不見人，又怕連累將軍府。

雖然知道公主保得住她，但是越國人沒走，始終讓她不踏實，生怕又出什麼變故。如今越國人走了，她才徹底有了擺脫命運的真實感。

知道楚攸寧要回莊子，她猶豫再三，還是在楚攸寧要啟程離府時，鼓起勇氣上前，撲通跪下，說是聽到公主買了座山，想跟去幫公主打理。

楚攸寧訝異。「那是鬼山哦！」

「奴婢知道，這世上人比鬼更可怕，請公主恩准。」奚音磕頭。

像她這種曾經輾轉在越國王侯之間的女人，最容易被人拿來做文章，哪怕公主再強大，再無懼，她也不能給公主添麻煩。去山上是最好的出路，也清靜。

楚攸寧皺眉。「是不是有人說妳什麼了？誰沒有過去，有勇氣活下來才是真勇士。」要是這樣就退縮，末世裡那些遭受過欺辱的女人都不用活了，也就沒有霸王花隊的存在。沒有霸王花媽媽們，就沒有她。

奚音沒想到公主對她們這種不幸的人竟能這般體諒，感動得熱淚盈眶，連忙搖頭。「沒有，能跟在公主身邊伺候的人，都是極好的，不會亂嚼舌根，是奴婢想要清靜一些。」

說到清靜，楚攸寧想到將軍府裡的許姨娘。比起吃齋唸佛，六根清淨，那還是去山上吧，至少山上還可以抓兔子吃。這麼美好的世界，不吃肉可惜了。

「既然妳喜歡，那就去吧。」楚攸寧是個很尊重隊員決定的隊長，正好她這次回去，也是要去打理鬼山的。

第六十章

城外，陳子善和裴延初已經在茶棚裡等著。

陳子善自認是攸寧公主的人，自然得為公主驢前馬後。公主在哪兒，他就在哪兒。

這次回去，陳夫人氣得鼻子都歪了，因為他爹在打算「撥亂反正」，讓他這個本來就是嫡子的庶子回歸正軌。尤其今日公主一入宮，戶部尚書就被抄家徹查，他爹就怕哪日他跟公主嚼舌根，公主告到景徽帝那裡去。

要不是因為發生大皇子被貶，昭貴妃失寵這麼大的事，以那日他當街說以庶充嫡的話，都夠那男人受的。

他發現，比起同歸於盡，讓那對母子嫉恨他又幹不掉他，更是有趣。

他爹以妻充妾，以庶充嫡，為的是什麼？不就是權勢！他娘答應做妾，讓他記在正室名下，不也是為了讓他活得光彩？

如今他入了攸寧公主的眼，真的光彩了，他娘卻看不到了。

當年他娘死的時候，他多後悔鬧著他娘來京城找爹。若依然待在偏遠山村，就算沒有爹，他和娘相依為命，也能活得好好的。

他娘死後，他沒有離開京城，一直想找機會讓他娘恢復正室身分，最後發現難如登天，又知道自己無法有孩子後，更是有了跟整個陳家同歸於盡的想法。

是公主的出現改變了他，讓一切變得容易起來。原本不可能的事，不用他提，他爹就嚇得付諸行動了。

往後他這條命，就是攸寧公主的了！

陳子善想完，宣誓般猛一昂頭，一口喝掉杯裡的茶，茶杯重重放回桌面。

「嘖，不知道的，還以為你喝的是酒呢。」裴延初戲謔道。

「小爺喝茶、喝酒都一樣瀟灑，你羨慕不來。」陳子善得意洋洋。

「花樓練出來的嗎？別怪我沒提醒你，沈無咎最痛恨出入花樓的男人，不知他為何能容忍你跟在公主身邊。」裴延初拿起茶盞，優雅淺啜。

「自然是因為駙馬看出我的本質是好的。」陳子善心裡也有點虛。

其實他也能看出來，沈無咎確實是在容忍他，不然以他這樣聲名狼藉的人，就算公主願意收他，沈無咎也有辦法讓公主放棄。

他不知道沈無咎為什麼容忍，以他對沈無咎的了解，絕不是個意志不堅定的人。

當年，沈無咎闖花樓把寧遠侯世子拖出來時，他可是正在跟寧遠侯世子搶花魁呢。也因為第一次見面的印象，後來他想跟他們一起混，就被拒絕了。說什麼嫌他老，都是藉口。

裴延初嗤笑一聲，看向城門。

他特地打聽過了，原本以為戶部尚書突然被查，是沈無咎把鬼山糧倉的事栽贓到戶部頭上，沒想到居然不是。

離開鬼山的時候，沈無咎沒讓人帶上那幾個匪徒，還下令善後，應該是滅口了吧。

沈無咎沒打算要讓世人知道這糧倉是裴家一手謀劃的，不用想也知道是為了他。

裴延初也學陳子善，猛然一口喝完杯中茶，啪的放下杯子。

這輩子交了這麼個兄弟，沒白活一遭！

那麼，問題來了，他是要成為公主的人，還是忠於兄弟？

陳子善發出老長一聲喲，學舌道：「不知道的，還以為你喝的是酒呢。」

裴延初拿起放在桌上的摺扇，嘩啦打開。「我就是把茶當酒喝的，你有何高見？」

陳子善呿了一聲，不再理他。

沒一會兒，看到鎮國將軍府的馬車出城了，兩人趕緊迎上去。

楚攸寧帶著歸哥兒坐在馬背上，讓馬跟在馬車邊噠噠地走，看到兩人特地等在這裡，想起答應要給的酬勞還沒付，頓時後悔了。

「早知道，就該留下兩件付報酬的。」

陳子善和裴延初相視一眼，該不會是他們以為的那些珍寶吧？給了，他們也不敢要啊。

「公主有心就成了。」裴延初道。見後頭還跟了輛馬車，便帶著幾分期待看去，發現沈思洛掀開車簾看向這邊，正要微笑頷首，她卻倏地甩下簾子，徹底隱在車廂裡，不見人了。

裴延初鬱悶，他做錯什麼了嗎？被這般討厭。難不成還是因為送春宮圖給她四哥的事？馬車裡的沈思洛心如擂鼓，這還是她長這麼大，第一次做這麼出格的事。哪家姑娘的婚事不是父母之命，媒妁之言？她倒好，膽大到連婚事都敢自己做主。

要是裴延初對她無意，那臉可真是丟大了，往後也不好再出現在他面前。不過，若是他不願意，她還是得嫁給別人，不能跟著公主，往後不見得會有碰面的機會。

這般想著，沈思洛又放心了。

裴延初懷裡還揣著沈思洛的手帕，一直沒找到機會還，尤其是認為他帶壞她四哥後，她總對他氣哼哼的，怪可愛。

這時，沈無咎以一種審視的目光全新打量他，好像不認識他似的。

裴延初無語，這世界是怎麼了？

沈無咎收回目光，對楚攸寧說：「公主不是要打理鬼山嗎？可以交給他們去做。」

楚攸寧覺得這想法可行，看向陳子善和裴延初。「你們行嗎？」

「公主放心，我一定將鬼山變成神山！」陳子善拍胸脯，誇下海口。

裴延初就含蓄多了，收起摺扇，拱手道：「定不負公主所託。」

「對了，還有個姑娘，也要一起打理鬼山。」楚攸寧把奚音叫過來。

奚音認得，這是當日爭相想買下她的兩個男子。不堪的過去讓她有足夠的眼力分辨出來，他們之所以要買她，並非因為好色。雖然不知是什麼原因，但她還是很感激他們，曾想帶她離開深淵。

「奚音見過二位公子，多謝二位公子那日挺身而出，感激不盡。」奚音規規矩矩朝他們福身行禮。

陳子善和裴延初瞠目，這是那日公主帶回府的女子?!如此老實模樣，簡直換了個人。

裴延初心想，這女人可是沈無咎特地託他出面買的，後來他也忘了問怎麼處置。公主該不會被蒙在鼓裡，還傻傻把人收在身邊吧？

裴延初用鄙視的眼神望向沈無咎，他現在是公主的人，要不要告訴公主呢？

沈無咎黑下臉。「不是你想的那樣。」

裴延初看看沒什麼反應的楚攸寧，放心了。他兄弟不會那麼壞，想使壞，也得有信心打贏公主。

不知沈無咎和公主打起來誰輸誰贏。可惜了，沈無咎的傷，讓他往後再也動不了武。

沈無咎懶得管裴延初怎麼想，盯著陳子善和奚音瞧。

這兩人站在一起，除了奚音方才的行禮道謝外，之後連一個眼神都沒對上。可見夢裡的他們興許是因為彼此慰藉，最後才走到一起。

回到莊子時，太陽已經快下山。

沈思洛一下車，就跟隻逃竄的兔子似的，嗖的跑回自己的院子。正打算上前還手帕的裴延初尷尬極了。

「小洛洛怎麼了？」楚攸寧疑惑。

大家還是第一次聽她這般喊沈思洛，目光一致落在她尚帶稚氣的臉蛋上。他們記得沒錯的話，沈思洛好像比公主大吧？

「大嫂幫她說親了。」沈無咎說著，目光幽幽落在裴延初身上。

裴延初聽見了，心神恍惚，完全沒注意到沈無咎的眼神。

「才十八，還小呢。」楚攸寧道。

眾人又沈默了。公主是不是忘了，她也才十六歲？

「公主，妳出去一整日，四殿下大概也想妳了，要不要去看看？」沈無咎打算單獨跟裴延初談談。

楚攸寧想起白白胖胖的小奶娃，有點想他了，點點頭，牽著歸哥兒，抬步往小奶娃的院子走去。

陳子善也很識趣地避開。裴延初沒發現，他可是瞧見了，沈無咎看他那眼神，就跟看著拱自家白菜的豬，充滿不善。

嘖嘖，只恨他沒有親兄弟，不然娶了沈思洛，就是親上加親了。

所有人走後，沈無咎問裴延初。「你對我家裡給小妹說親，是何看法？」

裴延初被他洞察人心般地盯著，有點頭皮發麻，乾笑幾聲。「需要我把關嗎？咱們小妹可不能隨便找個人嫁了。」

「你把洛兒當妹妹看待？」沈無咎眼裡迸發出危險的光芒。

「是啊，你妹妹不就是我妹妹嗎？」裴延初回答得分外忐忑，不敢看沈無咎。

沈無咎又靜靜看了他半晌，讓程安推他離開。「家裡替小妹看好了人，是刑部尚書家的二公子。」

裴延初一聽，急了。「那是個病秧子，你這不是把洛兒推進火坑嗎？就算她訂過親，也不至於只能找這種人。」

沈無咎扭頭，似笑非笑地問：「那你說該找誰？你嗎？」

裴延初心頭一跳，差點直接應下。仔細看沈無咎的神情，懷疑其中有試探的意思。他開始眼神閃爍，假裝望天。「也不是不可以。」

沈無咎氣得笑出來。「好個裴六，何時的事？」

「你不是讓我盯著聞家嗎？自然也要盯著洛兒，怕她想不開。盯著盯著，就上心了。」

沈無咎終於知道何為引狼入室。「兔子還知道不吃窩邊草呢。」

裴延初聽出他似乎不反對，露出討好的笑。「我是鷹，吃兔子。」

當了這麼多年兄弟，沈無咎還是第一次發現裴延初如此不要臉，不想讓他這麼得意，潑了冷水。

「你忘了，你還要守孝一年。」

裴延初的笑臉僵住了。

沈無咎見狀，繼續打擊。「洛兒就是因為守孝，才耽擱到現在，今年已經十八。再等你守完孝訂親，前前後後又耽擱一年。」

裴延初心裡的興奮徹底沒了，這是不能改變的事。老忠順伯再不好，終歸還是他祖父。

「不說守孝，你身後還拖著被流放的一大家子。」

裴延初苦笑。「我只是盡己所能，幫他們到達流放的地方，疏通一下關係。等他們安頓好，就不管了。」

他又不是聖人，能幫他們這些，已經是仁至義盡。就憑他們以往那樣對待三房，就算不幫，也沒人能說什麼。

沈無咎點頭，見裴延初心情低落，這才放過，讓程安推他走。「一年後再登門求親。」

裴延初愕然抬頭，有些不敢相信。居然就這麼成了？總覺得有哪裡不對勁啊！

第六十一章

楚攸寧一進小奶娃的院子，就看到小奶娃四腳朝天躺在屋裡的墊子上，啃自己的小腳，小嘴還咿咿啞啞說著嬰兒語。

姜塵拿著書卷，在教小奶娃讀書。也不管他學生聽不聽得懂，反正他唸完一句，聽到小奶娃的啊啊聲，就當他聽懂了，這情景看起來很好玩。

「公主回來了。」張嬤嬤見到楚攸寧，展眉迎上去。

小奶娃已經能聽懂，公主就是他姊姊，翻過身，趴在墊子上，昂頭四處找人。看到楚攸寧後，興奮地爬起來，朝她大聲啊啊叫。

楚攸寧大步上前，揪住小奶娃的衣領，抱起他，親了口肉嘟嘟的小臉蛋。「今天兔子不在家，改天抓給你。」

「啊……」小奶娃扯住她飄逸的髮帶。

「四殿下，這可扯不得。」張嬤嬤趕緊上前解救。

小奶娃不高興了，還以為是跟他玩呢，不給他就叫。

楚攸寧趕緊把一根手指塞進小奶娃手裡，他瞬間乖了，抱著她的手指玩。

「四殿下看這裡，我的也給你抓。」歸哥兒努力舉起手，吸引小奶娃的目光。

小奶娃聽到有人叫他，黑葡萄大眼四下張望，低下頭才發現歸哥兒，用小胖手嫌棄地揮開歸哥兒的手，繼續抱著姊姊的手指玩。

「對了，嬤嬤，這是我特地帶給妳的竹筒飯，我自己做的哦，妳嚐嚐。要是嫌冷，可以放在火上烤一下。」楚攸寧讓奚音把特地帶回來的竹筒飯交給張嬤嬤。

張嬤嬤看著這節黑漆漆的竹筒，不知自家公主怎麼想到用竹筒做飯，但這一刻她欣慰得想哭。看向公主的眼神，除了是主子外，還摻雜著一絲看自家孩子般的慈愛。

或許，不知不覺間，她已經把這個從不把自己當公主的姑娘當成自家孩子疼，替她操心甘之如飴，見她對一切無知，恨不能時時跟在身邊教導；放她出去，又惦記會不會又鬧出什麼事來。

「公主，您下次出去，無論做什麼事，都別忘了帶婢女，哪怕只帶一個都行。」

楚攸寧乖巧點頭。「我這次是上山抓兔子給小四玩的，帶太多人會把兔子驚走。」

張嬤嬤一聽就知道她在瞎編，抓兔子值得駙馬也跟去？駙馬又不是不知輕重的人，傷還沒好就往外跑。

「那兔子呢？」張嬤嬤想看她怎麼編。

「沒有兔子，有老虎。」歸哥兒覺得老虎比兔子更威武。他騎老虎的事，已經跟母親、大伯母、三嬸嬸，還有兩個姊姊說過了，現在也想跟一樣是小孩的四皇子說。

他捏捏四皇子的小腳丫。「四殿下，你要快點長大，等你能走了，就讓公主嬸嬸帶你去騎老虎。」

張嬤嬤捂住胸口，呼吸急促。她一日不盯著，公主連老虎都騎上了，那可是凶猛殘暴的野獸！再這般下去，還有人管得了公主嗎？

「嬤嬤，我說騎的是紙老虎，妳信嗎？」楚攸寧眨巴著圓亮的眼睛。

張嬤嬤點頭。「不是紙老虎，也是別的老虎，總之不可能是真的。」到底不願相信公主已經猛到能騎真老虎了。

楚攸寧聽了，聰明地閉上嘴。只要張嬤嬤呼吸順暢，什麼老虎都可以。

「姜麈見過公主。」姜麈拿著書，拱手行禮。

楚攸寧看他一身長袍打扮，頗有氣質。「看來你轉型很成功啊，我還擔心你當小四的老師，會不會教他四大皆空，遁入空門呢。」

姜麈愣住。「公主，四大皆空、遁入空門，那是佛家說的。」

「哎呀，佛道本一家嘛。」

姜麈聽了，越想越覺得這話極富有深意，差點想引為知音。「公主見解獨到，可惜現實中佛道相斥，沒人能看透這一點。」

張嬤嬤擔心姜麈再神神叨叨下去，她家公主不能好了，趕緊道：「公主，駙馬同您一塊兒回來了吧？駙馬的傷還未好，因放心不下您，才跟著出去，往後您陪駙馬安心養傷可好？」

「那我帶小四去找沈無咎，小四肯定也想他了。」楚攸寧抱著小奶娃，帶上歸哥兒溜之大吉。

張嬤嬤又頭痛了。哪家媳婦連名帶姓叫夫君的？就算是公主，叫聲駙馬都比較妥當。

沈無咎回了書房，才剛畫好畫像，擱下筆，楚攸寧就來了。

楚攸寧把小奶娃往他懷裡塞，小奶娃突然換了人抱，扭頭去找楚攸寧，朝她伸出小胖手，啊啊叫著要她抱。

「你是個乖孩子，該學會自己玩了。」楚攸寧摸摸他的頭髮。

沈無咎被硬塞了幾次孩子，已經從最初的手足無措，到現在的熟能生巧。要是他們現在有孩子，他連尿布都會換了。

想到他們以後的孩子，沈無咎看向楚攸寧，已經預料到孩子的娘不可能帶，畢竟她一刻也閒不住。

為避免孩子踢到傷口，他將四皇子轉了個身，面朝外。

歸哥兒挨到沈無咎身邊，鍥而不捨地把小手塞進小奶娃手裡，讓他抓著玩。隨行伺候的奶娘們留在外頭，隨時等待召喚。

楚攸寧看到桌上有盤洗好的桃子，順手拿了顆吃起來。這是沈無咎知道她沒事就愛吃東西後，特地讓人備的，無論明暉院還是莊子，她要待的地方都有得吃。

楚攸寧走到書案前，看到已經乾了的畫像。「這就是咱們二哥？」

咱們二哥這幾個字，讓人由衷感到親切。

不等沈無咎點頭，歸哥兒便一下子竄到案前，踮起腳往畫像看，發現看不到，就眼巴巴地求助。

「公主嬸嬸，我要看父親。」

楚攸寧一把拎起他，放到書案上。「看吧。」

歸哥兒驚呼了聲，小心蹲下，盯著桌上的畫像瞧。

他只在母親的話裡聽說過父親，知道父親高大威猛，是個和四叔一樣厲害的將軍，卻不知道原來父親長這樣。黑黑的眉、黑黑的髮、黑黑……嗯，都是黑的。

楚攸寧看看歸哥兒，又看看畫像，畫像上只有黑色線條，要不是有歸哥兒這個小翻版，她真看不出這畫上的人長什麼樣。

「長得挺像歸哥兒的。以後我會留意，但凡像歸哥兒的男人，都帶回來給二嫂看看。」

楚攸寧點點頭，一副看懂的樣子。

沈無咎失笑。「是歸哥兒長得像二哥，也不能誰都帶回來。」

「我覺得可以，就算不是二哥，但有那麼多像二哥的男人，或許二嫂就看對眼了呢。人生苦短，得及時行樂。」

沈無咎不知道她哪兒來的歪理，但聽她這麼說，忍不住道：「倘若有一日我也失蹤了，公主也會找個像我的人，及時行樂嗎？」

「我不會讓你失蹤的，就算你躲起來，我也能找到你。」楚攸寧胸有成竹。軍師失蹤，那她這個隊長得多無能？這事絕對不允許發生。

沈無咎牽住四皇子的小手。「如果一直找不到呢？」

「找不到，那只有一個可能。誰讓你失蹤，我就讓誰失蹤！」楚攸寧握拳，一臉凶相。

在末世失蹤的人多了去，每日出任務的隊伍，都有人回不來。霸王花隊也不是打不死，她親自送走過好幾個隊友，對於生死，她比別人看得更透。

這要跟整個天下為敵的模樣，讓沈無咎心裡又暖又好笑。「我不會讓自己失蹤的，我還想陪公主好久好久。」

「嗯。」楚攸寧鄭重點頭，她已經習慣他在身邊出謀劃策，所以他不能有事。

沈無咎按住還想往她那裡去的四皇子，目光柔和。為了公主，他也捨不得讓自己出事。

「四叔，我可以要這張畫嗎？」歸哥兒拿起畫像，滿臉期待，想爬下桌。

楚攸寧順手拎下他，沈無咎伸手摸摸他的頭。「是四叔疏忽了，改日四叔有空，再畫一張你父親穿著盔甲的樣子，這張且先拿去吧。」

歸哥兒高興得直點頭。「多謝四叔！公主嬸嬸，我先把畫像帶回去收好。」如獲至寶般，興奮地跑回房了。

楚攸寧看著歸哥兒的背影，收回目光，落在沈無咎臉上，然後把小奶娃抱出去，交給他的奶娘，又折回來。

「我也想要一張畫，你幫我畫吧。」

沈無咎一怔，能讓這麼簡單率性的公主惦記的人，還要畫在紙上，那得多重要。

「公主想畫誰？」他滑動輪椅到書案前，邊鋪紙邊問。

「好幾個呢。」楚攸寧眼裡流露出一絲思念，一絲落寞。她有好大的糧倉了，可惜霸王花隊吃不到。

沈無咎愕然，抬頭剛好看到她抓著宮絛纏手指，低頭落寞的樣子，整顆心像是被什麼狠狠揪住。看慣了她沒心沒肺、率性快活的樣子，就再也見不得她皺眉，何況是神傷。

見沈無咎沒動靜，楚攸寧抬起頭，往桌上看了眼。「還沒好嗎？」

能讓她神傷的人，沈無咎真不想畫，怕她日後看到就懷念，然後是再也見不到的落寞。但是，他更捨不得她失望。「好了，公主說說看，我試試能否畫出來。」

楚攸寧開始扳著手指頭數。「隊長媽媽威武霸氣，紀媽媽愛嘮叨，羅媽媽爆脾氣……」

沈無咎聽著她如數家珍，說的每個人都是她心目中的樣子，眼神漸漸變得幽深，彷彿透過回憶，回到了久遠的過去。他的筆一直懸在紙上，直到墨水滴落，也未能落筆。

「好啦，就先這麼多吧。」楚攸寧數完，歡快地抬頭看沈無咎畫得怎麼樣了，結果紙上只有一滴墨。

她直視沈無咎。「畫不了嗎？」

沈無咎乾咳了聲。「這紙不夠畫，換張大的。」

雖然是掩飾窘迫的藉口，但也的確不夠畫，光公主數的就有八個人，還只是先這麼多，意味著後面還有更多。知道她在成為這個公主之前，不是沒人關心，他就放心了，唯有這麼多人疼著，才能養出她這樣好的性子。

換了更大的紙，沈無咎要落筆時，想起最關鍵的事。「公主，媽媽們的樣貌如何？」

「美！」楚攸寧不假思索。霸王花媽媽們是最美的，不接受反駁。

沈無咎一愣，又問：「可否再形容得詳細一些？」

「很美！」

對上沈無咎無從下手的眼神，楚攸寧似乎也知道自己的描述有問題。「要不，我來？」

「那妳試試。」沈無咎把筆遞給她，正要把輪椅退後，她的身影晃至眼前，他腿上一沈，膝上多了個嬌軟的媳婦。

「再近點。」楚攸寧搆不著桌面，拍拍沈無咎的腿。

沈無咎覺得渾身酥麻，把輪椅推近了些。媳婦對他可以這般自然親密，他也不能孬。他的手慢慢摟上她纖細的腰，明明吃那麼多，腰還是能一手環握。他抱著她，下巴枕在她肩上，看她畫畫，呼吸間全是她身上的香味，有髮香，也有衣裳上的熏香。

她再如何不在意這些熏香脂粉，也有張嬤嬤和婢女為她張羅，所以別看她整日往外跑，實際上從裡到外無一不精緻。
楚攸寧完全不知道自己撩撥了人，直接以握拳手勢握筆，沾了下墨水，還沒開始畫，就在紙上滴了一滴墨，懊惱地皺眉，乾脆閉上眼，用精神力控制筆，讓筆跟著精神力走。
見過她控制小木劍、小木馬，再控制筆，沈無咎已沒那麼震驚，緊盯她筆下的線條。想是一回事，沒有繪畫基礎，再強大的精神力也白搭，最後出現在紙上的，是幾個挨在一起的半身人。每個人幾乎都是複製出來的，區別在於頭髮有長有短。
楚攸寧看到自己畫出來的畫，因為是毛筆的關係，很多地方都是黑糊糊的，向來臉皮厚的她也不好意思了，飛快把畫揉成一團，鼓了鼓小臉。
「因為筆不好，所以畫不出來，我看媽媽們還是適合留在心裡想念。」
沈無咎被她這般強詞奪理、眼神閃爍的可愛模樣逗樂。「嗯，公主說得沒錯，怪筆。」
「本來就是，太軟了。」楚攸寧抬高下巴，更加理直氣壯。
沈無咎很聰明地沒繼續說。「不如公主說，我來畫？比如長髮還是短髮。」
「好！」楚攸寧立刻跳起來，替沈無咎騰出位置。
沈無咎有點失落，其實他也可以抱著她畫的。
很快，在楚攸寧的描述下，再加上沈無咎自己的想像，一幅五官分明的人物畫出現了。
雖然還是和腦子裡的媽媽們對不起來，但有五、六分像，楚攸寧拿在手裡看了又看，然後小心吹乾，摺起來仔細收好。

收好後，她對上沈無咎溫柔深邃的目光，想起沒辦法解釋霸王花媽媽們的來歷，便轉轉眼珠子。

「我要是說，這些人都是我夢裡見過的，你信嗎？」

沈無咎笑著把她拉到腿上坐好，摟著她，貼著她的臉低聲說：「我要是說，我也在夢裡娶了一個和公主長得一樣的女子，那女子最終卻害死沈家滿門，公主信嗎？」

楚攸寧愕然瞪大眼。天啊，沈無咎還作過那樣的夢呢！就是因為在夢裡見過原主前世做的事，所以才和張嬤嬤一樣，早認出她不是原主了吧？他這是要跟她交換秘密的意思嗎？

楚攸寧雙手捧起他的臉，認真嚴肅地說：「我覺得不可信，當下的我們才是最真實的。」末了，又補充一句。「但我夢裡的人，還是可以信的。」

沈無咎樂了，拿下她的手放在胸口，額頭抵著她。「公主的夢是好的，可以信。」

「對！你那個夢太糟糕，就別信了。有我在，我不會讓嫂嫂她們有事。」楚攸寧說完，還幼稚地用額頭頂他。

「公主……」沈無咎感動地呢喃，輕輕抬起她的下巴，吻上這張能把景徽帝頂得火冒三丈，也能對他甜言蜜語的小嘴。

真的是夢吧？她的到來，讓那個夢真的只是夢。

第六十二章

另一邊，裴延初藉著還帕子的理由，來到沈思洛的院子。

沈思洛聽說裴延初來了，心快跳出嗓子眼。四哥問過之後，不是應該來告訴她答案嗎，怎麼是他親自來了？聽說是來還帕子的，又忍不住想，這莫不是委婉拒絕的意思？

她緊張得在屋裡來回踱步，做了許久的準備，才出去見人。

此時的裴延初已經喝完一盞茶，見沈思洛出來，緊張得忘了杯裡的茶已經喝盡，拿起杯子，才發現是空的。

好在他端得住，用極為優雅的姿勢，假裝仰頭喝盡，放下茶杯，掩飾內心的慌亂。

「你……」兩人異口同聲。

沒生出想嫁給裴延初的想法之前，沈思洛還把他當四哥的好友敬著，哪怕今日在鬼山一直依賴他，也不覺得有什麼。不像此時這樣，面對他開始變得侷促，渾身都不對勁。

「我來還妳帕子。」裴延初從懷裡拿出摺得整整齊齊的帕子，遞給她。

沈思洛接過，因為剛從懷裡拿出來，上面還留著他的體溫。就這麼點體溫，她卻覺得有點灼人。

裴延初見她低頭不說話，虛握拳頭放在嘴邊，輕咳了聲。「沈姑娘覺得我如何？」

沈思洛的心撲通狂跳，抬起頭來。「你這話是何意？」
「聽聞妳家要幫妳說親，我想毛遂自薦，不知可否？」
沈思洛眨眼，這與她想的不一樣呢！聽這話的意思，他並不知道是她讓四哥問他的？之前在將軍府裡談到自己的親事，她表現得很直接，但真要面對對方，還是很難為情。
「我四哥是如何同你說的？」沈思洛扭著帕子。
「妳四哥說不放心將妳嫁予他人，覺得嫁給我正好，至少知根知底。」裴延初嘩啦打開摺扇，負手在後，自詡風流。
沈思洛噗哧一聲笑了。「四哥才不會說這樣的話，你少臭美！」
裴延初被她這一笑迷住了，眼眸流轉，四周景色都失了光彩。
沈思洛被他瞧得臉紅紅，忙收了笑，故作凶巴巴。「往後你要跟著四哥，還是公主？」
嗯？這兩者跟嫁他有何關係？
「你四哥是兄弟，公主是救命之恩，如公主不嫌，自是為公主做事。不過，我觀公主與妳四哥感情甚篤，為誰做事都一樣。」
沈思洛滿意了，臉上露出興奮的笑。「那太好了，往後公主去哪兒，我就去哪兒。」
「妳想跟著公主？」他怎麼沒聽懂這話是什麼意思？
「對啊，我嫁給你之後，就能名正言順跟著公主一塊兒玩了。以往在將軍府，就我一個姑娘家，大姊又不喜歡我，沒人陪我玩。」沈思洛臉上發光，彷彿回到未及笄時的純真歲月。

裴延初哭笑不得，一時不知該高興她願意嫁給他，還是難過她是為了跟著公主才嫁他。幸好他早了解她真實的性子是怎樣的，她有一顆嚮往天空的心，又礙於身分壓抑本性，只能背地裡偷偷練武，看看話本，幻想自己仗劍走天涯。

嗯，她讓人買的那些話本，多半是他仔細挑過，才落到她手裡的，絕對不會教壞人。

「跟著公主可以，但妳得聽我的。」裴延初看出來，這幾日她被公主帶著，收不了心。

沈思洛毫不猶豫點頭。到時候連他都要聽公主的，還如何要她聽他的。

裴延初終於體會到沈無咎每次哄公主時的心情，很滿足，是一種難以言說的喜悅，好像原本空盪盪的心有人住進來，往後知道為誰忙，連牽掛都是甜的。

「那妳把帕子給我，我好當定情信物。」裴延初上前，朝她伸出手。

沈思洛頓時羞得滿臉通紅，覺得快被握出汗的帕子更燙手。低著頭，猶猶豫豫遞出去。

裴延初伸手去拿，卻故意抓住她的手，往懷中一帶，虛虛抱著她。

沈思洛驚得低呼一聲，慌忙掙扎，裴延初卻微微用力，把她困在懷中。「妳四哥答應我了，等一年後我出了孝，便上門提親。」

沈思洛慢慢放鬆身子，嘟囔道：「一年後，誰又知道會有什麼變故。」

「我不敢，我怕公主打我。」裴延初輕輕順著她的秀髮，戲謔笑道。

沈思洛再次噗哧出聲，從他懷裡退開，狐假虎威。「對！有公主嫂嫂替我撐腰呢，你可想清楚了。」

「哪怕被公主打，我也要娶妳。如此，可滿意了？」

裴延初一雙桃花眼裡全是情意，看得沈思洛心跳加快。

她知道他的眼天生含情，但這會兒看著她，更是灼熱濃烈。不知道的，還以為他思慕她已久呢。

「到時看就知道了。」沈思洛說完，轉身跑掉，快進屋時想起帕子還沒給出去，又跑回來，把帕子往他懷裡塞，一溜煙跑了。

裴延初握住帕子，望著她的身影，低低地笑了。

夜深人靜，一支訓練有素的隊伍出現在鬼山，沿著通道快到達糧倉的時候，一雙雙泛著綠光的眼睛出現在他們眼前。

「是狼，快撤！」不知誰喊了聲，所有人拔刀小心翼翼地往後退。

嗷嗚！隨著一聲狼嚎響起，緊接著荊棘叢外傳來老虎的聲音，再來是……熊?!

「他娘的，整座鬼山的猛獸都聚集在這裡了吧！」

「別說了，先擔心咱們能不能有命退出去。」

「聽說外頭那隻老虎是被攸寧公主揍服的，那熊跟狼群該不會也被公主揍過吧？」

「想想公主都能痛打越國豫王了，要個糧都能把大皇子跟昭貴妃整垮，打劫又打出戶部貪污大案，收服幾隻猛獸沒什麼好奇怪的。」
幸好，那些猛獸只是叫，並沒有撲上來，不然他們還不夠牠們撕的。
等徹底退出通道，黑衣人個個抹去額上的汗珠，像從鬼門關走了一遭。
這一夜，鬼山再次傳出鬼哭狼嚎的聲音。離得近的莊戶人家聽見了，等到第二日，便傳得有鼻子有眼的，鬼山更是無人敢進了。

景徽帝聽到派出去的人帶回來的消息，整個人都不好了。他好不容易不要臉一回，結果山上沒人守著，但是有猛獸。
他閨女是不是早猜到他會派人去搬糧，所以防著他？
不對！她是怎麼讓那些猛獸聽話的？難道她除了力氣大之外，還會馭獸不成？
想到白日起爭執時感受到的那股氣勢，這會兒景徽帝真信了祖宗顯靈的話，說不定這就是祖宗幫的忙。
「劉正，你覺得朕說出攸寧買下鬼山的事如何？」景徽帝忽然起了這麼個念頭。
劉正躬身笑道：「陛下，您不是和駙馬商議好在鬼山建造火藥庫嗎？若說出去，就表示鬼山的可怕只是謠傳。」
「朕覺得攸寧比謠傳中的鬼山更可怕，如今朝堂內外可沒人敢惹她。」
雖然是大實話，但劉正一個奴才，可不敢點頭說公主叫人聞風喪膽。

「就這般說定了，那麼多糧，不能白給了她。」景徽帝越想越覺得這決策很完美。鬼山的傳言，或許還有人不信邪，想進去闖一闖。若說出鬼山是他閨女的，那是猛獸都得落淚，看誰還敢進去。

劉正心想，但願公主不會找上門……等等，他竟然會害怕這個！他的主子可是一國之君，能怕公主嗎？必須不能啊！

翌日，楚攸寧一覺醒來，便發現她買下鬼山的消息已經傳得沸沸揚揚。

傳言山上有猛獸，攸寧公主厲害到連猛獸都怕。

但凡京裡知道攸寧公主豐功偉績的人，想進去也不敢啊。平民百姓知道那山是屬於她的，更不可能進去。

張嬤嬤聽到這個消息，都要氣瘋了。陛下幹的是人事嗎？一個嬌嬌軟軟的姑娘比猛獸還可怕，是好名聲?!

楚攸寧不知道是景徽帝打的主意，沈無咎卻猜出了一二。最近公主走到哪裡，哪裡就出事，確實令人聞風喪膽。

他沒有替景徽帝瞞著的意思，看景徽帝不順心，他就順心了。

一行人來到鬼山，沈無咎敏銳地發現，通道裡的腳印似乎比昨日他們進來時多了些，而且雜亂，看來有人來過。

到了糧倉，看見草叢通道外，一隻老虎、一頭熊各占一座山，涇渭分明，沈無咎就笑了，來人必定嚇得不輕。昨日公主在離開之前出門一趟，想來是去安排看守糧倉的事了。公主那麼看重糧食，又那麼護食，除非她願意交出來，否則想從她手裡搶奪，簡直是癡心妄想。

跟著過來的奚音瑟瑟發抖，沒想到一進鬼山就遇上兩頭猛獸。往後她要打理這座山的，有這兩頭猛獸在，還能好嗎？

「別怕，什麼猛獸到公主面前，都得服服貼貼。」陳子善隨口安慰了句。昨天見過公主騎老虎，再看到這麼大頭的熊，他可是一點也不怕。

奚音點點頭，就算害怕，她也得克服，這是她能為公主效勞的地方。

張嬤嬤放心不下楚攸寧，堅持跟來，好不容易爬上山，還沒喘過氣，看見活的大老虎出現在眼前，差點沒嚇暈。

那麼大一隻老虎，遠遠看去，都能感受到牠身上散發出來的凶猛，公主怎麼敢騎?!

老虎見來了人，一改慵懶姿態，匍匐在地，做出攻擊姿勢。

楚攸寧見張嬤嬤嚇得臉色發白，快步過去，用小手拍了下老虎的頭。「嬤嬤妳看，牠比貓還乖，別怕。」

楚攸寧無比慶幸，昨日離開前蹓躂到狼窩裡下了精神暗示，讓狼群守完糧就撤走，不然張嬤嬤只怕要哭。

老虎低吼了聲，使勁往後縮。老虎心裡苦，但老虎不會說人話。

張嬤嬤的臉色沒有繼續白下去了，卻是更鬱悶。不怪景徽帝說出鬼山的主人是誰，事實擺在眼前，真的連猛獸都怕公主。

「公主嬸嬸，還多了隻大黑熊。」歸哥兒指著那頭巨大黑熊，興許是知道她的厲害，一點也不害怕。

「行了，去玩吧。」楚攸寧拍拍虎頭，鬆了牠腦子裡的精神力。

老虎一得到自由，慌不擇路，朝山林深處鑽。

楚攸寧又朝黑熊走去，黑熊站起來，對楚攸寧做出防備姿勢。

昨日牠還好好地在狩獵呢，那隻蠢老虎突然跑來搶牠的地盤，那不能忍，於是兩獸打了一架，還沒分出勝負，就被人驅使到這邊來了。

「公主！」張嬤嬤擔心地喊，老虎可以說昨日就馴服了，可這黑熊，聽歸哥兒話裡的意思，是剛剛出現的。

「嬤嬤別怕，牠也很乖的。」楚攸寧擺擺手，緊了緊留在黑熊腦海裡的精神力。

黑熊吃痛，乖乖趴下來，眼神要多委屈就有多委屈。

「行了，你也去玩吧。要和大虎和睦相處，不許再打架。」楚攸寧彎腰拍拍黑熊的頭，也不管牠聽不聽得懂。

張嬤嬤見狀，高高提著的心放下了。要是再來一頭猛獸，她不確定自己受不受得住。得到解脫，黑熊也趕緊跑了，因為太害怕，還撞到樹上，或一頭扎進茂盛交錯的草叢裡，發現路不通，又退回來，換別的路走。

眾人瞧見這一幕，已經麻木，攸寧公主厲害到連猛獸見到她，都要慌不擇路地逃命啊。

楚攸寧看著黑熊奪路而逃，覺得免費使用獸工有點不道德，但她除了一身力氣外，能拿出手的，只有精神力。

據說末世前的放山雞很好吃，那些雞是放養在山林裡的，吃的是穀物、菜葉等，和用飼料餵的不一樣。因為雞經常走動，肉質結實，鮮嫩勁道，口感更好。

這個世界沒有飼料，雞也是散養，也算放山雞了。倘若加入她的精神力，讓雞跳舞蹦躂，到時不怕肉不夠勁道。

要不，她養一批雞給獸工們當工錢？反正她叫來的這些獸工都是食肉動物，就是不知口感會不會比較好。就算不好，這些獸工應該也吃不出來吧？

楚攸寧越想越覺得可行，說了她的想法，所有人一致沈默。

什麼叫養會跳舞的雞？不是要把鬼山打造成鬼樣子吧？會跳舞的雞，那不是成精了嗎？

「好呀好呀，我聽說過聞雞起舞，還沒見過雞跳舞呢。」陳子善第一個捧場。公主說什麼都是對的，公主想做什麼都可以。

「我想看雞跳舞。」沈思洛也支持。

「公主嬸嬸，我也要看！」歸哥兒高高舉手。

未來媳婦都說想看了，裴延初自然毫不猶豫出聲。「我覺得可以作為鬼山的一景。」

最後，所有人的目光齊刷刷看向沈無咎，尤其是楚攸寧，眼睛亮晶晶的，等著被誇。

沈無咎輕笑。「這是公主的山，公主想做什麼，儘管放手去做，無人能置喙。」

楚攸寧一拍手。「很好，那就這麼說定了！」

張嬤嬤張了張嘴，見大家興致高昂，尤其是公主，還驕傲地抬著小下巴，小臉盡是得意，好似想出了不得的計策一樣，便閉嘴了，捨不得潑她家公主冷水。反正是養在山上，除了自己人，誰也看不見。

第六十三章

楚攸寧剛吩咐陳子善去買小雞，景徽帝派來幫沈無咎建造火藥庫的人就到了。

來的還是昨夜被派來收糧的禁軍，擔心上山後會遇上一群猛獸，結果到了糧倉，發現空無一獸，差點以為昨夜只是眼花了。

「公主，這裡的狼呢？」有人忍不住問。

楚攸寧不假思索地回答。「哦，我讓牠們自由打獵去了，畢竟這裡沒有吃的餵牠們。」

沈無咎卻是眼眸一閃。「昨夜陛下派人來過？」

禁軍們尷尬了，他們忘了昨夜的事不能傳出去。

「我父皇想偷我的糧？」楚攸寧也反應過來了，瞪大眼，不敢相信這是堂堂一國之君幹出來的事。

她能用精神力控制獸工看守糧倉，但不能讀取獸工們的記憶。

領頭的只能硬著頭皮道：「陛下也是擔心，那麼大的糧倉，公主守不住。」

楚攸寧小手往後一背，信心十足。「放心，我這糧倉跟他的皇位一樣重要。丟了皇位，也不能丟了糧倉。」這些禁軍過來，是為了儘早製出火藥，是國之大事，這筆帳就先記著。

眾人無言了。景徽帝若是知道公主這麼說，只怕又要鬱悶了。

接下來的日子，楚攸寧開始打理她的山頭。

因為糧倉附近有幾座山包圍，正好將糧倉拱衛其中，她乾脆按照末世基地設計。要不是記得這裡不是末世，也沒有喪屍鼠，沒有異變的飛行動物，她都要將地面焊上鐵片，糧倉上安裝鐵皮了。

各處還設瞭望臺，沈無咎看過後，防守堅固，戰守兩用，簡直比軍營的防禦還要厲害，覺得建造火藥庫的地方可以按此來做，只須稍加改善。

他讓程佑畫了鬼山的輿圖，最後選在距離糧倉五里開外的地方，一來已經有路可以直接通過，方便運送材料；二來，想要到達那裡，就得先經過公主的地盤，真如了景徽帝的願，讓糧倉替他的火藥庫看門。

原本進山的入口是在官道拐過彎的茂盛草叢裡，沈無咎下令重新挖了個更隱秘的，派人看守。

確定好後，兩邊如火如荼地開工，把能用上的人全用上了。姜塵被拉來寫寫畫畫做帳冊，裴延初負責監工，陳子善找人來幹活兼孵小雞，沈思洛便支援後勤。

楚攸寧分出五十顆陳子善買來的蛋，注入一小絲精神力，看看能不能孵出來，效果會如何。其他現成的小雞，就跟尋常一樣養，她沒事便調動一下精神力，讓牠們運動就行。

當大家看到楚攸寧第一次調動精神力讓一群小雞排排站的時候，還是有些傻住，看多了也就習慣了，還有些好笑，覺得公主就像雞媽媽，每日領著一群小雞玩。

親自監督了幾天，楚攸寧就不耐煩了，讓陳子善和裴延初盯著，趁大家都在忙，她帶上歸哥兒，騎著馬進京。

她沒忘記要送東西給沈無咎，上次答應的木劍一直沒做，決定做把真劍給他。沈無咎那麼寶貝太啟劍，一定也喜歡劍。

很快的，京城街上出現這麼一幕，穿著水藍色衣裙的女子牽著五、六歲大的小孩走在人群裡，身後那匹棕色駿馬彷彿生了靈智般，跟在他們身後，完全不用人牽，看得路人嘖嘖稱奇。

有個剛進京的公子哥兒看上這匹馬，想要買，卻被旁邊的好友拉住。

「你瘋了？那是攸寧公主！」

「就是那個讓大皇子和昭貴妃突然之間垮了的攸寧公主？」

「還有前幾日的戶部，那可是真真的血洗啊，刑場上的血都沒乾過，押出城流放的犯人一批接一批，氣氛壓抑，也就今日才好些。」

「攸寧公主不就是力氣大了點嗎？還敢揍得陛下聽她的話不成？」

「這就是最邪門的地方，但凡遇上公主，幹過的壞事無所遁形，連抵賴都沒辦法……」

楚攸寧早注意到有人覬覦她的馬了，因此留了心，聽到了他們的話。想不到幾日沒進城，她在大家心中的威望已經這麼高了，可喜可賀。

這時，清風吹來一陣香味，楚攸寧和歸哥兒一同停下腳步，朝香味傳來的方向看去，前面出現了前幾次逛街時沒出現過的攤子，一大一小低頭相視，眼裡流露出想吃的渴望。

「走，我們去嚐嚐。」楚攸寧表示，她是個愛護小孩的人，小孩想吃，就必須滿足。

很快，兩人站在攤子前，看著老闆從爐灶裡拿出熱騰騰的火燒包，橫切開來，將滷好的驢肉塞進去，再從小火煨著的鍋裡舀出一勺湯澆在驢肉上，香味四溢，讓人垂涎的驢肉火燒就做成了。

耳邊傳來一陣銅錢碰撞的聲音，楚攸寧回神，摸摸掛在腰間的荷包，裡面都是零嘴，她沒帶錢！

在末世，早就不用錢幣了，有需要用晶核買的東西，也是負責後勤的人買，她只管修練就好。穿越後，無論她在宮裡還是在將軍府，都有人張羅吃的，上街時也有婢女在身後付錢，以至於她忘了這是個需要隨身帶錢的世界。

「嬸嬸，輪到我們了。」歸哥兒搖搖楚攸寧的手，他已經學會不在大街上喊公主嬸嬸了，以免招搖。

楚攸寧看向偷偷嚥口水的歸哥兒，再看攤子上正在做的驢肉火燒，也吞了吞口水，然後捏捏歸哥兒的小臉，神情沮喪。

「忘了帶銀子。」

「啊？」歸哥兒張圓了嘴，眨眨眼，很懂事地說：「那我不吃了，下次再來吃。」說完，把臉扭開，堅決不再看驢肉火燒，認真克制的表情讓人看了好笑。

「咱們可以回將軍府拿。」楚攸寧牽起他走出攤子，不吃那是不可能的。

一大一小正要走回將軍府，忽然，一個喝得醉醺醺的人迎面朝楚攸寧的肩膀撞來。眼看快要撞上的時候，楚攸寧伸出一根手指，戳在他的肩膀上，直接把人戳得踉蹌倒地，他手裡拿的酒罈也砸碎了，酒香四溢。

倒地的人很錯愕，他居然被一根手指戳倒了?!

楚攸寧打量著他，歡喜上前。「歸哥兒，咱們不用回將軍府拿銀子，有人送錢來了。」

歸哥兒蹲下來，雙手托腮。「他是誰啊？欠咱們家錢嗎？」

「欠不少呢。」楚攸寧把這人一直扭過去的臉轉過來，揮揮小手。「你一定是知道我缺錢，所以幫我送錢來了對吧？」

披散的頭髮後，是一張英俊瘦削的臉，正是已經被貶為庶民的大皇子楚贏彧。

楚贏彧乾脆就這麼坐在大街上，看著讓他淪落到此等地步的楚攸寧，青黑眼窩裡，目光藏著深深的恨意。要不是她，他如今還是高高在上的大皇子，權勢在握，將來還有很大的機會成為一國之主，是她毀了這一切！

「我都被貶為庶民了，公主還不願放過我嗎？」楚贏彧冷笑。

「父皇只把你貶為庶民，又沒有沒收財產，別想賣慘賴帳。」楚攸寧揪住他的衣領，語氣故作凶狠。

「妳知道什麼？哪怕這樣，我在京城就是一個笑話！」楚贏彧攥拳，憤恨咆哮。

楚攸寧嫌棄他噴出來的酒氣，扔開他。「那就不要待在京城啊，世界那麼大，你可以出去走走。」

楚贏彧發現，他和她根本說不通，再氣也是白氣。

「所以，你和你娘向我母后借的錢，什麼時候還？」楚攸寧又問。

楚贏彧快被她逼瘋了，咬牙切齒。「妳已經在忠順伯府拿了足夠的銀錢。」

「胡說！我念在我母后的面子上，只搬了糧倉，哪裡有錢！」楚攸寧一臉正色。這事堅決不能認，她是憑本事拿到錢的，別人欠的債不能算了。

楚贏彧氣壞了，別以為他變成庶民，就不知道忠順伯府真正藏錢的地方在糧倉底下。

「要錢沒有，要命一條，妳敢拿嗎？」楚贏彧得意地挑釁，篤定她不敢弄死他。就算他不是皇子，也還是景徽帝的兒子呢。

楚攸寧看蠢蛋般看了他一眼。「你不給，我自己上門搬。別以為我不知道，除了沒有皇子身分，父皇還給你留了間大大的房子，私產也沒收回去，對你算是父愛如山了。」

楚贏彧更氣，為何她的腦子想的，總是與他料想的天差地別！

「歸哥兒，幹活。」楚攸寧對歸哥兒使了個眼色。

如今歸哥兒也算是熟練了，伸出小手扯下楚贏彧掛在腰間的荷包，打開來瞅了瞅。

「嬸嬸，有好幾塊銀子，咱們可以吃那個了。」

楚贏彧在心裡大喊，娘的！他為什麼要撞上來自取其辱？堂堂公主當街搶他的錢，還要不要臉了？丟不丟皇家臉面？

「你回去把欠我的錢送到將軍府，不然哪天我有空，自己上門取也行。」

有錢了，楚攸寧立即丟下楚贏彧，牽著歸哥兒，朝方才的攤子跑去。

楚贏彧看著那完全沒有一點公主形象的身影，仰天大笑。他居然毫無徵兆地敗在這麼一個丫頭片子手裡，真是不甘啊！

「主子，您怎麼坐在大街上？」楚贏彧府裡的僕人匆匆找過來。

楚贏彧任由僕人扶起他。坐在大街上又如何？今日的他，再無人上前阿諛奉承，就算認出他也當看不見，因為他只是一個庶民！

連原本還有一個月就過門的妻子，也在得知他被貶為庶民後，稱病退婚。他不過一個庶民，如何配得上手握重兵、鎮守邊關的將軍之女？

楚攸寧和歸哥兒一邊吃著熱騰騰的驢肉火燒、一邊走進打鐵鋪子。

鐵匠聽說她是來鑄劍的，嚇得直搖頭，說打造刀劍，須到軍器局指定的打鐵鋪子。

楚攸寧問清楚那間打鐵鋪子在哪裡後，又帶著歸哥兒過去。

然而，兩人沒走多遠，就遇上一個瘋女人，瘋女人一見到楚攸寧，就拔下頭上髮簪，朝她刺過來。

歸哥兒立即抽出自己的手，後退一步，雙手捂眼。

路人看到的畫面，就是小孩嚇得捂臉，而那個嬌嬌小小的女子呆若木雞站在原地，一動不動。有人喊她快躲開，有人想上前救人。

楚攸寧慢悠悠吃完最後一口驢肉火燒，抬腳將撲過來的瘋女人踹出去，砸在一旁的布疋攤子上。

圍觀的人大驚失色，那麼輕飄飄的一腳，人就飛出去了?!

「哇！嬸嬸好厲害！」歸哥兒拍手稱讚。

所以，小孩捂臉，是不想看到瘋女人的慘狀吧？

「小姑！」兩個婦人上前，扶起瘋女人就要走。

「等等。」楚攸寧喊住她們，牽著歸哥兒信步過去。「砸壞人家攤子，不該賠錢嗎？」

「賠賠賠，我們賠。」其中一個婦人趕緊讓婢女給銀子，急著想把人帶走。

「急什麼呢？這人要傷我，我和我姪子受了驚嚇。」楚攸寧腳步輕挪，攔在她們面前。

「臣婦見過公主。」兩位婦人只能認命地行禮。

「原來妳們認得我啊，我有那麼可怕嗎？」最後一句問的是歸哥兒。

歸哥兒搖頭。「不可怕，公主嬸嬸是天底下最好的人，我最喜歡公主嬸嬸了。」

「呵！害了自己外祖一家子性命的人，妳不可怕誰可怕？皇后娘娘若是泉下有知，想必也會後悔生了妳這麼個不孝的……」瘋女人的嘴，被一個婦人及時捂住。

「公主，我家小姑瘋了，胡言亂語，您別往心裡去。」另一個婦人趕緊解釋。

楚攸寧早認出瘋女人是誰了，是原來的忠順伯夫人，皇后歿了之後，進宮慫恿原主，讓忠順伯府繼續管理皇后的田產跟鋪子，沒想到真被她逃過一劫了。

「做了貪生怕死的事，還想靠裝瘋賣傻博取同情？世上哪有那麼美的事。」楚攸寧二話不說，給她下了個精神暗示。

秦氏癲狂的眼神，瞬間清明陰狠。「沒錯！我就是裝瘋賣傻又如何？這樣既不會顯得無情無義，也能讓陛下答應父親接我歸家。瞧見妳，被仇恨衝昏頭腦刺殺，才是瘋子該做的事，陛下還會因為我的瘋癲，因為慶國朝廷大半官員皆是我父親的門生，不敢怪罪我。世人也會說，我沒隨著忠順伯府獲罪是身不由己，哪怕瘋了，還記得為他們報仇，有情有義。」

雖然秦氏不用跟著被流放，但是她受不住日日夜夜的愧疚煎熬，想把這一切全怪到始作俑者頭上，讓天下人皆同情她，站在她這一邊，就可以心安理得了。

路人們驚呆下巴，這閨女居然蠢到自爆她爹的老底？在場這麼多雙眼睛，這麼多雙耳朵，這下不完也得完了。

兩個婦人在楚攸寧的逼視下，無法開口，聽完秦氏說的話，頓時覺得眼前一黑。如果可以，她們真的希望就此昏過去。

秦家，要完了！

她們不該心軟，被老太太一央求，就把小姑子帶出來散心。小姑子是公公、婆婆的老來女，打小就疼得不得了，自從歸家後，整個人陰沈沈的，老太太擔心她想不開，才要她們帶她出來走走。沒想到這一走，把秦家走進了深淵。

楚攸寧露出燦爛笑容。「為了證明我是個極有愛心的人，我決定親自把瘋子送回家。」

兩個婦人聽了，這下是真的頭昏眼花。「不敢煩勞公主，小姑子瘋魔了，怕她傷到公主，臣婦這就把她帶回去關起來。」說完，一左一右架著秦氏就要走，卻架不動。

她們的目光落在按住秦氏肩膀上的小手，一顆心直直下墜。

「不麻煩，反正我閒著也是閒著，正好代替我父皇關心一下為他日夜操勞的老臣。」楚攸寧說完，收回手，牽起歸哥兒，朝前方抬抬下巴。「帶路。」

兩位婦人還能怎麼辦？只能硬著頭皮，把人往家裡帶。其間試圖讓下人偷溜回去報信，被楚攸寧一瞪，這點小心思也沒成功。

第六十四章

秦家坐落在最靠近皇城的東城，整座宅子占地寬廣，外表尋常，很有主人兩袖清風的味道。大家一看這麼簡樸，便忽略這座宅子的大小已經快比得上一座皇子府了。

楚攸寧用精神力一掃，心裡有數，這才是悶聲發大財的啊。

平日無甚大事，不講排場，走的都是側門。但這會兒，兩位秦家兒媳卻讓人敲了正門。

門房開門，立即把想喝斥的話收回去，低頭行禮。「大奶奶，二奶奶。」

「攸寧公主駕到，還不快快去稟報。」秦大奶奶大聲喝道，試圖讓這人趕緊把消息傳進當家人耳朵裡。

門房看楚攸寧一眼，嚇得跑去稟報。

楚攸寧被秦家兒媳引進門。回來的路上，兩個媳婦生怕秦氏再說出什麼大逆不道的話來，早讓人堵她的嘴，從側門押進府。

楚攸寧跟著她們往前廳走，忽然停下腳步，臉上的輕鬆笑意一點點收起。

秦大奶奶見狀，臉上的笑也沒了，心裡一跳，小心翼翼地問：「公主怎麼不走了？」

「我覺得，還是不煩勞秦閣老來見我了，我去見他就行。」楚攸寧咧嘴一笑，拎起歸哥兒，大步朝某個方向走去。

兩個兒媳臉色大變，叫來另一個門房。「今日可是有客人？」

「是馮閣老、呂閣老來拜訪老爺。」

秦大奶奶身子一晃，被婢女扶著站穩，驚慌失措道：「快去阻止公主，派人在公主到達之前通知老爺！」

秦閣老在前院闢了一座議事的院子，清靜優雅。

此時，幾個同僚臨窗而坐，正說起景徽帝替攸寧公主漲食邑的事。

「陛下要幫公主漲食邑的旨意，內閣駁回去，會不會惹得攸寧公主找上門？」馮閣老擔心地說。

秦閣老笑了笑。「公主之前做的事，都是有理有據，但一個公主享有五千戶食邑，本就不占理。內閣行得正、坐得端，何須懼她？慶國若是因為一個女子，在政事上處處受掣肘，傳出去惹人笑話。」

「秦閣老說得有理，就算公主揪出戶部的蛀蟲，陛下賞她一座皇莊也盡夠了，漲食邑是不妥當。」

「我看陛下是鐵了心要給，內閣還能一直封駁不成？」

「以前有昭貴妃吹枕邊風，如今昭貴妃被關進冷宮，陛下開始勤勉起來。幸好忠順伯府跟戶部出事時，我們抽身抽得快。」

心坎裡去。」

「不如再尋幾個美人送進宮？陛下喜愛會說話的，那就找會說話的，最好能說到陛下的心坎裡去。」

「我父皇知道你們這麼關心他睡什麼女人嗎？」

大敞的窗口外忽然探出一個腦袋，銀鈴般清脆的聲音接著響起，差點嚇得幾位閣老心疾發作。

秦閣老的手不動聲色往桌底摸了下，隨後不緊不慢地起身行禮。

楚攸寧先把歸哥兒拎起來，放進屋裡，用手一撐，輕盈地從窗口跳進屋。

幾位閣老微不可察地嘴角抽搐，這是一個公主該有的行為舉止？又看了眼麵團似的小孩，知道這是沈無咎的姪子。想不到攸寧公主這般看重夫家的姪子，到哪裡都帶著。

楚攸寧拍拍手上不存在的灰塵，看向幾個年過半百的老頭。「聽說你們對我漲食邑的事有意見？難道沒人跟你們說過，可以找我拚命，但是不能剋扣我的糧食嗎？」

剛才她就是用精神力聽到他們說扣她食邑的事，原來這個世界的皇帝做事，還得經過內閣的同意呢。

真是的，動什麼不可以，非要動她的糧。

秦閣老一臉嚴肅。「公主，漲五千食邑實屬過了。慶國因為越國的欺壓，割出不少城池，再加上年年向越國納貢，收上來的賦稅不夠朝廷開支。」

楚攸寧可不管這些，慶國是被越國欺壓沒錯，但也沒到需要扣一個公主口糧的地步，要不然怎麼還會有那麼多貪官。

「父皇說要給我。難不成一國之君的話，還比不上你們的話管用？」

「老臣惶恐。」幾位閣老齊聲拱手。

秦閣老直起身。「這事自有陛下定奪，不知公主登門有何指教？」

楚攸寧掃了眼窗戶大敞的屋子。「哦，沒什麼，我就是關心瘋子，把你女兒送回來了。對了，她還想刺殺我來著。」

秦閣老呼吸一窒，力持鎮定。「有勞公主。忠順伯府出了變故，小女接連喪子又喪夫，受不住打擊，已經瘋了。若有得罪之處，還請公主海涵。」

「瘋不瘋，我不知道，只知道秦閣老要瘋了。」楚攸寧笑笑，看了眼茶几上沒動的糕點，拿了兩塊塞給歸哥兒，自己也拿了兩塊。「這就當我送你閨女回來的報酬了，不用謝。」

幾位閣老看傻了，只要幾塊點心當報酬，未免太辱沒公主身分。

楚攸寧一走，其他人全看向秦閣老。「公主這話是何意？」

「想來是老夫那不爭氣的女兒惹出來的事。今日先到這裡吧，老夫就不送各位了。」

兩位閣老知道，秦閣老只怕遇上麻煩了。攸寧公主一出現，就是搞大事的預兆，他們也怕被牽連，趕緊告辭離去。

秦閣老又坐回位置上，慢悠悠淺啜香茗，並不急著出去問問發生了什麼事。一雙深沈的老眼，不知在想什麼。

秦大奶奶找來時，聽說攸寧公主已經走了，不敢進去打擾秦閣老，趕緊再去找，最後快找遍整個秦府，也沒找到人，以為人真的走了的時候，卻看到楚攸寧牽著小孩，閒庭信步地出現。

秦大奶奶看看她鼓鼓的胸口，裡面不知塞了什麼，想來不會是府裡重要的東西。就算是府裡的，公主要，也不能攔著。

「公主可是迷路了？」秦大奶奶迎上去。

楚攸寧點頭。「秦府比鎮國將軍府還大，同是一品官的府邸，為什麼將軍府就那麼窮呢？」

秦大奶奶心裡一跳。「公主說笑了，秦府看著大，裡面卻連件像樣的家什都沒有，讓公主笑話了。」

楚攸寧點頭。「也是，都是一些沒用的木頭，拿來燒飯還不錯。」

秦大奶奶語塞，幸好公主看不出來那些木頭都是有了年頭的名貴木材。

其實，甭管什麼木頭，在楚攸寧眼裡，都只有燒火的價值。

「公主可要隨我去前廳喝杯茶？」秦大奶奶客氣地問。

「我不喜歡喝茶，還是進宮吃點心吧。」

其實她把秦氏送回來的目的，就是想順便看看秦家有沒有意外驚喜，可惜秦閣老不知是不是人老成精，府裡看起來很節儉，連米都只是多存一點。幸好意外得知有人想減她食邑的事，也沒算白來一遭。

秦大奶奶臉色刷白，公主這是要進宮告狀？該如何是好？

秦大奶奶的目光落在歸哥兒拿著的糕點上，眼睛一亮。「公主可喜歡吃糕點？不如嚐嚐府裡廚子做的。府裡的廚子是前朝御廚後代，做出來的吃食和當朝不同。」

楚攸寧被她說動了一下，不過，她還有正事要做。

她的食邑不能少，那是她做出火藥得到的賞賜。如果起初不提這賞賜，她也沒什麼，畢竟她調出火藥，也不是衝著賞賜去的。現在既然給了，就是她的，她一沒偷，二沒搶，三沒強占百姓，受得心安理得，慶國也不是少了她這食邑，就不行了。

秦大奶奶還想再攔，已經得知街上發生的一切的秦閣老鎮定自若地出現。「既然公主急著要走，臣也不好再留，恕不遠送。」

楚攸寧微微瞇眼，這老頭哪怕身不正、影也斜，卻好像篤定不會被降罪，誰給他的自信？

另一邊，攸寧公主害死外祖一家的謠言，傳到景徽帝耳朵裡。

景徽帝嘆了一聲，原本想著，皇后已經去了，就不說出她的身世。如今看來，還是說了比較好，相信皇后在九泉之下，也會答應他這麼做。

他命人將皇后、昭貴妃與忠順伯府的事昭告天下，立即引起百姓譁然。

原來還有這樣的內情，難怪攸寧公主要親自把忠順伯府搞垮。以這些罪名，誅九族都應該，景徽帝還是太仁慈，只殺十四歲以上男丁，其餘人判流放，不知是看在昭貴妃，還是已故皇后的情面。

秦氏聽到這個消息時，真的瘋癲了，難怪裴家老夫人那日從宮裡回來之後，再沒踏出後院半步，原來還犯下了害死皇后的大罪。是她自以為是，害了秦家。

秦家人知道秦氏在街上做出的事情後，恨不得她去死。那是攸寧公主，別人躲都來不及，她居然想利用攸寧公主博得大家的同情，以為她還是人家的舅母呢！

如今景徽帝命人說出皇后的身世，擺明是要護著攸寧公主的名聲。秦家要是因此出事，都是這禍害害的，當初就該讓她同忠順伯府的女眷一起流放。

這時，景徽帝懷裡抱著美人，還沒想好要如何處置秦氏以及秦閣老，就聽說楚攸寧進宮了，差點沒把腿上的美人扔出去。

「陛下。」美人嬌滴滴喊了聲。

「妳先退下。」景徽帝揮手。

有了大皇子的例子在前，如今他寵的都是沒有孩子的女人，以免她們生出別的野心。

景徽帝不但讓美人退下，也擺手讓所有人出去，只留劉正一人。

「關於攸寧害死外祖一家的事，朕已經澄清，攸寧應該不是為這事而來。你說，她是不是為糧倉的事，進宮找朕算帳了？」

劉正看景徽帝那樣子，險些笑出聲。看來他是被公主頂到怕了，一聽公主進宮，就覺得不是好事。

「陛下，興許是公主想您了，聽聞公主最近在養雞。」劉正揀景徽帝愛聽的話說。

景徽帝心累地想抹臉。「她是不是忘了她是公主之尊？歷史上的公主，與眾不同的也不是沒有，為何她偏要更與眾不同？」

「正因為公主與眾不同，才叫陛下如此掛心。」劉正討好地說。

景徽帝嘆息。「是啊，攸寧這般不省心，朕整日替她善後，做父親的可真不容易，還好其他孩子不像她這般。」

劉正笑而不語，若是再來一個像攸寧公主這般天不怕、地不怕，武力極強的，景徽帝大概要被氣病在床。

第六十五章

楚攸寧到了頤和殿，喊人帶歸哥兒到偏殿吃點心，熟門熟路地進大殿見景徽帝。

景徽帝見她懷裡似乎藏著東西，鼓鼓囊囊的，皺了皺眉，不好再盯著看。

「妳這次進宮，又是為何？」

楚攸寧看到景徽帝，想起他派人去偷她糧食的事。「父皇，您知道什麼叫小偷嗎？」

景徽帝聽她果然提起這事，反應激烈。「朕是派人替妳看守糧食，什麼偷不偷的！」

劉正想捂臉，景徽帝遇上攸寧公主就沒辦法冷靜了，這是不打自招。

楚攸寧怪異地看著景徽帝。「我發現，您和我還是有一點像的。」

景徽帝自詡長得不錯，帶著得意問：「哪一點？」

「死不承認。」

「那也是妳像了朕的，所以老大別笑老二。」景徽帝沒好氣地說。

「不可能像的，我又不是……」你的閨女。楚攸寧及時閉上嘴。

「怎麼，朕不配讓妳像？」景徽帝氣得笑了。

楚攸寧盯著景徽帝偏儒雅的臉半晌，搖搖頭。「還是別像了，我現在長這樣挺好的。」

這是嫌他醜的意思嗎？景徽帝氣得擺手。「行了。妳要是為糧食而來，可以回去了。」

「我是為我的食邑而來。您說，您一個皇帝做什麼事都得經過內閣同意，有何意思？」

楚攸寧嫌棄，還不如她這個隊長來得痛快。

景徽帝萬沒想到，她真正的來意是這個。想到這幾日他要做的事，內閣接連駁回，知道這是內閣對他這個皇帝不滿，可也不能把他們全拉出去砍了，那誰來維持慶國朝政？連現在提升上來的戶部官員，多是內閣舉薦，也沒人更合適，彷彿早為這一日做準備似的。

不得不說，景徽帝越想疑心越重。見楚攸寧還在等，以為她不懂，便耐心解釋。

「為了防止一國之君胡亂下旨，內閣有封駁權，若覺得皇帝的詔書不合理，可封還加以駁正，讓皇帝再重新考慮。若皇帝執意如此，也可以再下旨。」

「我的食邑怎麼不合理了？」楚攸寧瞪眼。「現在大半個朝廷的官都是秦閣老的門生，他們是聽秦閣老的，還是聽您的？我看您這個皇位，乾脆讓給秦閣老坐算了。」

「胡說八道！」景徽帝喝斥。

「我沒有，現在整個天下都知道慶國叫秦半朝了！」楚攸寧想知道景徽帝會怎麼做。

景徽帝揉揉額角。「秦閣老是先帝在位時就入了內閣，知道什麼叫牽一髮而動全身嗎？罷了，妳只知道怎麼莽怎麼來。」

楚攸寧不服。「父皇，您是在鄙視我沒讀書？不就是因為秦閣老人脈廣嗎？那就判他叛國罪，誰敢跟他扯上關係，就是他的同黨，誰還敢冒頭？」

「妳不懂。」

「您不敢！」

「朕怎麼不敢了？妳說他叛國就叛國，證據呢？」

楚攸寧想了想，道：「那就謀反。經他閨女一嚷嚷，現在整個京城都知道他把半個朝廷變成自己的了，還不算謀反嗎？」

說得有理。景徽帝被她激得讓人取來歷屆進士以及在任官員卷宗，仔細一查，這些年中進士的恩師大多出自內閣，還有大半士子拜在秦閣老門下，說是秦半朝還真沒說錯。

「國庫快被人掏空，昭貴妃勾結大臣害死皇后，如今大半個朝廷的官員都是秦閣老的人。嘖，當皇帝當到您這分上，也是無人能比了。」楚攸寧在旁邊涼涼開口。

景徽帝更怒了，當下命人把秦閣老宣進宮。

早做好面聖準備的秦閣老，一派賢者模樣來到御前，不卑不亢地行禮。

楚攸寧跑去偏殿陪歸哥兒吃茶點，原本想直接用精神力讓秦閣老說實話，但想起沈無咎告誡過她，少在皇帝面前用異能，皇帝會忌憚，沒有哪個皇帝願意讓自己的秘密無所遁形。

這一點，她還是很認同沈無咎的。在末世，別人最防備的也是精神系異能者，雖然異能者沒那麼容易受攻擊，但萬一鬆懈防備，把自己的底交代乾淨呢，誰還沒點秘密了？所以她的精神力一向只用在不懷好意的人身上。目前，她還不想跟景徽帝撕破臉。

「秦閣老，這是往屆進士，以及朝廷大部分官員的升遷考核，真是難為秦閣老為國操勞，還能分出心來，桃李滿天下。」景徽帝扔開手上的卷宗，目光凌厲。

秦閣老不緊不慢地答道：「回陛下，臣也是在為慶國培養能臣。」

景徽帝見秦閣老如此沈得住氣，倒顯得他這個皇帝勢弱，不由冷笑。

「聽聞你女兒當街大放厥詞，說大半朝廷官員是你門生，哪怕朕知道她裝瘋賣傻逃過罪責，也不敢拿秦家如何。朕今日就讓你知道，誰才是慶國的主人！來人，將秦閣老拿下，收監徹查！」

秦閣老被禁軍架住，臉上依然不見半點慌張。「陛下，豫王離開前，送了一封信給老臣。」

景徽帝臉色驟變，看向一旁眼睛發光的楚攸寧，趕緊打發她走。

「攸寧，君無戲言，妳那食邑，朕保證少不了。妳先回去，沒事少進宮。」

楚攸寧指著秦閣老。「父皇，他都親口承認和越國勾結了，辦他！」

要不是不想讓她聽到接下來的談話，景徽帝真被她這氣勢洶洶的樣子給逗樂。

「朕會處理。這裡沒妳的事了，退下。」

楚攸寧皺眉。「都這樣了，您還要包庇他？他又不是什麼大美人，值得您憐香惜玉。」

「楚元熹，朕命妳退下！」景徽帝冷下臉，肅然怒喝。

「行，您愛怎麼做就怎麼做。依我看，有再強大的武器，慶國還是得亡。」楚攸寧無所謂地揮揮手，轉身離開。她還是回去守好糧倉，就算哪日真亡國了，誰也別想動她的糧。

景徽帝面沈似水，望著她瀟灑離開的背影，眼神複雜。目光轉回秦閣老臉上，聲色俱厲。「大膽秦庸，你膽敢與越國人勾結在一起！」

秦閣老老神在在。「陛下，您應該猜到那封信裡寫了什麼吧？倘若這封信到了沈將軍手裡，到時候攸寧公主是幫沈家，還是幫您？」

景徽帝氣得臉色鐵青，緊緊攥住拳頭。他不能慌，擺手讓人退下，能屈能伸地擠出笑。「哈哈，朕就是想看看，秦閣老一大把年紀了，還禁不禁嚇。不然往後再有大事發生，朕擔心秦閣老受不住，畢竟慶國還得靠你操勞啊。」

秦閣老溫和一笑。「陛下放心，臣忠於慶國。信裡所言，只入陛下耳，只入臣眼。」

就在景徽帝憋屈得不得了的時候，楚攸寧去而復返，從殿門外探入半個身子。

「父皇，秦閣老的信，我這裡有很多，您要嗎？」

景徽帝瞧見去而復返的楚攸寧，嚇了一跳。「妳怎麼又回來了？不是，妳剛說什麼？」

楚攸寧走進大殿，從懷裡掏出一封又一封的信。每掏一封，秦閣老的臉色就變一下。

不可能！他知道攸寧公主邪門，好似能輕易探出別人探不到的地方，自從忠順伯府因她滅亡後，他就吸取教訓，提前準備，為的就是防著哪日攸寧公主突然登門。

今日見她果然來了，他暗自慶幸，碰了桌下機關。那機關連著旁邊另一間屋子的鈴鐺，鈴鐺一響，守著鈴鐺的小廝會立即燒毀他早放在一起的重要書信。

可是，明明已經燒毀的信，怎麼還會在她手裡，那小廝分明說已經燒毀了！要說小廝叛變，那更不可能，沒人知道小廝其實是他兒子，不然他不會如此信任。

早在第一次秦閣老幫忠順伯府誣衊沈無咎時，楚攸寧就覺得秦閣老這糟老頭壞得很。忠順伯府獲罪，他立刻跟忠順伯劃清關係，還讓女兒裝瘋賣傻逃過一劫，可見人品不好。

原本她想看看秦家會不會像忠順伯府那樣有意外收穫，結果發現有人要燒信，雖不知道是什麼信，但直覺有用，便下了精神暗示，暗示信已經燒了，等人一離開，便把信拿走。

正好她今日穿的是交領襦裙，看過沈無咎多次從懷裡掏東西，順手將信塞進懷裡，剛才被景徽帝趕就忘了，回到偏殿才想起懷裡還揣著一疊信。

景徽帝看到信，喜出望外，哪裡還顧得上訓斥她這動作不雅，箭步上前，一把將所有信接過來，快步回到御案。

楚攸寧撇撇嘴。「父皇，您也太著急了。」

景徽帝沒工夫理她，把信攤在書案上，很快翻找出他想要的那一封，故作不經意地打翻茶杯，茶水很快把信浸濕。

秦閣老瞪大老眼，那封信是他特別吩咐收好不燒的，居然也被攸寧公主拿到手了！

楚攸寧可不知道景徽帝的心機，見信被毀了，趕緊道：「父皇，那是我深入虎穴找來的罪證，我不多要，一封一百兩，毀掉的也算。」

這到底是閨女，還是討債的？老虎都被她騎過了，群狼供她驅使，就算是真的虎穴，也只有老虎怕她的分。想到已經毀了的信，景徽帝心定，這時候別說一百兩，一千兩都行。

秦閣老回過神來。「陛下，您以為……」不用景徽帝吩咐，劉正已經快步，上前拿出帕子堵住秦閣老的嘴。

景徽帝眼裡閃過狠辣之色，看著剩下的信，隨便拆開幾封，發現只是一些官場利益往來的信件，頂多證明秦閣老以權謀私、把持朝政、攪亂科舉等罪名。

他狠聲下令。「把這叛國賊押到殿外，就地處決，誰為他求情，視同同黨處置！」

這話一出，哪怕那些門生想替秦閣老鳴不平，也得掂量受不受得起叛國賊同黨這罪名。

楚攸寧眨眨眼，她怎麼好像嗅到殺人滅口的味道？

「唔唔……」秦閣老被拖下去時，瘋狂對楚攸寧叫喊。

楚攸寧看向景徽帝。「他好像有話要對我說？」

景徽帝連忙道：「妳拿到他叛國的罪證，他就算有話要說，也是想罵妳。」

「我還是覺得哪裡不對。」楚攸寧相信自己的直覺。

「妳的覺得不管用。秦閣老還能說他的錢藏在哪裡不成？行了，妳來看看書案上有幾封信，不是一封一百兩嗎，朕現在給。」景徽帝聰明地拿楚攸寧喜歡的東西轉移她的心思。

楚攸寧覺得有道理，秦閣老八成是想咒她祖宗十八代。即便真有什麼事，在絕對的實力面前，一切都是紙老虎。

她收回目光，喜孜孜上前看著攤在御案上的信。「那老頭拿來威脅你的信是什麼？」

「還不是跟越國人勾結。倘若朕敢對他如何，越國就會攻打過來。」景徽帝隨便瞎扯。

「只因為這樣，您就孬了？」她怎麼覺得說不過去呢？前些天不才說去攻打越國，搶越國的國庫？沈無咎那邊都準備開始造火藥了，景徽帝沒道理還這麼怕越國。

景徽帝的目光望向別處，故作高深。「妳不懂這裡面的彎彎繞繞。」

楚攸寧想起前世導致慶國亡國的女人。「您該不會在越國有個真愛吧？」

「胡說八道，妳腦子裡都裝了什麼?!」景徽帝脹紅臉色，這閨女怎能面不改色跟她父親談真不真愛的，都不覺得難為情嗎？

楚攸寧細細盯著景徽帝瞧了半晌。「倘若哪日您為個美人幹出糊塗事，還是趁早把皇位讓給別人坐的好。」

「妳這大逆不道的，怎麼就斷定朕一定會為女色亡國？看妳整日惹出的事，朕就算亡國，只怕也是因為妳！」景徽帝氣得大罵。

楚攸寧不服。「什麼叫我惹事，事情不找上我，我會找事嗎？我又不是嫌著沒事幹。」

景徽帝冷笑。「妳有何事要幹？養雞嗎？」

楚攸寧點頭。「養雞只是其中一件，我要去打一把劍給沈無咎當禮物。」

景徽帝一聽，突然心裡酸酸的。他倒寧願她只養雞了，而不是為一個男人精心準備禮物。沈無咎到底是如何哄得她這般死心塌地的？

「對了，父皇，朝廷有專門打造兵器的地方吧？借我用一下。」這樣她還可以省一筆材料錢。

景徽帝煩躁地擺手。「妳想打什麼劍，讓軍器局幫妳打。」

楚攸寧搖頭。「我要自己打。」

景徽帝無言，幫沈無咎準備禮物也就算了，還要親自去打，這麼嬌嬌弱弱的姑娘家掄起鐵錘打鐵，像話嗎？

「行了，妳自己去軍器局說，他們也攔不住妳。」

「我這不是尊重父皇這個皇帝嘛。」楚攸寧挺挺小胸脯，為自己的懂事而驕傲。

景徽帝不想說話，加上被茶水泡壞那封，一共八封信，要劉正付她一千兩，趕她出門。

「我去廚房打包點吃的。」楚攸寧接過銀票，樂呵呵轉身離開。

景徽帝看著她歡快瀟灑的背影，更鬱悶了，對尚食局都比對他這親爹熱情。

等楚攸寧走出大殿，景徽帝沈下臉，正要說什麼，已經出去的人忽然倒退回來。

「對了，父皇，秦家沒有銀子和糧食，您相信秦老頭真的這麼窮嗎？」

「家都還未抄呢，妳怎知他沒有？」他沒好氣道。閨女這是又盯上秦家的財產了？

「我找過了啊，包括他家有多少個老鼠洞，我都數過了。」

這得有多閒，連老鼠洞都去數。景徽帝不想信，但要不是這樣，她也未必能發現秦庸藏起來的信。

「忠順伯府，朕可以不追究，但秦家的妳不能動。」閨女都要富得流油了還不知足。

楚攸寧很肯定秦家裡沒有，轉了轉眼珠子。「要是我在秦家以外的地方找到，是不是就算我的？」

「行，找到算妳的。不過，秦家人名下的房子不算。」景徽帝聰明地道。

「那就這麼說定了，到時您可別賴帳。」一個皇帝居然幹出偷閨女糧的事，他的信用在她這裡已經所剩不多了。

景徽帝又是一陣鬱卒，揮手趕人。「沒大沒小，走走走。」

楚攸寧歡快地離開了。

景徽帝讓劉正出去看看，以防閨女再殺個回馬槍。確定她走了，神色轉為少見的陰狠。

「劉正，命人誅殺秦家滿門，一個不留。」

這一刻，他不得不承認他閨女是福星，雖然每次都歪打正著鬧出大事，卻都是好事。

這次倘若不是她，一個被閣老捏住把柄的皇帝，也就跟傀儡差不多了。

劉正打了個激靈，趕緊應是。

這回比徹查戶部還要可怕，不知秦閣老提到的那封信裡有什麼？他不敢往深了想，還得替景徽帝把這事捂死了……

第六十六章

當朝首輔說殺就殺，連句喊冤的機會都沒給，朝臣們第一次感覺到景徽帝的殘暴狠辣，一時風聲鶴唳，與秦閣老有關係的官員，頭上像是懸了一把刀，不知這把刀會何時落下。

說到底，內閣不配合皇帝又如何？皇帝手裡還握有調動兵馬的虎符。要殺要剮，還不是他說了算，秦閣老就是一個血淋淋的例子。

首輔沒了，內閣的人也不敢冒頭爭位，尤其是跟首輔往來密切的兩位次輔，一個個戰戰兢兢處理朝事，不敢封駁景徽帝下的旨意，讓景徽帝定奪的事也多起來。於是景徽帝不得不起早貪黑勤政，批閱奏摺了。

將軍府裡，幾位夫人正在翻看霓裳閣送來的衣裳，聽到秦閣老被定以叛國罪，當場處決，都愣住了。

三夫人輕笑。「朝堂的風向要徹底變了。公主倒像是上天專門派來肅清朝堂的。」

二夫人也覺得解氣。「可不是，內閣那些老頭一個個裝得為國為民，若不是他們壓著老四討糧餉的摺子不上報，沈家會這麼難？邊關的沈家軍會那麼苦？」

「倘若陛下還是毫無作為，換再多的臣子都於事無補。」三夫人早看穿了。「一個朝廷的好壞，端看上面坐的是否是位明君，如果遇上像景徽帝這般不管事的，底下的臣子沒有野心也會滋生出野心。

「三弟妹，慎言。陛下再如何不是，也不是妳我能私下妄論的，當心隔牆有耳。」大夫人不輕不重地訓斥了聲。

三夫人看向她。「大嫂不也說陛下再如何不是。」

大夫人語塞，也笑了。「行了，我們別瞎操心。我總感覺，有公主在，一切都會變好。」

二夫人點頭。「若皇后娘娘當初沒壓著公主，說不定皇后娘娘也不會……」

幾位夫人想到皇后血崩的真相，都一陣沈默。

女子生產，如同走鬼門關，皇后千防萬防，也沒想到最後害死她的，竟然是自己的「親娘」吧，那該是帶著怎樣的悲哀與絕望死去。

難怪之前聽說皇后有意讓娘家姪子尚公主，後來卻突然要景徽帝下旨，讓公主嫁進將軍府，原來有這麼殘忍的真相在裡頭。

大夫人道：「如果娘娘泉下有知，知道裴老夫人不是她親娘，知道自己不是死在親娘手裡，多多少少會寬慰吧。」

三夫人搖頭。「養育之恩，哪是一句不是親娘就能說得過去的。不管是不是親娘，於皇后娘娘來說，那就是親娘。畢竟在沒得知真相前，她也是被老夫人寵著長大的。」

二夫人接話。「老太婆如何狠得下心？好歹養了這麼多年，她的心不是肉長的嗎？」

幾人說完，齊齊惋嘆。倘若皇后還在，定不會允許公主這般放飛本性，一時不知是好還是壞了。

楚攸寧提著打包來的御用點心，牽著歸哥兒出宮。宮門口剛好有輛馬車緩緩停下來，車簾掀開，是沈無咎。

沈無咎在京裡留了人，楚攸寧入京時，他的人就知道了，向他稟報。他知道公主待不住，只以為她是回城裡玩，沒想到一個時辰後，當朝首輔，先帝在位時就入內閣的秦閣老，曾經把持朝政，一人之下、萬人之上的大臣便被定了叛國罪，就地處決！

與忠順伯府和皇子、後宮勾結不同，按理，當朝首輔犯罪，該經過三司會審，收監徹查，證據確鑿才能定罪。景徽帝此舉，無疑會叫人詬病，將來也會在史書上留下殘暴的罵名。

他覺得這件事有些不尋常，還滿門抄斬，像是要殺人滅口？

前世那個夢裡，秦閣老在越國兵馬攻進來前，便早一步告老還鄉。身為掌控朝廷的首輔，對於政局變換比較敏銳，才早早脫身，但沒聽說他與越國勾結。

這次，公主無意中攪亂朝堂，逼得秦閣老跟越國勾結了嗎？

「四叔。」歸哥兒興奮地跑過去，站在馬車前，昂起興奮的小臉。「公主嬸嬸帶我進宮了，皇宮好大，好漂亮。」

沈無咎讓程安把他抱上來，摸摸他的腦袋。「可有給嬸嬸添麻煩？」

他小時候也跟隨父母進過幾次皇宮，但到了姪子、姪女這代，沈家人丁凋零，又接連守孝，好幾年的宮宴都沒參加，如何有機會帶他們入宮見識。

「我有聽話。」歸哥兒點點小腦袋。

楚攸寧也歡快地走到馬車前。「沈無咎，你怎麼來了，是不是知道我又有收穫了？我告訴你，內閣那些老頭壞得很，居然敢反對父皇漲我的食邑，那明明是我的獎賞。」

沈無咎見她這般自然而然向他發牢騷，伸手摸摸她的頭，在她耳邊悄聲說：「是他們不長眼，不知道公主立了多大的功。陛下為了保密火藥的事，也沒有提，委屈公主了。」

「哼！反正給了我的，就是我的。」楚攸寧才不在乎她的功勞有沒有昭告天下呢。

上了馬車，沈無咎問起在宮裡發生的事。他安插在宮裡的人靠近不了頤和殿，倒是聽說公主從秦閣老府裡拿到秦閣老與越國勾結的信，景徽帝才藉此判了秦閣老死罪。

楚攸寧隨性地坐在馬車地板，趴在沈無咎腿上。「秦老頭都承認和越國勾結，父皇居然還不辦他。要不是我事先拿了那些信，現在秦老頭還在蹦躂呢。」

沈無咎敏銳地發現，關鍵在信。「陛下拿到信後，是何反應？」

「他激動得打翻茶杯，毀了一封信。不過，那封信我也要他算錢了。」

沈無咎眼眸微閃，明知道這些信有多重要，景徽帝會不小心打翻茶杯？

這種事，由公主做出來才是正常的，景徽帝只可能是故意的。至於為什麼，聽公主的意思，景徽帝是因為豫王離開前給了秦閣老一封信，信裡有他的把柄，才不得不放過秦閣老。結果秦閣老以為穩贏的局面，硬是被公主打破了，難不成與前世導致亡國的事有關？

可惜了，他派去越國和綏國調查當年之事的人，還沒那麼快有消息。

沈無咎撫著楚攸寧的頭髮，有些後悔今日沒跟她一塊兒出來了。不過，有他在，她也未必會碰上這事。

「公主嬸嬸，是那個燒信的人！」趴在車窗上的歸哥兒忽然喊。

楚攸寧立刻湊過去。「在哪兒？」

「程安，跟上去看看。」沈無咎隨即吩咐。能被秦閣老派去燒毀信件，足見秦閣老對此人不是一般的信任。

楚攸寧也附和出聲，要不是因為這小哥，她還拿不到那些信呢，得去感激感激人家。現在秦家倒了，他沒了差事，或許可以讓他去鬼山跟奚音他們一起放雞。

沈無咎聽了，強忍住笑，陪她前去。那人若是聽到她感激的話，大概要吐血吧。

男子七拐八拐，才進入一條平民居住的小巷子裡，確定沒人跟來後，才打開一間一進小院的門，關上房門前，還謹慎地往外看了看。

「他應該是好不容易逃出來的，看在舉報有功的分上，將功折罪，我罩他好了。」楚攸寧說。

沈無咎輕笑。「咱們先進去看看他值不值得罩。」

程安得到主子的眼色，躍上院牆，跳下去從裡面打開房門。

「你是誰？要做什麼！」

程安剛打開房門，剛才那人就從屋裡出來，大聲怒喝。

「是我。多虧你燒信，我才注意到那些信有用，你要不要跟我混？」楚攸寧走進去，揮揮小手，愉快地打招呼。

男子臉色刷白，明明記得他已經把信燒了，但事發後才發現，慌亂中把老爺交代特地留下的那封信搞混了，這女子是如何得知的？

「妳是誰？」男子聲音發顫。

楚攸寧想起，當時她並未露面，而是直接用精神暗示要他離開，他不認識她是正常的。

「這是攸寧公主，你做了什麼事，你自己清楚。」沈無咎開口，目光銳利逼人。

男子頓時覺得內心的所有秘密無所遁形，驚駭道：「不關我的事，我只是一個小廝，聽令行事而已。」

沈無咎冷冷看著他。「一個小廝能在外頭置辦房子？能得到秦閣老的信任，你就不是個簡單的小廝。」

楚攸寧挑眉。「你是說，幹壞事也有他的分？」說著，又看男子忠厚老實的臉，搖搖頭。「不像。」

沈無咎捏捏她柔軟的小手。「未必跟著做，但他可能知道秦閣老更多的秘密。公主，不如讓程安把人帶回去審一審？」

楚攸寧一聽，似是想起什麼，上前問：「知道秦家的錢藏哪兒嗎？」

男子嚇得磕頭。「小人不知。」

「起來。」楚攸寧伸手要把人拎起來，孰料男子早聽說過攸寧公主的威名，以為攸寧公主要對他做什麼，嚇得爬起身就跑。

楚攸寧的手停在半空，她有那麼可怕嗎？

程安上前把人抓來，得到沈無咎的眼色，正要先把人帶走，就見門外來了一隊禁軍，統領正是上次奉命帶兵守住將軍府的那位。

統領沒料到攸寧公主也在，還有沈將軍，看看被程安抓著的人，上前拱手。

「卑職見過公主、沈將軍。此人是從秦府逃出來的餘孽，陛下下令捉拿歸案，還請公主和將軍行個方便。」

沈無咎更懷疑了，哪怕是秦閣老身邊的小廝，也不至於讓景徽帝如此追著不放，此舉更像是怕這人說出什麼不該說的話。

雖然他也想把人扣下來好好審問審問，但這是景徽帝指名要的人，他不能抓著不給，更不願利用公主來達到目的。

楚攸寧環視屋子，杏眼一亮，扭頭問男子。「這房子是秦家的，還是你的？」

男子聽楚攸寧這麼問，眼神閃爍，瑟瑟縮縮道：「是……是小人的。」

「是你的就好。」楚攸寧滿意地點點頭，看向統領。「既然是我父皇要的人，那你快帶他走吧。」

攸寧公主突然這麼痛快，讓統領有些不習慣。沈將軍還好說，公主可是敢違抗聖意的。

楚攸寧見狀，扠腰道：「還不快走，等我送你們嗎？」

儘管覺得有哪裡不對勁，不過統領還是帶著人撤走了。景徽帝只讓他們務必把這人抓回去，並沒說遇上攸寧公主的話要如何做。

等人一撤走，楚攸寧立即興奮地對沈無咎說：「你說得沒錯，那小廝絕對不簡單，我差點被他老實的面相騙了。」

「怎麼說？」沈無咎見她兩眼亮晶晶，便知道她又發現了什麼。

「你跟我來。」楚攸寧抬步往正房走。

沈無咎從輪椅上站起來。自從她用異能幫他縫傷後，又休養了好些日子，現在他已經不需要時時坐輪椅。這段路，他能慢慢走過去。

第六十七章

沈無咎跟著楚攸寧穿過前堂，進了正房主人的臥房。屋裡背靠整座院子的後牆，是用青磚砌成，其他牆面連著其他屋子，則是用木頭，看不出有何異樣。

沈無咎上前敲了敲後牆，程安見狀，也到處敲敲打打，沒發現不對勁。歸哥兒好奇，也敲得像模像樣，還把耳朵貼上去聽。

沈無咎看看他，這才問楚攸寧。「這裡有何問題？」

楚攸寧對他神秘一笑，腳下微微用力跺了跺，青石鋪就的地板隨即裂開。

「公主嬸嬸好厲害！」歸哥兒捧場地拍手。

楚攸寧蹲下身，撿起一塊碎石遞給沈無咎。「送給你。」

程安愣住。繼糖油果子後，主子又收到公主送的禮物，這次是碎開的石板，好想笑！

沈無咎沒有半點不滿，她遞他就接，也不在乎她是否是在逗他玩，頂多他陪她玩就是。

他打量這塊碎石板，正想說看不出問題的時候，目光忽然停住，趕緊抬手拂去上面的灰塵，對著陽光照，有銀光閃爍。

「石頭變銀子?!」程安驚呼。

他趕緊拔出隨身攜帶的匕首，蹲下身撬開一塊石板，舉起來往地上狠很一砸，石板外層碎裂，原來銀塊被熔成薄薄一條，藏在石板裡。

「還有哦。」楚攸寧走過去，對著其中一面牆，抬腳就踹。

牆很容易便塌了，因為外面只有一層薄薄的磚皮。倒下後，裡面的銀子嘩啦啦掉出來，一條條滾落在腳邊。可能是因為放久了的關係，銀子已經有些發黑。

沈無咎感到悲哀，這裡少說也有上千萬兩銀子，更別提屋裡還有金條，還有用羊皮包著的銀票，以及幾百份房契，幾千頃的地契，連銀號、當鋪都有，多得快要遍布整個慶國。

就算秦閣老收的是門生送給他的孝敬，也不可能有這麼多，必收受了賄賂。這些賄賂又是哪兒來的呢？自然是那些賄賂他的官員想方設法貪墨朝廷的，或者搜刮民脂民膏。

倘若這些錢用在邊關戰士上，能少死多少人？

秦閣老倒得一點也不冤，就算他為官三十載，撐起家族，也不可能存下這麼多家財。

「公主嬸嬸，咱們又有錢了？」歸哥兒撿起滾落到腳邊的銀條，跟著楚攸寧見到的金銀財寶太多，已經不稀奇了，上次他們還拿麻袋裝錢了呢。

「對，咱們又有錢了！」楚攸寧趕緊讓程安去找東西來裝，順便派人去查這房子是不是真的不在秦家人名下，省得她父皇賴帳。

沈無咎覺得這麼多的錢財，不給景徽帝喝點湯說不過去。一次、兩次還好，若是一直都被公主全占，景徽帝只怕要跳腳。

他提議，將部分房契、田地，以及銀號、當鋪交上去，就當是秦庸貪了朝廷的，還給朝廷。至於剩下的，就是秦家自己掙的錢，歸公主。

楚攸寧沒有意見，她把沈無咎當軍師，自然相信軍師不會讓他們隊伍吃虧。那些都是看不見、摸不著的東西，她不心疼，只要別動她眼前這些，她都可以。

另一邊，景徽帝剛審出來，男子的真實身分是秦閣老早年和外室所生的私生子，後來接回來，以小廝的身分待在身邊教養。

秦閣老打的好主意，就算哪日秦家不幸遭受滅頂之災，這小廝沒簽賣身契，不受連累，秦家還能留根。如此一來，秦家不亡，他又能信任這小廝，讓小廝處理他明面上那些兒子不好處理的事。幸好這人被秦閣老矯枉過正，沒有他允許，不敢隨便打開信來看。

除此之外，那房子是秦庸買來放在他名下，專門藏錢用的。那些錢多是秦庸收受賄賂，以及門生的孝敬。半個朝廷的官員都是他的門生，給他的孝敬，還不是從朝廷貪來的。

景徽帝正要命人去掘地三尺也要把錢帶回來充盈國庫，忽然想起一件事，問統領。「你說，當時攸寧也在？」

周堯聽出景徽帝微妙的語氣，低頭拱手。「回陛下，微臣到的時候，公主和駙馬已經在那裡，而且駙馬的手下已經把人抓住了。」

景徽帝愣住，半晌才說：「朕不信攸寧每次都那麼幸運。」

話音剛落，殿門外有小太監探頭，劉正趕緊出去。再進來的時候，看景徽帝的眼神，隱晦中帶著同情。

「陛下，外頭傳來消息，說秦府的錢財找到了，就在南十八巷。」劉正猶豫了下，道：「是攸寧公主找到的。」

景徽帝鬱悶了。肯定是祖宗保佑！都是同一個祖宗，怎麼不保佑他呢？偏心要不得啊。這會兒統領總算知道之前他要帶人離開時，公主為何問那房子是否屬於秦家了。屬於秦家，那房子裡的錢得充公；屬於小廝，那就誰找到算誰的。

若是別人，或許不敢要，但公主敢啊。他只恨沒能早點退下，不想面對景徽帝的臉色。

「陛下？」劉正見景徽帝又出神，趕緊出聲叫醒。

景徽帝回神，這消息好像把他整個人掏空了。想搶吧，搶不了；強行下令徵收，他閨女得翻天，畢竟已經有言在先，他敢要，就真如她所說的賴帳。

「朕要是跟攸寧說，那小廝是秦庸的兒子，也算是秦家人，她會把錢交出來嗎？」

劉正無言。陛下醒醒，天還沒黑，別急著作夢。

周堯深深低著頭，恨不能原地消失。陛下這話問得未免太不陛下了。

景徽帝後悔之前答應得那麼爽快，如今想從他閨女手裡得到一個銅錢，不，半個銅錢都不可能。

「行吧，先放她那裡。她收著，比國庫還安全。」景徽帝說。

劉正與周堯更不敢接話了，這肯定是景徽帝為自己挽回面子的說詞。想讓公主交出錢財，不太可能，想想大皇子一黨，可不就是因為動了公主的糧食，才鬧出血案？

「陛下，公主和駙馬託宮門禁衛送來一物。」殿外響起小太監的聲音。

劉正趕緊出去將東西接進來，呈上去給景徽帝。

托盤上是一只羊皮袋，裡面鼓鼓的。能呈到御前的東西，自然不存在危險，何況還是攸寧公主送進來的。

景徽帝伸手取過袋子，把裡面的東西掏出來，看到一張張房契、地契，還有銀號、當鋪，光這些就足夠證明，秦庸為官這些年攢了多大的家產，不由又驚又怒，隨後又暗暗得意。

「攸寧果然還是想著親爹的，這不，還記得交些出來。」這次不用再自己裝面子，心氣都順了，景徽帝忍不住向劉正炫耀。

劉正低下頭忍笑。還是不提駙馬了，要不是有駙馬勸說，公主未必會想到這些。

周堯只想說，為何不先讓他退下？他並不想知道太多內情，萬一將來景徽帝突然想起來，要殺人滅口怎麼辦？

與此同時，沈無咎讓程安回將軍府找人過來搬銀子，連同之前從忠順伯府得到的，都移到鬼山。

他本來提議存在錢莊裡，但楚攸寧不樂意，要看得見、摸得著才踏實，他就不勸了。

看著錢糧入倉，加上莊子的糧食也運過來了，填滿整座糧倉。看著滿滿的糧倉，楚攸寧心中也被安全感填滿。

據說沒脫殼的稻穀，可以存放三年之久。這裡夠吃三年了，到時候還有各田地收上來的糧食，可以說是源源不斷。

楚攸寧還派人修剪山包四周，遠遠看去，還真像個穀倉。

出去一趟又得一大筆錢，楚攸寧仍沒忘記她昨天進城的目的。第二天就跟沈無咎說，要去打造一把武器。

張嬤嬤怕她這一去，又牽扯出什麼大事，不放心，也想跟去，卻被她拒絕了。去打造武器，肯定得接近爐子，又熱又枯燥，張嬤嬤去幹麼，她連歸哥兒都沒帶呢。

沈無咎知道攔不住她，命程安跟著，於是楚攸寧開始騎著馬帶程安往返京城，每天還要抱小奶娃玩一玩，到鬼山帶領群雞起舞。

隨著一天天過去，原本的小雞也長大了，楚攸寧就開始讓牠們跳舞。

大家第一次看到的時候，覺得很神奇，這些雞不但會撲騰翅膀，還會排隊繞著山包跑。要不是公主不在的時候，這些雞都是正常的，他們差點以為這雞成精了。

軍器局隸屬於兵部，又分為甲局、弓局、弦局、箭局、刀劍局、雜造局等等，專司製造各種兵器。

楚攸寧要找的是刀劍局，用精神力很容易就找到。她大搖大擺走進去，刀劍局裡原本吵雜的聲音瞬間安靜下來。

在軍器局裡打造兵器的工匠都是高大壯的漢子，因為爐子熱極，讓他們習慣了光著膀子幹活，誰會料到軍器局有迎來女人的一天，還是金枝玉葉的公主。

「臣參見公主。」軍器局的少監趕緊上前行禮，心裡直打鼓。「不知公主駕到所為何事？」都說攸寧公主到哪兒哪兒倒楣，下一個倒楣的，該不會是軍器局吧？

「我先看看。」楚攸寧先去參觀用來熔化鐵水的高爐。

因為沒有火藥武器，慶國只能在兵器鍛造上下功夫，幾十年下來，有了大大的提升，從百煉鋼提升到能進一步加快成鋼的技術。

這項技術比起百煉鋼的反覆加熱摺疊鍛打來得更簡單，更有效果。就是把生鐵加熱成鐵水，在熔爐中不斷攪拌，好像炒菜一般，又叫炒鋼。

看完高爐，楚攸寧回鍛打場。鍛打場設有好幾個打鐵臺，每兩個平臺共用一個火爐。她經過其中一座打鐵臺時，忽然停下腳步。打鐵臺上有一把已經快成型的劍形尖刀，確認已經冷卻後，她伸手拿起來。

旁邊緊步跟著的少監想阻止又不敢，剛張開的嘴見公主已經拿起來了，又趕緊閉上，看向程安。見程安已經習以為常的樣子，遂放下心。

楚攸寧細細打量這把刺刀，刀柄設有插鞘，應該是專門用在長槍上。

她想起末世有個金屬異能者，他在末世發生前就是個冷兵器發燒友，獲得金屬異能後，熱衷於變出各種他喜歡的冷兵器給大家瞧，其中有一種叫81式軍刺的，那可是放血殺人利器，可惜喪屍就算血放空了，腦袋還在就死不了，還怕其他人一不小心被感染成喪屍。

「刀尖這裡可以設計成刺殺的劍形，刀面上打造出一條豎稜，分別開兩條凹形血槽，大概這麼寬，能迅速讓敵人流血……」

打鐵的人越聽眼睛越亮，這樣的刺刀更容易插入體內，兩面深厚的血槽放血，讓對手瞬間喪失戰力，如果不馬上搶救，很快便命喪刀下，可是一把殺傷力強大的兵器。

程安是跟著沈無咎從戰場上下來的，感觸更深，也更激動。公主總能在漫不經心間，給人意想不到的驚喜。

楚攸寧不知道自己隨意說出來的話讓大家有多震撼，整個鍛打場都安靜下來，只剩下爐火時不時發出的噼啪聲。

「刀柄這裡還可以根據你們的長槍做插鞘，裝到長槍上是刺刀，卸下來可以當匕首，適合近身作戰。」

楚攸寧說完，見大家都盯著她，眨眨眼，又想起81式軍刺的前身三稜軍刺。「也可以將刀身打造成三面豎稜型的刺刀，同樣有放血凹槽，大概一尺長，殺傷力應該也不錯，你們看看哪種更適合用來作戰。」

「多謝公主賜教！」大家齊齊拱手，聲音激昂，眼裡帶著滿滿的崇拜。

沒想到攸寧公主還懂這些，外面都說公主到哪裡，哪裡倒楣，看來倒楣的都是心裡有鬼的人。軍器局行得正、坐得端，可不是享到了好處？可以想像，若打造出這兩把利器，慶國的武力和士氣都會有所增加。

這一刻，攸寧公主變得無比高尚大義。

楚攸寧又看看場裡好幾個用來鍛燒鐵坯的火爐，還有打鐵的各種工具，才說：「我來打把劍。」

「公主想要什麼樣的劍，您儘管說，小臣立即讓人幫您打。」少監完全不是起初一心想把小祖宗送走的心情了，恨不得公主多留一會兒，說不定還能多得一些指點呢。

楚攸寧搖頭。「我要自己打。」

少監一愣，他是不是聽錯了？公主要自己打鐵？雖然都說公主天生神力，可是這嬌嬌軟軟的樣子，他實在不敢跟打鐵聯想在一塊兒。

楚攸寧才不管他震不震驚，用精神力掃過大家是如何做的，再找少監要來鑄造兵器的書籍，飛快翻完。

旁邊候著聽從吩咐的人忍不住抽了抽嘴角，更加肯定公主是來玩的，哪有人看書這麼快，一翻翻到底，甚至都要懷疑公主是來查帳的了。

楚攸寧心裡有數，將書扔給少監，起身挑了個空爐，選定材料，挑了把合適的鐵錘，開始加熱鍛打，把鐵一點點鍛打成想要的形狀。

大家停下來，看著身材嬌小的公主舉起大大的鐵錘，叮叮噹噹的鍛打，毫不費力，快得都要打出殘影了，這才發現，公主不是說著玩的。

少監急得像熱鍋上的螞蟻，死死盯著，就怕公主在他這裡出了什麼意外。

攸寧公主在軍器局幫忙改良兵器的事傳出去，眾人都震驚了。原來公主不是到哪裡，哪裡就遭殃。這可是利國利民的大事，若是越國不用火藥，慶國的兵定能將他們打得嗷嗷叫。

景徽帝也聽說了，起初還以為楚攸寧又在軍器局鬧出什麼事，偷工減料，以次充好等念頭閃過腦海，等聽說楚攸寧幫軍器局改造出更厲害的兵器時，還有些反應不過來。

無意中做出利國利民的大事，他閨女對兵器這麼有天分？這時他是要裝死呢，還是得大肆賞賜？她製出火藥配方的事還沒人知道，可這兵器已經快要天下皆知，不賞說不過去啊。

景徽帝發愁，閨女都要掏空他的國庫了，他還得賞她。

最終，景徽帝絞盡腦汁，想出一個自認為最好的賞賜。

第六十八章

第二日，楚攸寧來到軍器局，便得到景徽帝的聖旨，賜她監察百官之權，可先斬後奏。

眾人瑟瑟發抖，景徽帝這是要整個官場不得安寧啊！不得不說他狡猾，如今攸寧公主的威名已傳遍各地，各地官員只怕要人人自危，戰戰兢兢，一心為民了。景徽帝打的好主意，兵不血刃便能整肅官場。

楚攸寧傻了，扠腰怒瞪劉正。「父皇這是想讓我當白工？這算哪門子賞賜？」別當她傻好嗎？她不愛動腦子，但不代表沒有腦子，她什麼時候給他好忽悠的錯覺了？

劉正暗鬆一口氣，幸好景徽帝早料到公主怕是不好忽悠，笑咪咪地道：「公主，陛下說了，若是您抓出貪官，又證據確鑿，抄出來的財產兩成算您的。」

「就兩成啊，這也不算賞賜，倒像是用這兩成雇我替他幹活。」楚攸寧一臉嫌棄。

劉正無言了，正常人的心思會放在監察百官的實權，公主為何非要這般與眾不同？

「公主，兩成不少了，剩下八成是要充盈國庫，用於民生的。」劉正委婉地提醒。

「好吧，反正我現在也不缺錢。」楚攸寧勉為其難地伸出一隻手接過聖旨。別人虔誠跪地接旨，她拿得那叫一個隨意。

劉正又沈默了。公主的確不缺錢，但這話若是被景徽帝聽到，只怕又得鬱悶了。

在鬼山的沈無咎聽說了公主接到的聖旨，心中感嘆。不得不說，景徽帝走了一步好棋。如今公主威名遠揚，單大皇子一黨和當朝首輔都能被她隨隨便便搞垮的事，就足夠讓官場的人瑟瑟發抖。尤其公主還不走尋常路子，愛神出鬼沒，可不叫官員們時刻提防著。這是祭出一個攸寧公主，還整個朝廷清靜啊。

沈無咎看向樹蔭下、趴在墊子上的四皇子。慶國的下任皇帝，還在揪小雞玩呢。是的，他決定不起事的那一刻起，就已經打定主意，將來登上皇位的，只能是這個小奶娃，才能保證公主不會被下一任皇帝猜疑忌憚。光是公主為慶國付出的功勞，皇位也必須落在四皇子頭上。

小奶娃還不知道他被賦予重任，正努力伸出小胖爪去抓小雞。那是歸哥兒拴在樹枝上給他玩的，屢次抓不到，還啊啊啊叫喚，看樣子是想把小雞凶過來呢。

楚攸寧耗時半個月，才打造好一把劍。

半個月，鬼山已被打理好，還建了可以居住的屋子。

半個月，沈無咎的傷也好得差不多，不需要再坐在輪椅上才能行動。

半個月，足以讓沈無咎的信隨糧草一塊兒抵達邊關。

有人說，邊關的落日似乎比其他地方還要紅，因為這是將士們用血染出來的，能多看一次是一次。

沈無垢剛從戰場上下來，臉上、盔甲上還帶著血，有敵人的，也有同袍的。

綏國知道率領沈家軍的主將已經不在邊關後，更加頻繁地進攻，這已經是沈無咎回京後的第二場戰了。幸好，沒了拿著雞毛當令箭的人，沈家軍還抵擋得住。

「主子，京城來信了。」沈無垢的親兵把信呈上。

沈無垢臉色微變，抬起染血的手緩慢接過，一顆心不斷下沈。

當初，四哥帶人回來支援他，為了阻擋綏軍兵臨城下的腳步，以一敵十，更為了擒住對方將領，傷敵自損，被刺了一刀。被抬下來時，軍醫遲遲不敢拔刀，最後是四哥自己一鼓作氣拔的。

軍醫一度宣布四哥沒氣了，就在他以為僅剩的最後一個兄長也要歿了的時候，四哥奇蹟般活了過來。

可是活過來的四哥怎麼也不肯養傷，人還昏沈著，就堅持要回京。從邊關回京城，就算快馬加鞭，也得花十天半個月，又受著重傷，如何受得了長途顛簸？

他怕這封信帶來不好的消息，怕這是四哥的絕筆書。

沈無垢帶著最壞的準備打開信，一行字看下來，嘴角一點點上揚，等看到後面，更是仰頭開懷大笑。

「好！不愧是四哥，就算離了邊關，也照樣能讓綏國認栽！」

沈無垢當下寫了封密信交給親兵。「想辦法將這封信交給綏國敬王。」

綏國皇帝已經年邁，幾位皇子成年已久，一個個爭先領兵攻打慶國，何嘗不是想立功，向皇帝證明能耐。

按照四哥信裡說的，跟敬王合作，邊關的戰事將會得到緩解。

敬王是他們交戰過的幾個王爺裡，最知道審時度勢的那一個。

當年聽從越國的是老皇帝，所謂一朝天子一朝臣，只要他們能助敬王上位，綏國與越國的合作就會不攻自破。如此，也能阻止綏國將來和越國聯手攻打慶國。

敬王得知慶國已經造出火藥武器後，若是夠聰明，就知道該如何選。至於怕他告密？跟沈家軍交戰多年，綏國最了解慶國兵力如何，慶國一旦有了足以跟越國抗衡的武器，奪回四國之首的位置，那是指日可待。敬王若不怕最後被慶國滅了，儘管去。

最叫沈無垢高興的是，四哥的傷能治癒，還有機會重返戰場。信裡還說，這一切都是公主的功勞。

不知是不是錯覺，寫到公主的時候，他總覺得四哥的筆鋒溫柔了許多。

當初接到賜婚聖旨時，四哥顧念沈家軍，還有京城的家人，再不願意，也不敢抗旨。

眾所皆知，尚公主是不可能繼續掌兵權的，所有人都認為這是景徽帝要收回沈家兵權的第一步，再加上有人有意煽動，士氣低迷不少，都擔心沈家軍以後還是沈家軍嗎？

四哥這次受傷回去，也不知算不算是因禍得福了，景徽帝並沒有絲毫要動沈家軍的意思，反而說公主嫁進將軍府後，一切都往好的方向發展。

這封信寄出時，是在大皇子與昭貴妃等人被處置前，所以沈無垢並不知道朝堂已經發生了翻天覆地的變化。聽著外面震耳欲聾的歡呼聲，那是抱著一車車糧草在興奮呢。

這幾年，沈家軍都是靠沈家提供糧草，只能勉強應戰，有好幾次都要被逼得去搶屯田了，畢竟所謂的糧草不夠是怎麼回事，大家心知肚明。

沈無垢的心情也被感染了，把信燒掉，大步往外走。

「傳令下去，讓伙房今日儘管煮，讓大家吃個飽！還有，看看運來的軍餉夠發到什麼時候，先勻著發給大家。剩下的，等下次送到了，再繼續發！」

這命令一下，軍營裡的歡呼響徹雲霄，連平河對面的綏軍都聽到了，暗暗猜測沈家軍在搞什麼。

綏軍這次帶兵的是敬王，本以為玉面將軍沈無咎不在了，能一舉攻破雁回關，沒想到沈無咎那庶弟也是塊難啃的骨頭。

他娘的，沈家盡出將才不成！

敬王狠狠砸碎茶碗，望向沈家軍軍營所在的方向。

入夜，一封信被射進敬王營帳裡。

敬王看了之後，臉色大變，沈思半晌才把信燒掉。

有了這封密信，下一場戰事，雙方跟玩似的，與其說是打仗，倒不如說是兩方將士相互切磋。往後的每一場仗，更是打得半真半假，糧草也一波波送來，傷兵一直減少，征戰多年的沈家軍終於得以鬆一口氣。

京城這邊，楚攸寧帶著做好的劍興匆匆回到山上，迫不及待想送給沈無咎。

她一進山，就看到有個身影站在入口等她，長身玉立，挺拔如松柏，再沒有之前顧忌著傷，微微佝僂著的虛弱樣。

站姿英挺的沈無咎讓楚攸寧第一次真真切切感受到他是個軍人，是個將軍，那麼威武挺拔，渾身上下都透著一股鋒利。

「公主。」沈無咎大步上前，伸出手，要扶她下馬。

這些日子，楚攸寧忙著兩邊跑，沒注意到他的傷已經癒合得差不多。她探了下他的傷，發現傷口的確已經癒合，可以拆線了。

她眨眨眼，猶豫著要不要把精神力收回來。不知為什麼，她不太想收回去。

「公主在想什麼？」沈無咎握住她的小手，見她遲遲不下馬，秀眉還微微蹙起，似是遇到了什麼苦惱的事。

楚攸寧一向不喜歡糾結，道：「我在想，是不是該幫你拆線了？」

沈無咎怔了怔，才會意過來，她說的線是指她留在他體內的異能。之前她還調皮地調動那一絲絲異能陪他玩，也不太想讓她收回去，總覺得這個是他和她獨特的聯繫。

「一直留在我體內，對我，對公主可有礙？」

「沒事呀。就是我想傷你的話，可以利用它吧。」楚攸寧怕他在意這個。她忘了，末世的人最怕精神力，何況是把精神力留在體內。

沈無咎一笑。「那倒無妨，若真到公主要傷我的地步，那必然是我做了什麼讓公主不得不出手的事。」

楚攸寧沒料到得到這樣的回答，怔了怔，身子側過來，笑著朝沈無咎撲過去。「沈無咎，你怎麼可以這麼好！」

沈無咎忙張開雙臂接住她，旋轉了幾圈才放下，擁著她，貼在她耳畔柔聲說：「公主待我也很好。」

楚攸寧抬起頭，想捧住他的臉親他，卻發現站起來的沈無咎比她高出一個頭，不好捧，嘟起嘴，不高興了。

「怎麼了？」沈無咎捧住她的臉。

想做的動作被人輕而易舉做到了，讓楚攸寧更鬱悶，伸手指戳戳他胸膛。「你好高。」

沈無咎失笑，彎腰一把抱住她的腿，將她抱高。「如此可好？」

自從能打喪屍後，楚攸寧自認長大了，就沒讓人舉高高了。這會兒突然被舉起來，還高出男人一個頭。

她抱著沈無咎的腦袋，低頭看他，他的眼睛好迷人，裡面彷彿藏了片星海，深邃明亮。楚攸寧吧的一聲，響亮地親在他的腦門上。「完整的親親抱抱舉高高！」

沈無咎笑了，放下她，也在她唇上親了口，牽起她的手。「走吧。」

「等等，差點忘了！」楚攸寧跑到馬的另一邊，從上面取下她鍛造好的劍，又跑回來。

沈無咎看到她手裡毫無半點裝飾的劍鞘，有些意外，她說要打的武器，居然是一把劍。他以為她慣使刀的，要打的也該是刀。

「公主不是慣用刀嗎？」

「我用什麼都可以，不用也行。這是給你的，試試好不好用。」楚攸寧把劍遞給他。

沈無咎愕然，不敢置信。公主費心親自打造了半個月的武器，竟是為他打的？

那麼簡單直白的話語，卻像是一團火，燒得他的心滾燙灼熱。

這把劍就像是她無比赤誠的心，雙手捧到他眼前，要送給他。

這一刻，他彷彿失去了言語的能力，上前一把抓住她的手，細細摩挲上面因為掄錘子鍛打而磨出來的薄繭。沒打這把劍之前，他記得握她的手還是軟綿綿的。

程安每日回來都稟報，她掄著錘子親力親為，要幫她打還不樂意。他還以為她打的武器別人打不來，或許得動用異能，便也沒勸，只讓她慢慢來。誰承想，這武器是打給他的。

沈無咎忍不住將她狠狠擁進懷裡，聲音裡帶著飽滿的情意。「公主……」

楚攸寧耳朵酥麻，退開身子，揉了揉耳朵。「你快看看喜不喜歡呀。」這可是她精心打造了半個月的成果，迫不及待想看他拆開禮物後歡喜的樣子。

沈無咎深深看著她，伸手接過劍，劍有兩尺長。劍鞘上刻有祥雲紋樣，應該不是出自公主之手。

劍對他來說不重，可是這份心意很重，重到他樂意用一輩子去承受。

楚攸寧退開，騰出空位，讓沈無咎拔劍。

沈無咎平舉著劍，薄唇緊抿，整個人的氣勢變得凌厲肅殺，銳不可擋。

他緩緩拔出劍，劍身為暗銀色，雍容而清冽，陽光打在上面，折射出深邃的光芒。劍刃鋒利，如同直插雲霄的斷崖。

楚攸寧打造這把劍時，沒有一味講究好看，只想著如何讓殺傷力最大。她放下末世殺喪屍的記憶，結合這個時代的武術，才得到如何打造這把劍的想法。

選用武器，最好能造成敵人傷口裂傷，立即出血，且不易癒合。她在末世見過金屬系異能做出的挖晶核武器，除了在這把劍上加深血槽外，還在劍尖處做了機關，刺入人體後，一按劍柄上的機關，劍尖會分裂成傘狀，拔出來就能造成二次傷害。

要做這個機關及會分裂的劍尖還真不容易，這也是她為什麼打造了半個月才做好的原因。要不是有精神力加持，她未必做得到。

不用楚攸寧催，沈無咎就在她面前揮起劍來。

這把劍握在他手中，如同被賦予生命，長劍如芒，如遊龍穿梭於周身。他時而點劍而起，時而如疾風驟雨。山間清風拂過，帶起他的衣袂，髮絲飄揚，看起來越發清高卓然。

楚攸寧看得入迷，原來沈無咎打起架來這麼好看，這可不只是花架子，而是暗含威力，看得她血液沸騰，要不是顧忌他的傷剛好，都忍不住想上前跟他打一場。

沈無咎越使越發現這劍的厲害，甚至還在劍裡感受到太啟劍才有的威力，雖然不多，想也知道是公主將異能融進去了。

他收起劍，有些意猶未盡。公主這把劍，真的送到他心坎裡了。

第六十九章

「喜歡嗎？」楚攸寧迫不及待迎上去。

沈無咎收劍入鞘，站在她面前，正正經經地說：「喜歡，不過我對它絕不會比對媳婦好。」也就是說，他最喜歡媳婦，其次才是劍。

楚攸寧心裡漫出一股甜意，比吃了糖油果子還甜，心情美得比收到禮物的人還開心。

「你喜歡就好。之前說要做給你的小木劍，就不做了哦。有了真劍，還要什麼小木劍。」楚攸寧背著小手，昂起頭，語氣輕快。

沈無咎失笑，公主還沒忘記這件事呢，他真的不是想要木劍。

「公主可有替這把劍取名？」沈無咎岔開話頭。

一旁的草叢後，探出幾個腦袋，從歸哥兒到沈思洛，再到裴延初，最上面的是陳子善。他們聽說公主回來了，特地跑出來迎接，結果一來就看到沈無咎在舞劍，這會兒聽到沈無咎要公主為劍取名，忍不住了。

「裴六，快吱一聲。」陳子善戳裴延初。

「我又不是老鼠，要吱你吱。」裴延初揮開陳子善的手。他很期待公主給劍取名。憑什麼只有他一個人享受到公主取名的殊榮，要是公主幫劍取個不倫不類的名字，他就有伴了。

日後沈無咎劍不離手，比他更難為情。

沈思洛想到那把劍是公主特地花了半個月為四哥打的，這麼美好的一分情意，不願讓一個名字毀了。

「歸哥兒，去跟你公主嬸嬸說，四殿下鬧著要找她。」沈思洛慫恿歸哥兒。

歸哥兒不知道大人們在糾結什麼，聽姑姑這麼說，一臉疑問。「四殿下已經喝奶睡著了，乖得很，沒鬧。」

沈思洛無言了。

另一邊，楚攸寧也扭頭看向沈無咎。「你確定要我取？」

沈無咎忽然想起她替裴延初取的外號，神色一滯。壓下想收回這要求的念頭，堅決點頭。「這是公主送給我的劍，自然是由公主取名，意義才完整。」

楚攸寧看看劍，又看看四周有沒有什麼可以拿來當劍名的，除了花草樹木，也沒別的，總不能叫小花、小草、小樹啊。取名真是個技術活，她連婢女名字都可以按異能屬性來取的。

就在大家緊張她嘴裡會吐出什麼奇葩名字的時候，楚攸寧雙手往後一背，挺胸掩飾她的不自在。

「還是你來取吧。我做的劍，你取的名，強強聯合，意義更好。」沒文化的人，就不要做文化的活了，為她的機智點讚！

沈無咎聽她這麼說，嘴角泛起笑容，看著劍。「那就叫驚鴻。翩若驚鴻，婉若游龍。」說著，又看向她，深情款款。「指人，也指劍。」

楚攸寧聽不懂指人是什麼意思，但又是翩翩、又是遊龍的，她覺得挺好。「不錯。」躲在草叢裡的陳子善和沈思洛也大大鬆了口氣，他們真怕公主隨便取個怪名字。

裴延初失望，公主是不是也知道自己取的名字不好，所以才不取啊？那叫他小黃書，是為了懲罰他送春宮圖給沈無咎吧。

楚攸寧往草叢處看了眼，凝聚一絲精神力，往裴延初的腳踝一套，一拉。

裴延初的腳忽然被拉得騰空，不受控制地往前栽去。

「啊！」

四人組跌倒在地，沈思洛還記得將歸哥兒推開，怕壓著他。

「陳胖子，快起來，壓傷我媳婦，我跟你沒完！」裴延初也怕壓到沈思洛，倒下的時候，及時用雙手撐住地面，身上還承受陳子善的重量。

陳子善一聽，原本還著急爬起來的他，頓時不急了。「爺胖，起不來，您多擔待。」

「洛洛，快走開。」裴延初只能喊。

沈思洛剛爬出去，裴延初就受不住了，鬆開手躺平任壓。

陳子善這才慢慢爬起身，跑到裴延初面前。「有點虛啊。」

裴延初抓了把草扔過去。「自己有多重，心裡沒底嗎？」

陳子善搖頭。「沒有。」

裴延初氣結。陳胖子跟公主混久，也越來越不要臉了。

「你還好吧？」沈思洛上前推開陳子善，扶起裴延初。

「還是我媳婦疼我。」裴延初就等著她來扶呢，順勢爬起來。

「咳！」沈無咎負手過來，乾咳一聲。「叫誰媳婦呢？」

裴延初委屈。就准你有媳婦，還不准我也叫一下？

沈思洛臉色一紅，連忙收回攙扶的手，一下子躲到楚攸寧身後。

楚攸寧搖搖頭。「小洛洛，妳不行啊，上次我都看到你們躲在樹根後玩親親來著。」

裴延初與沈思洛大驚失色，裴延初對上沈無咎殺人般的目光，心虛了。他們都躲那麼遠了，公主還能看到。

「小妹，妳出來也很久了，回府裡陪陪幾位嫂嫂，一個月不准來鬼山。」沈無咎絕不承認，他羨慕這兩人還能躲起來玩親親，他和公主都半個月沒玩了。

沈思洛晴天霹靂，試圖撒嬌。「四哥……」

沈無咎鐵面無私。

「四嫂。」沈思洛可憐兮兮地看向楚攸寧。

楚攸寧不覺得在一起的人親親有什麼錯，但她贊同沈無咎讓沈思洛回去陪幾位嫂嫂的事，抬手摸摸她的頭。「妳乖，聽話啊。」

沈思洛瞬間覺得被整個世界拋棄了，恨恨地瞪罪魁禍首一眼，上前狠狠踩了裴延初幾腳，才憤憤離開。

裴延初摸摸鼻子。「我想起來，我也許久沒回去看我爹娘了。」說完，趕緊追上去。

陳子善正樂得不行，忽然接受到冷颼颼的目光，立即收起笑容看去，果然對上沈無咎無情無義的眼眸。

「你府裡有那麼多妻妾，讓她們獨守空房，是不是不太好？」

「對！我放你假，你趕緊回去，不然哪天頭頂變成青青草原哦。」楚攸寧拖長了尾音，目光還直勾勾落在陳子善頭上，彷彿那上面已經一片綠。

孰料，陳子善用力點頭。「我這就回去遣散她們，太影響我為公主效命了。」反正怎麼睡也睡不出一兒半女，妻子想和離也行。

沈無咎愣住，這話怎麼聽著不大對？為公主遣散後院？

夢裡的陳子善也是妻妾散盡，不知道是自己散的，還是她們自己離開的，這一世倒變成他主動遣散了。而經過半個月的相處，他與奚音完全沒有任何接觸，兩人都換了個身分，自然不可能湊到一塊兒。

不過，沈無咎沒再管陳子善將來會如何，就算沒有如夢裡那樣跟奚音在一起，這一世也好太多。至少他父親迫於公主威勢，已經恢復他母親的正室身分，他也從庶出二公子成了嫡出大公子，陳父的現任夫人倒沒有被貶為妾，而是成了繼室。

沈無咎又看向歸哥兒，語氣溫和了許多。「歸哥兒也許久沒回去見母親，你母親來信說想你了，四叔讓程安送你回府。」

歸哥兒跑到楚攸寧身後，探出小腦袋。「四叔，我昨日才從將軍府回來呢，母親讓我幫公主嬸嬸帶四殿下玩。」

沈無咎語塞，失算了。

本來想把所有黏人的都打發走，他一個人獨占公主。誰叫有公主在的地方，這些人一點都不懂尊卑，總是往上湊。

楚攸寧可不知道沈無咎的小心思，聽歸哥兒這麼說，摸摸他的小腦袋。「歸哥兒真棒。走，我們回去看小四。」

沈無咎鬱卒了。他就說該把姪子也打發走的，公主又不是他一個人的了。

人多力量大，經過半個月的整理，鬼山早有了翻天覆地的變化，先是在糧倉山包不遠處引來溪泉，又在山包中間的平原建起一棟兩層高的木屋，大家早從莊子搬到山裡來住。

張嬤嬤看到她家公主和駙馬手牽手回來，喜得連連點頭。如今駙馬的傷不用坐輪椅了，和公主站在一塊兒，當真是天造地設的一對。

不過，駙馬的傷好了，夫妻倆是不是不該再分房睡？

是夜，楚攸寧回屋，就看到張嬤嬤幫她的床換了長枕和新被。

「嬤嬤，妳要跟我睡嗎？」楚攸寧走上前。

張嬤嬤笑了。「公主說的是什麼話，奴婢哪能跟您睡？是駙馬。駙馬的傷已經好了，你倆不該再分房睡了。」

楚攸寧懵了懵，她能說她忘了夫妻倆是要睡一起的嗎？

「公主，您這是不樂意跟駙馬睡一塊兒？」張嬤嬤見她不語，有些擔心，之前是誰急著要圓房的？

楚攸寧搖搖頭，目光緩緩下移，落在她胸前的小籠包上，用手掂了掂。「我覺得有點拿不出手。」

張嬤嬤見狀，又想大逆不道地捂公主的嘴了，忍了忍，才沒說出訓斥的話，語重心長道：「公主，這裡還能長的。再說，駙馬不會嫌棄。」

「我嫌棄啊。」楚攸寧嘟嘴。在末世，她好歹已經發育完全了，在缺少吃食的世界，還能填滿C罩杯呢。

「明日奴婢親自給您做些補身子的藥膳，再長長就好了。」張嬤嬤哭笑不得地安慰，她家公主怎能如此可愛。

「咳……」

門口，沈無咎清了清嗓子以示存在，看起來神情自若，唯有他自己知道，他的耳朵在發燙了。

白日張嬤嬤來請示他，是不是該搬回主屋睡的時候，他也正尋思著找機會搬回去睡呢。不得不承認，張嬤嬤真是個無比貼心的嬤嬤。

「你聽到了啊？」楚攸寧難得臉紅，一屁股坐在床上。她承認胸小可以，但不能當著男人的面承認，太丟面子了。

沈無咎大步進來，目光直直落在他家公主臉上。

得，還是讓駙馬哄吧，公主就愛聽駙馬哄。張嬤嬤笑著退出去，貼心地關上房門。

沈無咎走到楚攸寧面前，剛沐浴過後的他，身上還帶著一絲冰涼的水氣。

他蹲下，握住媳婦的小手，目光隱晦地掃過她胸口。「我喜歡的是公主這個人，外表是什麼樣的，我都喜歡。」

楚攸寧抬起清亮透澈的杏眸看他。「再喜歡，也得追求更好的體驗啊。嬤嬤說，我還能長呢，要不你再等等？」

沈無咎輕笑出聲。「也好。皇后娘娘雖只讓妳守孝半年，但那是為了助妳擺脫去越國和親的命運，才不得不出此下策。如今妳頂著她女兒的身分，不管是為了這份因果，還是為了堵天下悠悠之口，咱們就等三年孝期滿了再圓房。」

何況，若是這期間有了孩子，日後被有心人拿來生事，於她、於孩子都不好。公主想不到這些，他必須替她考慮周全。

楚攸寧眨眨眼，瞄向他的腿間。「你能忍得住？」

沈無咎被她這麼慢悠悠一瞥，頓覺全身血液往那處湧去。她老是這樣撩撥他，那必然是忍不住的，他也正值血氣方剛的年紀。

「我對公主的喜愛，早已勝過了慾望。」沈無咎一本正經，聲音卻已染上些許沙啞。

楚攸寧挑眉，伸手來了招猴子偷桃。「我看看。」

沈無咎嘶的一聲，爽得倒抽氣，腦海裡畫面翻湧，望著她的目光灼熱得移不開眼，連空氣都變得滾熱。

「沈無咎，要忠於自己的慾望啊。」楚攸寧把人拉起來，往榻上壓去。

沈無咎呈大字形躺在床上，俊臉有點懵。

他們之間，是不是反了？

「要不，我幫你弄弄吧？你放心，雖然我沒有經驗，但我知道怎麼做。」楚攸寧歪頭，看起來天真無邪。

沈無咎看著她一張一合的粉嫩唇瓣，口乾舌燥，喉嚨發癢。他的手摟上她的腰，將她反壓在身下，俯首親住這張總是撩撥他的嘴。

最後，楚攸寧被親得暈乎乎，軟綿綿躺在床上，完全忘了之前的勇猛。沈無咎還光顧了被她嫌棄的小籠包。

她咂咂嘴，抓住還放在胸口的大手。「手感如何？」

埋首在她頸畔的沈無咎身子一僵，臉色脹紅。

他翻身而起，用寬大的衣襬遮住腿間的異狀，眼裡是壓抑著的慾望。

他有罪，說好的為皇后守孝，結果受不住公主的甜美，差點把人吃了。

楚攸寧的目光好像穿透衣服，看到了內在，一把將沈無咎拉回來，跨坐在他身上。「聽說憋久了不好哦。」

沈無咎不敢接話。罪更大了，他竟然一點也不想阻止公主，甚至還帶著隱隱的期待。

最後，他到底沒能抵抗住這份誘惑，在公主手裡爽了。

第七十章

沈無咎去洗了個冷水澡回來，看到朝外側睡的公主，也不知她是不是夢到什麼好吃的，還咂了嘴，小巧粉嫩的唇，看得他又是眼睛一熱。

想到以後就要與她同床共枕，再看這甜美嬌憨的睡顏，心裡軟乎乎的，就跟懷裡揣了隻毛茸茸的小貓一樣。

他正要伸手，將她往床裡挪，原本還在美夢中的姑娘突然睜開眼，拳頭瞬間攻擊過來。

沈無咎及時側開臉避過，伸手包住打過來的小拳頭，急聲喊：「公主？」

「是你啊。」楚攸寧立即卸掉力氣，倒回床上，臉貼著枕頭，小屁股高高撅起，咕噥著說：「我睡著的時候，不要隨便靠近和碰我啊。」

她特地吩咐過張嬤嬤她們，而且沈無咎不同，他是在戰場上拚殺數年的戰神，是從屍山血海走過來的，身上自帶殺氣。她這種經歷過末世、時刻保持警惕心的人，哪怕睡著了，身體、神經仍會防備，他一靠近，她感到威脅，動作會快過大腦出手。

沈無咎看著她這姿勢，好笑又心疼。到底經歷過怎樣的事，竟讓她覺得有大把糧食才踏實，連睡著了身子也防備？他在戰場多年，時刻擔心緩軍進攻，夜裡睡不好也不至於如此。

他脫鞋上榻，將她抱到懷裡，輕輕親了親她額頭，修長的手一下一下順著她的髮。

「公主相信我嗎？」

楚攸寧半睜著眼，看看他，又埋下腦袋蹭了蹭。「信。」

「那就安心睡，一切有我。」

這話好像有魔力一般，沒多久，楚攸寧就在他懷裡睡著了，沈無咎能感覺到，她的身體也在一點點放鬆下來。

想到她成為公主之後的每個夜裡都這般防備，沈無咎突然後悔沒早些和她一塊兒睡了。

翌日，楚攸寧醒來，身邊已經沒了沈無咎。

風兒打開帳幔，說駙馬在外頭練劍呢。頭一次見駙馬練劍，身形矯健得讓人挪不開眼。

楚攸寧聽了，跑到窗臺前往下望去，果然瞧見沈無咎穿著一身黑衣紅裡的勁裝在揮劍。

他縱躍一揮，氣貫長虹。腳尖一踏樹根，劍如閃電，落葉紛紛落。她還感覺出無形中有股氣勁，這大概就是書上說的內力？

最後，他手腕一轉，劍尖挑起草上的一滴露珠，朝她揮過來。

楚攸寧揚唇，用精神力捕捉到露珠軌跡，伸手去接。露珠砸在掌心裡，留下淺淺水漬。

「駙馬竟想出送露珠這招，好厲害啊！公主更厲害，居然能接住！」風兒忍不住驚嘆。

沈無咎把劍收回劍鞘，程安上前要接，被他避過。

程安哭笑不得，公主親自打的劍果然不一樣，連碰都碰不得了，以前主子對太啟劍都沒這麼寶貝呢。

沈無咎把劍拿回屋放好，接過婢女遞來的手巾擦汗擦手，走過去接過風兒手裡的梳子，親自幫他家公主梳頭。

楚攸寧趴在桌子上，望著銅鏡裡替她梳頭的沈無咎，看著修長手指穿過她的髮，跟風兒梳頭的感覺明顯不一樣，嘴角不覺上揚，傻樂。

伺候的婢女們見了，很有眼色地退下。駙馬待公主可真是好得不得了，誰說將軍就一定粗莽，瞧駙馬對公主貼心得恨不能凡事親力親為呢。

劍打好了，楚攸寧安靜不下來，於是山裡的野獸遭殃了。

大家每日看到排排坐的老虎、黑熊、豹、狼，都想替牠們感到委屈。

楚攸寧還騎著老虎跟黑熊，將鬼山巡了個遍，沒事就去找竹子挖竹筍，還發現了鬼山傳說中能奪人命的迷霧是怎麼引起的。

山中比較涼，林間的空氣又潮濕，水氣凝結成小水滴，再加上種種環境條件的巧合，形成迷霧。迷霧之後，剛好是山崖，一不小心走進迷霧的人看不清前路，跌落山崖，可不就消失了嗎？因此留下鬼山迷霧吃人的傳說。

至此，鬼山裡最可怕的傳說，也不存在了。

為防止豫王回去後將事情添油加醋上報，使越國皇帝決定攻打慶國，沈無咎沒日沒夜趕製火藥武器，做出一定的數量後，便先送往邊關，就算越國真的開戰，也能抵擋一二。越國知道慶國也有了火藥，不敢太放肆，拖延時日，讓慶國將士能等到第二批武器。

幸好，三個月過去，邊關沒傳出越國開戰的消息，只是有些蠢蠢欲動。

秋風習習，鬼山上的花草樹木逐漸凋零，放眼望去，滿目枯黃。

鬼山早已不是當初光禿禿的山頭，有溪澗流泉、有亭子樓臺，還修了棧道相互連接。這時再進鬼山的人肯定大吃一驚，這裡已經成了風景優美的山莊。

宮裡，景徽帝一下朝就收到楚攸寧的信。

他從來沒覺得自己這麼明智過，賜他閨女監察百官之權，朝廷安靜了，大臣們都聽話了，就是什麼事都來請示他這點不太好，讓他整日忙得連跟美人作樂的工夫都沒有。

景徽帝喝了口熱茶，才打開信來看，然後氣笑了。「什麼叫禮到就行，堂堂皇子抓週宴，哪能這般草率。」

是的，四皇子滿週歲了。景徽帝難得想起被當嫁妝送出去的小兒子，去信讓楚攸寧將四皇子帶回來辦抓週宴，結果她說什麼？抓週在哪兒不是抓，禮到就行，人不用到，山裡沒東西招待。明明有那麼多錢財，跟一整座糧倉，她為何還是一毛不拔？

「想來是公主知道國庫虧空，一心替陛下省錢呢。」劉正揀景徽帝想聽的話說。誰都知道這是不可能的事，但景徽帝愛聽啊。

景徽帝放下信。「朕聽說，攸寧養的雞已經可以吃了。」

劉正能當他的貼身太監，哪裡不知道他想做什麼，順著提議。「不如陛下親去鬼山參加四皇子的抓週宴？如此也不用大肆鋪張，您這個父親也盡了心意。」

「你說得對！朕身為父親，怎能缺席小四的抓週宴。」景徽帝替自己找了個完美的出宮藉口。

劉正憋笑，自從公主放飛本性，不管不顧後，景徽帝的性子也跟著鮮活了許多。

三日後，小奶娃的抓週宴。

半個月前，張嬤嬤提起，楚攸寧才知道這個世界有抓週宴。就是小孩滿週歲時，把各種象徵前途的東西放在他面前，讓他抓取，比如筆、墨、紙、硯、算盤、錢幣、書籍等。

張嬤嬤原本的意思，是問要不要回宮裡辦，但想想四皇子還小，重新出現在人前，讓大家知道他得到景徽帝看重的時機尚早，最後找了個藉口，按規矩，四皇子還在孝期，就不搞那麼隆重了，自家人在山上辦就行。

但消息靈通的大臣知道攸寧公主喜歡田產、錢財，於是絞盡腦汁，打算藉機把禮物送到公主心坎裡，還不能讓公主懷疑他們是貪官污吏。

所以，到了小奶娃抓週這一日，鬼山入口處堆了好些禮盒。

沈無咎雖然讓人把入口做得更隱秘，但有攸寧公主在的地方，實在不可能隱秘得起來。

楚攸寧知道後，聽說還有回禮這回事，想起她養得到處跑的雞，要說吃也可以吃了，就讓人各逮一隻作為回禮。對於末世出身的人來說，這可是最高禮遇了，送肉呢。

張嬤嬤不這麼想，要不因為她是公主，會被打吧？堂堂公主送隻雞當回禮，真的好嗎？

陳子善等人卻不太樂意，那些雞可是他們養的，每日看公主指揮牠們排排站，滿山遍野地跑，到了夜裡還會被老虎趕回窩，他們都捨不得吃呢。

張嬤嬤瞧見大家那麼幽怨的目光，竟也開始覺得，公主送雞是多了不得的回禮了。

景徽帝被沈無咎帶過來時，楚攸寧正親自抓雞，要人送去將軍府，給幾位夫人嚐嚐。

直到她吩咐完了，景徽帝也沒聽她說抓一隻往宮裡送，頓時橫眉怒目。「妳是不是忘了自己還有個爹？」

圍觀公主抓雞的眾人這才發現景徽帝的存在，嚇了一大跳，連忙行禮。

「免禮。」景徽帝擺手，又冷臉看向楚攸寧。

楚攸寧還真沒注意到景徽帝來了，無辜眨眼。「這不是看您來了，我才沒抓的嗎？您要是想回宮吃，我這就給您抓一隻。」

「朕都要！多給朕一隻，還能割著妳的肉？」景徽帝見到這閨女，就沒辦法保持冷靜。

楚攸寧點頭。「餓肚子的時候，總不能割自己的肉吃啊。」

景徽帝無語，指向她的糧倉山包。「妳有那麼大的糧倉，有那麼多金銀財寶，還擔心會餓肚子？」是不是故意說來氣他的？
楚攸寧撇嘴。「那又不是肉。」
景徽帝氣結。有錢還買不到肉嗎，他閨女是不是有點傻？
「朕到處走走。」景徽帝不想再跟她說話，帶著劉正轉身離開。
楚攸寧看著景徽帝的背影，總覺得他像是在巡視自家山頭的大王。
她湊上前，跟沈無咎咬耳朵。「父皇怎麼來了？皇帝不是不能出宮的嗎？」
「不是不能，而是得偷偷的。要是正常出宮，起碼得花半個月以上準備，如儀仗、護衛等安排，還要提前做好防衛，打點清楚。」沈無咎也學她一樣，貼著她的耳朵低聲說道，兩人好像在說親密話。
楚攸寧點頭。「父皇現在就像是偷溜出門玩的小孩。」
「沒錯。」沈無咎笑著點頭。一國之君被當作小孩的話，也就是公主能說。
景徽帝站在幾座山包中間，環視已經改造得堪比山莊的鬼山。
為讓視野遼闊，將多餘的樹砍掉，樹樁做成椅子，椅背鏤空雕刻，看起來好像是天然的椅子，瞧著十分雅趣。
最後，他的目光落在綁在樹與樹之間的幾塊大布上，為了加厚，還將好幾層縫在一起，兩端用麻繩綁在樹上，有的上面放了軟枕，也有用麻繩直接編製成網綁在樹上的。

景徽帝招來歸哥兒。「那是何物?」

歸哥兒第一次見到傳說中的皇帝,可能是因為上次進宮,景徽帝讓人為他準備點心,也不怎麼怕,快步跑過去。

「是吊床。我坐給陛下看。」說著,他朝專門為他量身打造的小吊床跑去,背對吊床,手抓兩端,一屁股坐上去,然後上半身先躺下,再把腳收進吊床裡。有了重量的吊床微微晃動,秋風送爽,看著還挺愜意。

歸哥兒見景徽帝點點頭,又坐起來,把腳往外放,腳尖點地,稍稍用力往後一蹬,吊床輕輕晃起來,成了鞦韆。這是楚攸寧閒著沒事,想起看過的吊床照片,讓張嬤嬤照著做的。

景徽帝盯著這名叫吊床的東西,難怪閨女樂意待在山上,不回將軍府了。他還以為是怕別人偷糧,她才要親自守著,原來是因為這裡舒適。

「陛下可要試試?」沈無咎走過來,摸摸歸哥兒的頭,讓他去楚攸寧那裡。

裴延初怕景徽帝看到他,想起裴家的事,特地避開了。陳子善雖然不怕公主,但是怕皇帝,也不敢湊上來。景徽帝大概也發現了,才去問歸哥兒。

景徽帝看著歸哥兒剛才坐過、還在晃動的吊床,又看向給大人做的吊床,躍躍欲試。

劉正這個貼心人就派上用場了。「陛下,奴才先替您試試。」

劉正挑了最近的,往裡一坐一躺,還特地動了動身子,測試是否結實。綁著吊床的兩端麻繩,為了防止脫落,已牢牢扎緊,除非樹倒下,或者繩子斷掉,否則不可能滑落。

沈無咎也選了一個坐上去，往裡一躺，修長的腿一收，雙手環胸，再閉上眼，就是一幅瀟灑恣意的林間俠客圖。

景徽帝見狀，上前要劉正起來。

劉正趕緊起身，幫忙扶好吊床，確保景徽帝能好好躺進去。

秋日的陽光溫暖和煦，穿過樹梢灑下來，景徽帝躺在吊床上，吊床輕輕晃動，彷彿回到襁褓時期睡的小搖籃。若是這時來首曲子，再好不過。

沒一會兒，景徽帝發現躺在上面太過愜意，容易犯睏，趕緊讓劉正扶起他，問沈無咎。

「你這傷還能走動吧？帶朕去火藥庫瞧瞧。」

景徽帝記得太醫說過，沈無咎這傷能好，但是不能上戰場了，房事上也得悠著點，不由得看向湊到她閨女身邊說說笑笑的兩個男人，再看沈無咎，總覺得他頭上有點綠。

沈無咎從景徽帝怪異的眼神中明白了什麼，不由抽了抽嘴角，上前帶路。「陛下請。」

等景徽帝視察完火藥庫回來，抓週宴已經布置好，張嬤嬤抱著一身紅的小奶娃出來。

乍見許久不見的小兒子，景徽帝有些認不出來。「小四是不是更胖了？」

「我說過，有我一口吃的，就有他一口，能不胖嗎？」楚攸寧拍胸口驕傲，身邊的人胖了，也是隊伍有實力的象徵。

景徽帝的目光落到她身上。「妳也沒少吃，怎麼不胖？」

「我消耗大。」楚攸寧抬腳踹翻一個樹樁。

景徽帝語塞，當他沒問。

小奶娃看到楚攸寧，朝她伸手要抱抱。楚攸寧上前抱下他，讓他站好，就退開幾步遠。

「劉正，快！別讓小四摔著！」景徽帝嚇得心要跳出來，當年搶皇位都沒這麼刺激過。

「謝……」小奶娃露出粉嫩牙床和可愛小米牙，格格笑著，張開手，搖搖晃晃朝楚攸寧撲去，在快要搆得著楚攸寧的時候，小身子往一旁歪倒。

楚攸寧一直眼也不眨地注意著，箭步上前，拎起小奶娃抱住，親了口他的嫩臉蛋。

「小四好棒，再不久就能跟歸哥兒手牽手出去玩了。」

小奶娃十個月大時就能站，上個月開始可以獨力走幾步路，張嬤嬤還教他喊姊姊。

景徽帝大大鬆了口氣，看著白胖滾圓的小兒子，讚賞地點點頭。「不錯，小四還會道謝了，可見是個機靈的。」

楚攸寧哂笑一聲，低頭哄小奶娃。「小四，喊姊姊。」

「鞋……鞋……」小奶娃在她懷裡雀躍，口齒不清。不認真聽，真聽不出喊的是姊姊。

景徽帝頓時覺得有一絲尷尬的風從面前拂過，再聽兒子開口第一個喊的是姊姊，心裡有點酸，這到底是誰的兒子？不由走過去，捏捏兒子肉乎乎的小胖胳膊。

小奶娃揮開他的手，轉過身趴在楚攸寧肩上，用屁股對著他，表示嫌棄，小奶音咿咿啞啞，不知道在說什麼。

被兒子嫌棄的景徽帝尷尬，收回手，負在背後，帝王威儀不能丟。

「小四比妳小時候聰明多了。妳一歲半時，還不會喊人呢。」

楚攸寧聽了，立即反駁。「才不是，我一歲多就能跑了！」

景徽帝嗤笑。「一歲多能跑，妳怎麼不上天呢？」

楚攸寧不服，對景徽帝瞪眼。她是末世後出生的孩子，身體機能有所進化，一歲多能跑很奇怪嗎？當時她還不小心捏碎了桌腿，霸王花媽媽們還以為她覺醒了力量系異能呢。

沈無咎看著拌嘴的父女倆，越看越覺得他們的性子有詭異的相似之處，如果能一直這般下去，倒也算是一場緣分。

他看得出來，以前公主總是嫌棄景徽帝，叫他昏君。如今她不再那麼喊了，可能不知不覺間，將景徽帝當成父親看待。

不過，這種看待有點另類，不會表現在口頭上。若景徽帝的生命受到威脅，相信公主會用行動來證明她這個女兒有多孝順。

他懷疑，若秦閣老沒倒，內閣架空景徽帝，她會提刀殺進內閣，逼得他們不得不聽話。

公主非常護短，她的人，她欺負可以，別人不行。她的人，也包括景徽帝。

看景徽帝對公主也是無奈中又有幾分放縱，可能公主的性子恰恰得了他的心。但這份心能得多久，還未可知，畢竟自古君心難測。

——未完，待續，請看文創風1018《米袋福妻》3

2021年11月出版

傻白甜妻硬起來

文創風 1008～1009

所謂贈君荷包，以表心意，
既然他都收下她親手做的荷包了，豈有退回的道理？
何況全天下都知她如今是他未過門的妻子，她今生是非他不嫁的，
所以，他只有一個選擇——好好跟著神醫解毒，早些回來！
如若不幸毒發身亡了，那黃泉路上有她相伴，他也不虧……

山無陵，天地合，始敢與君絕／蘇沐梵

蕭灼反覆作著一個夢，夢中的她已婚，夫君和側室聯手利用完她並害死她，
就連伺候她多年的一個貼身丫鬟也冷冷看著她遇害，顯然是一丘之貉，
雖然夢境逼真到令她害怕，但她一再説服自己，那只是個夢罷了，
何況夢中的側室還是從小到大都很疼愛她的庶姊，怎可能這麼對她？
然而，現實中發生的一些事卻漸漸與夢境吻合了，原來庶姊確實包藏禍心！
明眼人都看得出來府中二夫人及其所出的這位庶姊假仁假義，對她沒有真心，
偏偏就她自己傻，對庶姊言聽計從，去年母親意外過世後更是依賴對方，
結果堂堂安陽侯嫡女的她，因性子軟綿，被庶姊母女迫害仍不自知，
幸好，許是母親在天之靈保佑她，讓她作了那個預知夢，如今徹底清醒過來，
從今往後，她再不會糊塗過日，她要硬起來，救自己免於淒涼又短命的一生！

2021年11月出版

寧富天下

文創風 1005～1007

人處於下風，想飛，自然得借勢。
她如今一無所有，能被當棋子是件好事！

金無足赤，人無完人，情卻有天作之合／鶴鳴

面對養父母一家的真摯親情，陳寧寧甩開原身的自私念頭，
拿出自小戴在身上的玉珮典當，解除家中的燃眉之急。
無奈禍不單行，當鋪掌櫃見她家可欺，便構陷她偷竊要強佔寶玉，
她只得衝向街上行軍隊伍的鐵騎前，以命相搏。
所幸為首的黑袍小軍爺明察秋毫，為她解了圍，還重金買下她的玉。
手頭有了足夠的銀兩，家中的困難可說是迎刃而解，
不過她仍是讓家人低調行事，畢竟家裡遭遇的災禍，並非偶然，
而是秀才哥哥先前仗義執言，惹了上頭的腐敗官員所致。
可如今從她躲在家種菜養魚，到她買下一座破敗山莊開始發展，
遇上的難題都會默默化解，彷彿她家從未遭受過打壓。
這讓她總覺得被人盯著，也不知想圖謀什麼，心裡不安穩。
直到那黑袍小將找上門，拿著一種解毒草的種子問她能否培育出來，
她頓時明白是誰在暗處幫忙，因為種藥草的手藝她並未外傳。
「軍爺是我家的救命恩人，為解令兄之毒，我自當全力以赴。」
人情債難還，如今這要求於她來說不過舉手之勞，何樂而不為呢？

2021年10月出版

文創風 1000～1002

三寶娘親正走運

在上蒼所示的預言書中，她和兒子們不只沒有主角光環，
還淪為陪襯「正主」好命的淒慘配角——不是早死，就是身殘，
好在為母則強，要扭轉這一切，就由她努力改命活下來，
勢必要把孩子們的人生，從敗部復活翻轉為勝利組！

親娘要改命，養兒大轉運／慕秋

因為一場夢，喬宜貞意外窺見預言未來的金色大書，
才知道自己這個世子夫人竟然只是跑龍套的配角！
她短命也就罷了，沒想到丈夫還拋家棄子跑去當和尚，
放任三個兒子人生崩盤，一死一殘一重傷，都沒有好下場，
嚇得她從鬼門關前直奔回來，決定花重本養好自己的身子，
畢竟當娘的人有責任管好孩子，先求不長歪，再來講究成材。
孰不知，她挺過這場死劫之後，福運就連綿不斷接著來，
先是陰錯陽差地尋回失散的公主，後又將流落在外的皇后送回宮，
惹得皇帝龍心大悅，一道分家聖旨下來，直接讓丈夫襲了爵，
她一夕之間晉升為侯夫人，往後人生徹底遠離了惡婆婆，
閒散的丈夫也脫胎換骨，對內待她忠貞不二，在外為官頗有清名，
她有信心，夫妻倆攜手養兒的人生，將會活成令人豔羨的神仙眷侶！

文創風 1017

米袋福妻 2

國家圖書館出版品預行編目資料

米袋福妻 / 浮碧著. --
初版. -- 臺北市 : 狗屋出版社有限公司, 2021.12
冊 ; 公分. --（文創風 ; 1016-1019）
ISBN 978-986-509-275-7（第2冊 : 平裝）. --

857.7　　110018442

著作者	浮碧
編輯	安愉
校對	沈毓萍
發行所	狗屋出版社有限公司
地址	台北市104中山區龍江路71巷15號1樓
電話	02-2776-5889～0
發行字號	局版台業字845號
法律顧問	蕭雄淋律師
總經銷	知遠文化事業有限公司
電話	02-2664-8800
初版	2021年12月
國際書碼	ISBN-13　978-986-509-275-7

本著作物由北京晉江原創網絡科技有限公司授權出版

定價260元

狗屋劃撥帳號：19001626

網址：love.doghouse.com.tw　E-mail：love@doghouse.com.tw